花间物语

新韵诗歌（珍藏版）

美月冷霜　著

第一辑

中国财富出版社有限公司

图书在版编目（CIP）数据

花间物语：新韵诗歌：珍藏版．第一辑 / 美月冷霜著．—北京：中国财富出版社有限公司，2024.9

ISBN 978-7-5047-8033-1

Ⅰ．①花…　Ⅱ．①美…　Ⅲ．①诗集—中国—当代　Ⅳ．① I227

中国国家版本馆 CIP 数据核字（2023）第 252095 号

策划编辑	朱亚宁	**责任编辑**	贾紫轩　蔡　莹	**版权编辑**	李　洋
责任印制	梁　凡	**责任校对**	张营营	**责任发行**	杨恩磊

出版发行	中国财富出版社有限公司		
社　　址	北京市丰台区南四环西路 188 号 5 区 20 楼	**邮政编码**	100070
电　　话	010-52227588 转 2098（发行部）		010-52227588 转 321（总编室）
	010-52227566（24 小时读者服务）		010-52227588 转 305（质检部）
网　　址	http://www.cfpress.com.cn	**排　　版**	河北佳莹文化发展有限公司
经　　销	新华书店	**印　　刷**	三河市天润建兴印务有限公司
书　　号	ISBN 978-7-5047-8033-1/I・0370		
开　　本	710mm × 1000mm　1/16	**版　　次**	2024 年 9 月第 1 版
印　　张	38.75	**印　　次**	2024 年 9 月第 1 次印刷
字　　数	521 千字	**定　　价**	188.00 元（全 5 辑）

诗人的话

我在花间等你来，让我们一起倾听大自然。
我在花间等你来，说着只有我们自己明白的语言。
我在花间等你来，品味我们灵魂深处最美的浪漫。
诗和远方，且行且伴。时光云轩，阳光灿烂。
让我们拥有花间物语，明媚人生每一天……

风情妆容无深浅
不着痕迹美若仙
荷花凝聚初春艳
倾城尽在承诺间

天欲辜负不忍心
风雨兰开胜美人
今将热烈花中尽
绝色群里有知音

黄昏夏日了无痕
沉淀色彩闲下心
柳兰开放紫风韵
神清气爽美成春

天下风流闲情长
柳叶菊开晒浓香
心底牵挂去冲浪
是片花瓣就豪爽

序　言

周　敏

花卉，是自然赐予人类最美丽的礼物。它们以其缤纷的色彩、娇艳的形态和迷人的芳香，为我们的生活增添无尽美好。花卉，是天地间的精灵。它们以自己独特的方式与人类无声地交流，带给我们欢乐和宁静，抚慰我们或躁动、或忧伤的心灵。

千百年来，中国文坛以花为题或者风格如花般绮丽婉约的诗作浩如繁星。就艺术价值而言，《花间物语》是一部新古典风格的诗集。诗人以七言诗体融合或瑰丽、或典雅、或疏阔、或直白的笔墨，将中国式浪漫挥洒得淋漓尽致。就思想性而言，《花间物语》既是一部大自然的颂歌，也是人类反躬自省的内心剖白。诗人热情地歌颂自然的伟力，花卉的唯美；真挚地描绘包含亲情、友情、爱情在内的种种情感；深切地反省人类作为万物之灵长的傲慢、对天地间看似微末的美好事物的忽视。尤为重要的是，诗人始终怀揣积极乐观的心态，殷殷劝勉，春风化雨。

跟随诗人的笔触，读者将走进色彩斑斓的花海之中。每一种花卉都彰显出独特的个性和魅力，挥洒着神奇的能量和无穷的生命力。我们仿佛看到花儿招摇在风中的绝美姿态；面对严苛自然条件时凛然伫立的风采；不为世俗侵染、洁身自好的气节；向往自由纯洁境界的灵魂。诗集中的每一朵花、每一行字，都呼唤着我们对大自然的尊重和保护，提醒我们感恩天地的馈赠，启迪我们发掘生活中点滴之美。为我们构建丰沃澄澈的精神家园，鼓舞我们不畏艰险，勇敢前行。

诗集中每一首诗歌，都辅以图片、诗评、注解、物语供读者鉴赏。它们汇聚成充满魔力的手掌，为我们轻轻推开万花国神秘的大门。我们能以花为镜，汲取智慧；我们能执花为炬，探索真理。

谨以此书，献给所有沉醉于花之灵魄的朋友。愿每一个读者都能够在这个喧嚣的世界中找到一片安宁的净土。愿风霜永不能消磨我们对美的信仰。愿花儿绵延万里，生生不息。

目录 contents

H

新韵七言话百花

阿尔泰贝母

ā ěr tài bèi mǔ

shí guāng fēi shì měi yī tiān，zhuǎn yǎn jiù shì dà bàn nián。
时光飞逝每一天，转眼就是大半年。
huā gé bèi mǔ kāi yì zhàn，zǐ yùn mí zhù lǚ rén yǎn。
花格贝母开驿站，紫韵迷住旅人眼。

流年匆匆，日月往复，又到了阿尔泰贝母绽放的季节。诗人将生命短暂的花朵比喻成驿站，又将赏花人形容为南来北往的客旅，令这段人与花的缘分显得颇为浪漫唯美。我们似乎可以想象一位迁客骚人在客栈邂逅了一株紫红色的贝母花，又或许是位像花朵一样美丽的姑娘，他失意的心情因此获得了慰藉。阿尔泰贝母，产于新疆北部阿尔泰山，分布于欧洲、高加索至阿尔泰。花朵形状独特，紫红色花瓣上有浅色方格。物语：平等关系，彼此珍惜。

bái cì huā
白刺花

qīng fēng líng dòng chūn bù xiē　yù dài bì shuǐ chū fěn hé
清风灵动春不歇，欲待碧水出粉荷。

hū jiàn zhī tóu xuě chéng nuò　dùn zhī qiān mò huā gāo jié
忽见枝头雪承诺，顿知阡陌花高洁。

阳春三月，草木萌发，清风如灵动的画笔将山河渲染得郁郁葱葱，但诗人已经迫不及待地想要看到盛夏芙蓉出水的美景。她在踏青途中无意间邂逅了白刺花，它们枝叶相连，纯洁赛雪，令诗人瞬间领悟到：不是只有高雅的人才崇尚德操，田野间同样可以陶冶出高贵的品质，像莲花出淤泥而不染。白刺花，产于中国华北、陕西、甘肃等地。喜光耐旱，是水土保持植物，也可供观赏。种子见土就长，花朵见风就开，生命力旺盛。物语：风雨历练，强大资产。

bái dù
白杜

míng kāi yè hé rèn fēng chū, měi hǎo piàn kè biàn zhī zú
明开夜合任风出，美好片刻便知足。

ruò rán lín hǎi wú chū lù, shàng àn dāng gè huā fú lǔ
若然林海无出路，上岸当个花俘虏。

“花开堪折直须折，莫待无花空折枝。”诗人在赏花时也产生了类似思绪。白杜明开夜合，生命极其短暂，正如我们终将逝去的青春。在韶华之年，如果不能遇到赏花之人，即使再灿烂的花景也难免落寞。不如勇敢地走到世人面前，哪怕被折下也不负一生。诗人借此诗热烈地传递出对生命价值的思考。白杜，中国产地广阔。开淡白绿色或黄绿色小花，入秋后果实开裂，呈橙红色，极具观赏价值，是城市的重要观赏树种。物语：林木知心，静待缘分。

bái hè yù
白鹤芋

míng yuè rú zhōu chū yún hǎi， bái hè yù huā xuǎn biān kāi
明月如舟出云海，白鹤芋花选边开。

tiān yá hóng xiù ruò hái zài， fēng liú rén wù jiē zhǒng lái
天涯红袖若还在，风流人物接踵来。

明月宛如一艘承载着夜晚的船只，在云海破浪前行；白鹤芋以自由之姿选择开放的方向。这首诗通过对月与花的描绘，展现了大自然的奇妙之美。“天涯红袖若还在”中的“红袖”象征着佳人，“天涯”则暗示遥远的距离。它虽然遥居天边，芳香依旧吸引众多风流人物接连登场。正所谓“桃李不言，下自成蹊”。白鹤芋，原产于美洲热带地区，世界各地广泛栽培。白鹤芋的花瓣如同在碧海中行驶的一叶白帆，优雅美丽。物语：千帆过尽，还原本真。

bái huā yóu má téng

白花油麻藤

suī wú ào gǔ rèn xiāo yáo　hé què huā ér wèi zhé yāo

虽无傲骨任逍遥，禾雀花儿未折腰。

péng jià zhī shàng wán chuí diào　rě de yuè liang wǎng xià qiáo

棚架之上玩垂钓，惹得月亮往下瞧。

这是一首充满情趣的小品，从看待生活的悠闲角度折射出诗人洒脱的人生观。诗中的“虽无傲骨任逍遥”呈现出不以物喜，不以己悲的心态，鼓励世人坦然面对人生的起伏与挑战。花儿在晚风中摇曳生姿，仿佛鱼线荡荡悠悠。月光好奇地俯视着它，这种写意的场景让人感受到诗人洒脱清高的精神世界。白花油麻藤，原产于亚洲热带和亚热带地区，中国南方分布广泛。四季常青，白中带翠，恰如小小禾雀栖息在枝头。物语：物语之家，色彩神话。

bái jú
白菊

yuè yuán hǎi tiān shuǐ xiāng lián, yún luò yín hé chén xiāng shān.
月圆海天水相连，云落银河沉香山。
nǎ gè jì jié bù lún huàn, bái jú huā kāi xià qiū tiān.
哪个季节不轮换，白菊花开夏秋天。

这首诗描绘了自然界的壮丽景色，展现了四季更迭之美。诗人将月的皎辉与海的辽阔融为一体，给人以一种广袤而神秘的观感。雾霭缭绕中，银河流转，云从高耸的山岳间迤逦而出。一年四季，自然更迭，冰雪衔接春色，风雨过后见彩虹，人生因而丰富多彩。我们不妨学习白菊淡泊沉着的风骨，洁身自好，尽情绽放。白菊，喜温暖干燥和阳光充足的环境，耐半阴和干旱，枝条柔软，可以制作各种造型，风姿绰约，如雪似玉。物语：寒霜起时，月落琼脂。

白兰

bái lán

bǐ jià shān xià huā fēng guāng, tiān xié zǎo chūn cǎi zhāi máng
笔架山下花风光，天携早春采摘忙。
mù wú jù lí xīn gǔn tàng, xiāng jìng cóng cǐ wú duǎn cháng
目无距离心滚烫，香径从此无短长。

这首诗中提及的“笔架山”在中国有多处，其中广东的笔架山风景秀丽，奇山、古藤、野花遍布，恍如仙境。早春时节，茶山吐翠，采摘繁忙。诗人将此地盛产的白兰比喻成云游在外的人，设想他们如果回到故乡，携带的芬芳将弥漫整个天地，无需再计较香径的短长。这首诗让人忘却尘嚣喧扰，激发出对生活的热爱和向往。白兰，原产于印度尼西亚爪哇，中国福建、广东等地广泛栽培。盛开时，花瓣洁白丰腴，秀色可餐。物语：冰雪精华，品质无瑕。

白瑞香
bái ruì xiāng

xuě làng zhī tóu xī yáng hóng bái ruì xiāng kāi yún tāo zhōng
雪浪枝头夕阳红，白瑞香开云涛中。

shí guāng liú xià sháo huá mèng bié yàng sù yán duì qīng fēng
时光留下韶华梦，别样素颜对清风。

漫天晚霞之中，白瑞香开，花浪如雪。馥郁的香气萦绕云端，仿佛记忆中最令人回味的时光。一位女子伫立在花丛之中，素面朝天，轻纱迎月。她的眉目如画，依稀可见青春时的绝代风华。她也曾怀瑾握瑜，琴棋书画，歌尽桃花，舞乱飞鸿。但如今只留下自己独对清风。这首诗借花寓情，写尽了时光流逝、韶华梦断后，一切归于平淡的怅然。白瑞香，产于中国福建、江西、湖北等地。花朵芳香，簇生于枝顶，如同洁白雪团。物语：脱俗高雅，祥瑞到家。

bái tóu wēng
白头翁

zhuāng róng tiān rán dài guāng huán, rěn dōng yín lián bù yī bān.
妆容天然带光环，忍冬银莲不一般。
jīn jiāng huá lì nóng suō kàn, měi yàn zhí jī tiáo sè pán.
今将华丽浓缩看，美艳直击调色盘。

白头翁天生丽质，蓝紫色的花瓣沐浴在煦阳之中，仿佛自带光环。这是一种自然而又璀璨的美，没有浓妆艳抹的矫揉造作，宛如瑟瑟秋风中，池塘里倔强绽放的最后一朵莲花，令人不禁联想起品质高洁的人物。这首诗热情赞颂了天然不事雕琢之美，诚如斯言，真实和自然就能散发出迷人的光芒。白头翁，分布于四川、湖北北部、江苏等地。开蓝紫色花朵，花蕊金黄。花谢后长出长长的银丝，在风中纷纷扬扬，由此得名。物语：逸生之欢，缭绕心田。

百合

bǎi hé

bǎi hé huā yùn fēng bǔ zhuō，kāi dào jí zhì jiē bù shě。
百合花韵风捕捉，开到极致皆不舍。
rì yuè zhōng tiān ruò bù luò，rú huà měi jǐng huì gèng duō。
日月中天若不落，如画美景会更多。

这首诗以百合为题，赞美了其优雅的风情。诗人用流畅的韵律表达了对百合花的深深喜爱和敬仰。它盛开到极致之时，诗人一面沉醉于它的美丽，另一方面又担忧它即将凋谢，这种矛盾的心情好似人们患得患失的复杂心理。诗人祈愿日月能永恒挂在中天，让这番美景长留于天地之间，流露出对美好事物的热爱和珍惜之情。百合，产于中国河北、山西、河南、安徽等地。叶子鲜绿，花朵硕大，芳香袭人，花姿雅致。物语：时光如梭，爱难割舍。

bǎi rì jú
百日菊

xià fēng chuī duàn wàng tiān yōu　bǎi rì jú huā bù yún yóu
夏风吹断望天忧，百日菊花不云游。

ruò shì jì jié kěn qiān jiù　bù bù dēng gāo zěn hán xiū
若是季节肯迁就，步步登高怎含羞。

夏风吹断诗人的愁绪，清新如水的气息带来无尽的愉悦。百日菊随着旋律起舞，它们并不向往远方，而是羞怯地舒展在明媚的阳光下。若是自然之神能够赋予它们更多的时光，也许百日菊就能更加自信地绽放。这首诗以优美的文辞和深刻的内涵，赞美了生命的美好，同时激励人们在生活中不畏艰难，勇于挑战自我，不断进步。百日菊，原产于墨西哥，中国各地广泛栽培。开花时一朵更比一朵高，“步步登高”之名由此而来。物语：付出真情，赢得尊敬。

bǎi zǐ lián
百子莲

xián yún chū luò huǒ rè tiān，yáng guāng dài lái bǎi zǐ lián
闲云出落火热天，阳光带来百子莲。

zhǐ dào wú yuán fēn fāng miàn，chí lái xìng fú dào yǎn qián
只道无缘芬芳面，迟来幸福到眼前。

这是一首典型的借景抒情诗。诗人细腻地描绘了百子莲在骄阳下恣意绽放的盛景，我们似乎能看到少年那颗充满爱意的心迸裂成一片花海。他原本已经放弃了对爱情的幻想，孰料峰回路转，迟来的幸福居然呈现在眼前。确实，芬芳终会绽放，幸福终将到来。诗人传递出的这份情感让读者备受鼓舞。百子莲，原产于南非，中国各地多有栽培。被称为夏季蓝色小精灵。欧洲人对其情有独钟，称其为爱情之花。物语：开于盛夏，宁静优雅。

bài jiàng
败酱

yǒu xiàn zī yuán bié yòng wán　　ài hèn zhī jiān gé céng tiān
有限资源别用完，爱恨之间隔层天。

suì yuè hén jì bù bì kàn　　yuán yě nián nián huàn xīn yán
岁月痕迹不必看，原野年年换新颜。

这首诗以简洁有力的语言，阐释了珍惜有限资源的重要性。首句“有限资源别用完”，提醒人们应当正确利用资源，避免过度开采；“爱恨之间隔层天”，寓意大自然对人类的爱护与仇恨之间的差距，诗人在劝导世人与自然和谐共处，不要引起大自然的反噬，后面两句则是热情地讴歌大自然强大的生命力，人类应当永远保持谦恭、敬畏之心。败酱，除宁夏、青海、新疆、西藏、广东和海南外，中国各地均有分布。物语：雨后新晴，温和安静。

薄荷

bò he

夏夜推出月光景，流萤提灯住花中。

xià yè tuī chū yuè guāng jǐng liú yíng tí dēng zhù huā zhōng

天边将尽薄荷梦，风送草木耳语声。

tiān biān jiāng jìn bò he mèng fēng sòng cǎo mù ěr yǔ shēng

月光如水洒落在大地，映照出夜空的宁静与祥和。流萤闪烁，犹如星星点点的灯火，将花丛点缀得如梦似幻。薄荷的浓郁香气弥漫于空中，那清凉甘甜的芬芳沁人心脾。夏夜的风吹送草木沙沙作响，仿佛大自然在我们的耳边窃窃私语。诗人为我们徐徐铺陈开一幅美丽的夏夜图景，令人仿佛坠入一个清幽的梦境。薄荷，原产于北半球温带地区，中国分布广泛。幼嫩茎叶尖可作菜食，全草入药。以薄荷代茶饮，可清心明目。物语：如此味道，何等美妙。

bǎo duó cǎo
宝铎草

tiān xià wù zhǒng qiú gōng píng fēng chuī yǔ dǎ cháng fā shēng
天下物种求公平，风吹雨打常发生。
bīng fēng dà dì chūn jiě dòng bǎo duó cǎo huā yòu chū xíng
冰封大地春解冻，宝铎草花又出行。

这首诗以简洁的文字描绘了大自然亘古不变的规则。天下万物都渴望公平，都希望得到应有的待遇。风吹雨打虽然时常发生，但我们也终会迎来冰雪消融，春暖花开。宝铎草的“铎”本义是古代宣布政教法令用的大铃。由此我们可以展开联想，天地有灵，派宝铎草昭告天下，包括人类在内的万物都应遵循公平的原则，任何贪婪的行为都将付出代价。宝铎草，产于中国浙江、江苏、安徽等地。花形如同古时之铎，故名宝铎草。物语：灵光闪动，钟爱一生。

bào chūn huā
报春花

hán dōng yuǎn qù fēng xiān zhī, bào chūn biàn chéng huā xìn shǐ.
寒冬远去风先知，报春变成花信使。
wǔ cǎi bīn fēn bù jīng yì, dào chù zhāng xiǎn xīn qì xī.
五彩缤纷不经意，到处彰显新气息。

冥冥之中，也许真的存在掌管天地的自然之神，而报春花就是春天的信使。它们借着第一缕和煦的清风，纷纷扬扬坠落大地。它们身着或粉红，或淡蓝的锦袍，轻纱飘舞，曼妙迷人。随着它们的到来，大地被唤醒，渲染出缤纷多彩的颜色。到处花朵繁茂，鸟雀脆啼。报春花，产于中国云南、贵州和广西西部（隆林）。盛开于早春，花冠粉红色，淡蓝紫色或近白色。作为春天的信使，即使霜雪未尽，它已然为大地带来一丝春意。物语：灿烂夺目，如火如荼。

报春石斛

bào chūn shí hú

hào yuè jiǎo jié mén hù kāi, bù shàng yáo chí zhù yáng tái.
皓月皎洁门户开，不上瑶池住阳台。

wēi guāng wēn róu mèi zhī wài, fāng xìn fēng shì wú liàng cái.
微光温柔媚之外，方信风是无量才。

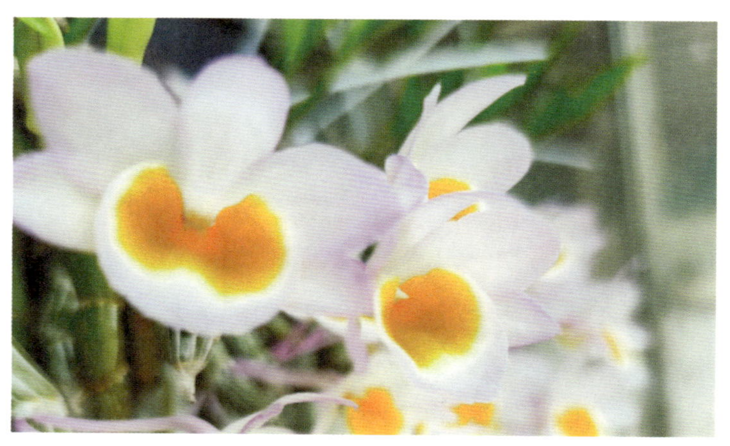

这是一首妙趣横生的小品。诗人先是用写意手法描绘报春石斛皎洁的身姿，飘飘欲仙的气质，又略带调侃地称它“不上瑶池住阳台”，充分表露出诗人对于这位“报春”使者安居在千家万户的喜悦之情。而“方信风是无量才”则赞美了自然界的伟大力量，春风吹开花蕾，万象更新，预示着又一个四季轮回徐徐开启。报春石斛，产于中国云南东南部至西南部，分布于亚洲多个地区。花形独特鲜活，色泽动人心魄，芳香四溢。物语：脱颖而出，美至无语。

bèi ké huā
贝壳花

xī huā zhī rén zuì cháng qíng gù zòng fēng liú yàn cǎo zhōng
惜花之人最长情，故纵风流燕草中。

bèi ké huā yǒu wèi xīng mèng hé shí màn bù guǎng hán gōng
贝壳花有卫星梦，何时漫步广寒宫。

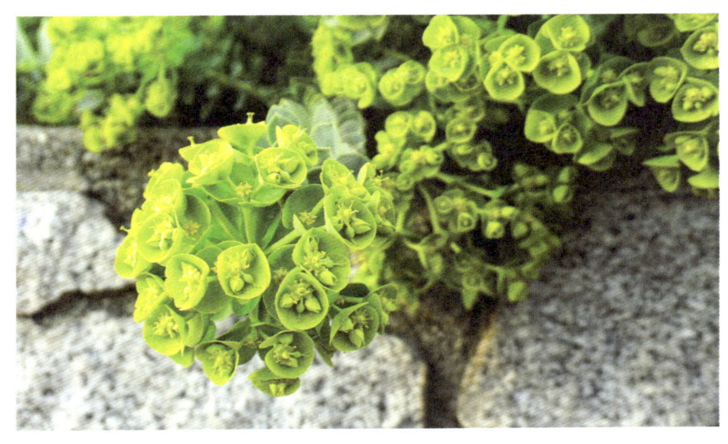

这首诗内蕴丰富，略带哀伤。诗人开篇明义，表示“惜花之人最长情”。燕草本有相思之意。李白曾有诗云：“燕草如碧丝，秦桑低绿枝。当君怀归日，是妾断肠时。”我们可以理解成惜花之人对于贝壳花恋慕情深，对方却无心于他，只希冀能飞抵云霄上，漫步广寒宫。诗人将这种爱而不得的心理描刻得入木三分。贝壳花，原产于亚洲西部及叙利亚、印度，中国台湾、云南等地引种。翠绿色的杯型萼片如同贝壳，故而得名。物语：水月笼天，独爱新鲜。

碧桃

bì táo cóng bù duō sī xiǎng shèng huā guò hòu jiù huí xiāng
碧桃从不多思想，盛花过后就回乡。
nóng zhuāng xiàng lái rén qì wàng lǎn jìn tiān xià chūn fēng guāng
浓妆向来人气旺，揽尽天下春风光。

诗人借俏丽的碧桃塑造了一位美丽而独立的女性形象。她不拘小节，也不过度思考，活在当下的她如同盛开的花朵一样绚烂。难能可贵的是，她在极其繁盛的高光时刻毅然抽身离去，颇有几分“事了拂衣去，深藏身与名”的洒脱不羁。也正因如此，她留给世界的是美到极致、惊鸿一瞥的背影，永远供后世赞叹、缅怀。碧桃，原产于中国，各省区广泛栽培。斜则娴雅婉约，直则端庄大方，动中景色如歌，静中顾盼生辉。物语：巧夺天工，回味无穷。

biǎn dòu huā
扁豆花

qiū fēng xīn liáng yǔ xiāo sǎ　xīn tóu yī zhěn biǎn dòu huā
秋风新凉雨潇洒，心头一枕扁豆花。
měi zài yuè yè cháng qiān guà　xiāng sī jié chéng lǜ lí ba
美在月夜长牵挂，相思结成绿篱笆。

秋雨瑟瑟逐云去，楚天寥廓春无痕。诗人心中萦绕着挥之不去的愁绪。淡紫色的扁豆花簇簇而生，恰似她的相思之情。诗中最巧妙的是尾句“相思结成绿篱笆”，令人联想起北宋词人张先的名句“心似双丝网，中有千千结”，二者颇有异曲同工之妙。诗人运用生动的比喻，细腻刻画了这种情感给人们带来的“痛并快乐着”的复杂感受，精准且不乏美感。扁豆花，中国各地广泛栽培。开紫色或者白色小花，小巧玲珑极为精致。物语：美之绿篱，爱至心底。

彩苞凤梨

cǎi bāo fèng lí

lǜ zhī tóu shang kāi hóng huā xī fēng fēi lái fēn zhēn jiǎ

绿枝头上开红花，西风飞来分真假。

hǒng de fēng dié ài shèng xià què wú tián mì dài huí jiā

哄得蜂蝶爱盛夏，却无甜蜜带回家。

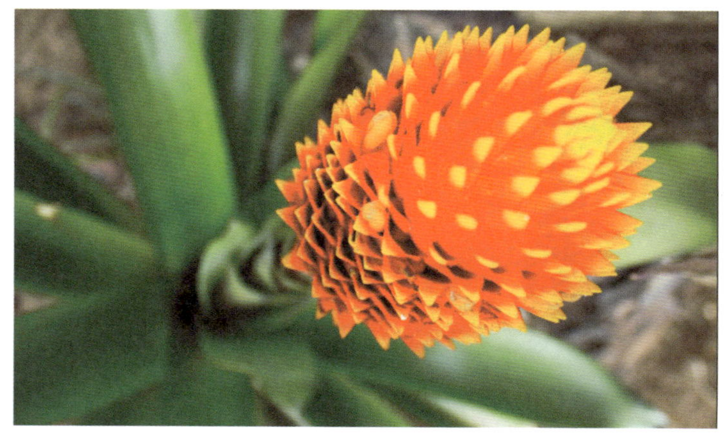

诗人从彩苞凤梨独特的花苞形态展开丰富联想，编织了一则趣味盎然的童话。彩苞凤梨的花苞硕大，如火炬般鲜艳夺目，乍一看会误以为花朵已经绽放，就连西风都难辨真假。蜂蝶翩翩而来，本以为能够采撷到蜜汁。它们围绕着花苞兴奋地寻觅，无奈最终只能失落地离开。彩苞凤梨，原产于中南美洲以及西印度群岛，中国广泛栽培。丰腴的苞片大而鲜红，开黄色小花。花苞可保持3个月，极具观赏价值。物语：红山绿海，随风而来。

cè jīn zhǎn huā

侧金盏花

dōng tiān rè qíng yǒu biāo qiān, xuě huā kāi chū wán měi gǎn.

冬天热情有标签，雪花开出完美感。

cè jīn zhǎn huā jiǎo bù màn, liú xià hóng rì dào chūn hán.

侧金盏花脚步慢，留下红日倒春寒。

冬天的热情有着独特的标签，它不同于其他季节的温暖。当雪花纷纷扬扬地飘落，仿佛世界都被貂裘覆盖。在这洁白的世界中，侧金盏花缓慢地绽放着，它们的花蕾就像是一轮轮小太阳，令人产生错觉。这哪里是凛冬呢？分明是略带寒意的早春时节。侧金盏花，分布于中国辽宁、吉林、黑龙江东部，朝鲜及日本等地也有分布。早春三月，细葶上的金黄色花朵先于叶迎风绽放开来，执着安静地摇曳在冰凌白雪之中。物语：天池寒玉，风韵十足。

插田泡

chā tián pào

mù sè luò jìn yún sī xiǎng, liáng xiāo hǎo mèng hèn tiān guāng.
暮色落尽云思想，良宵好梦恨天光。

chén fēng chuī zǒu huā chóu chàng, biàn chéng hóng guǒ yǒu yíng yǎng.
晨风吹走花惆怅，变成红果有营养。

夜幕降临，缥缈的白云像是蔓延在天空中的思绪，给人以宁静的感受。昨夜良宵苦短，回味悠长。清晨的微风吹散了花朵的忧愁，给人带来轻松和解脱。因为花瓣飘零也意味着即将结出硕果，生命将以更丰润的姿态呈现出来。透过诗中的景象，我们可以感受到诗人对生活的热爱和对未来寄予美好的期待。插田泡，分布于中国、朝鲜和日本。绿叶婆娑，粉紫色小花簇拥于枝头。果实味酸甜，可生食、熬糖及酿酒，亦可入药。物语：乡村快乐，天赐之作。

长春花

chánɡ chūn huā

shí ɡuānɡ nián lún liú yìn hén　fēnɡ yǔ wú qínɡ huā zì chūn
时光年轮留印痕，风雨无情花自春。
yàn lái hónɡ kāi hǎo shí yùn　cì ɡè fānɡ mínɡ rì rì xīn
雁来红开好时运，赐个芳名日日新。

时光年轮留下深刻的痕迹，记录了岁月的流转与沉淀。风雨无情，但花儿却依旧绽放，展示着生命的坚韧与无畏。每当长春花颤颤巍巍地舒展开，鲜妍的花瓣仿佛一张张笑脸，预示着好运即将到来。诗人在告诉我们，无论时光如何冷漠，无论风雨如何摧残，我们都能在生命的舞台绽放出独特的光彩。长春花，原产于非洲东部，中国栽培于南北多个地区。不择环境，生长迅速。植株娇小，四季盛开，从不间断。物语：色泽艳丽，不可复制。

长花金杯藤

chánghuājīnbēiténg

dǐ sè liào lǐ xīn tóu jǐng jiǎn yuē jiù shì huā shēng píng
底色料理心头景，简约就是花生平。

tiān jiāng dà màn xìn shǒu zhòng fēng yún cóng qiū kàn dào dōng
天将大蔓信手种，风云从秋看到冬。

这首诗赞美了长花金杯藤简约又不失优雅之美。它天生丽质，没有烦琐的修饰，却能给人带来无尽的愉悦和满足。“天将大蔓信手种”这句令人感受到大自然的漫不经心，但即使没有获得任何偏爱，长花金杯藤却顽强地生存，绽放出神奇美妙的姿态。长花金杯藤，原产于西印度群岛及古巴。花朵硕大优雅，含苞未放时，散发出浓郁的奶油蛋糕香味。开花后颜色初始淡黄色，再转至金黄色，花蕊细长优雅。物语：大而美丽，婀娜多姿。

茶梅
chá méi

shí lìng chá méi nài shuāng hán，jīng yàn měi de xī fēng ruǎn。
时令茶梅耐霜寒，惊艳美得西风软。
jīn yè dú zhàn chūn yī bàn，miàn xiàng yún hǎi dài tiān nuǎn。
今夜独占春一半，面向云海待天暖。

茶梅在寒冬凌雪绽放，丝毫不亚于“疏影横斜水清浅，暗香浮动月黄昏”的梅花。当西风轻轻吹过，茶梅如梦似幻地舞动，似乎在欣喜地迎接春天的到来。这满园的风光，它独自占去一半，就连风儿都为它而折腰。只等大地回暖，万物复生，它还将与初开的春花一竞芬芳。茶梅，分布于日本，中国有栽培品种。叶子似茶叶，花朵似梅花，因此得名茶梅。树形美观大方，叶子雅致，花朵瑰丽，宜修剪造型，是理想的盆栽名花。物语：雪中朱砂，盖无其他。

茶树花（chá shù huā）

shān gāo dì kuò fàn lǜ guāng　wàn mǔ chá yuán rì yè zhǎng
山高地阔泛绿光，万亩茶园日夜长。
rèn fēng lā chě chūn lì liàng　sān qiān lǐ wài wén huā xiāng
任风拉扯春力量，三千里外闻花香。

这首诗将山高地阔的茶园景色娓娓道来。山峦巍峨，大地开阔，映入眼帘的是一片翠绿的海洋。广袤茶园无边无际，似乎一直延伸到天涯。清风轻轻吹拂着这片茶园，仿佛是春天的使者，为茶树带来生机与力量，拉扯它们不停生长。即使身处三千里之外，也能闻到茶花的氤氲幽香。茶树花，中国西南部是茶树的起源中心，世界上数十个国家引种了茶树。纯白色的花朵恰好符合“有红妆而不染，有魅力而不骄”之说。物语：千秋茶花，流芳万家。

<ruby>赪<rt>chēng</rt></ruby> <ruby>桐<rt>tóng</rt></ruby>

<ruby>地<rt>dì</rt></ruby><ruby>球<rt>qiú</rt></ruby><ruby>村<rt>cūn</rt></ruby><ruby>是<rt>shì</rt></ruby><ruby>一<rt>yī</rt></ruby><ruby>盘<rt>pán</rt></ruby><ruby>棋<rt>qí</rt></ruby>，<ruby>万<rt>wàn</rt></ruby><ruby>物<rt>wù</rt></ruby><ruby>有<rt>yǒu</rt></ruby><ruby>灵<rt>líng</rt></ruby><ruby>比<rt>bǐ</rt></ruby><ruby>一<rt>yī</rt></ruby><ruby>比<rt>bǐ</rt></ruby>。
<ruby>春<rt>chūn</rt></ruby><ruby>来<rt>lái</rt></ruby><ruby>秋<rt>qiū</rt></ruby><ruby>去<rt>qù</rt></ruby><ruby>不<rt>bù</rt></ruby><ruby>放<rt>fàng</rt></ruby><ruby>弃<rt>qì</rt></ruby>，<ruby>总<rt>zǒng</rt></ruby><ruby>有<rt>yǒu</rt></ruby><ruby>红<rt>hóng</rt></ruby><ruby>花<rt>huā</rt></ruby><ruby>结<rt>jiē</rt></ruby><ruby>果<rt>guǒ</rt></ruby><ruby>实<rt>shí</rt></ruby>。

　　地球村如同一盘珍珑棋局，大自然中的万物都置身其中，它们各有灵性，展开一场生命的竞赛。无论是春天的花开还是秋天的叶落，它们都始终坚守着自己的使命。在这个广袤的世界中，每一样事物都具有独特的价值和意义，我们应当坚信所有的努力会结出硕果，持之以恒，永不放弃。赪桐，产于中国江苏、湖南、福建、广东等地。花冠红色，盛开时，由无数小花朵簇拥形成一簇一簇的大花束，壮观美丽。物语：相悦相承，必可成功。

雏菊

chú jú

chūn lái yuè huī bái rú xuě，yì shēng wú yì shàng lóu gé。
春来月辉白如雪，逸生无意上楼阁。
cháng jiàn gāo zhī huā jì mò，chú jú zì yóu rú fēng chē。
常见高枝花寂寞，雏菊自由如风车。

这首诗以春月夜为背景，于素雅的文辞之中传递出对自由生活的赞美。诗中的主人公享受安逸的生活，彰显出一种悠然自得的心境。他常见高枝上寂寞的花朵，虽然艳冠群芳，但凛然的风姿令人不敢接近。相比之下，雏菊的亲切与朴素才是诗人的心头所爱。它们宛如无数架小风车，在春光中自由旋转。雏菊，原产于欧洲，中国各地引进栽培。一葶一花，娇小玲珑。春天开花，优雅出尘，素影清风，于寒凉中开出一片温暖。物语：别具一格，见者喜悦。

穿心莲（chuān xīn lián）

dōng fēng xī fēng shuí kěn shū　zhōng yào shì jiā líng qì zú
东风西风谁肯输，中药世家灵气足。
shí guāng liú xiàng xuán hú chù　bǎ mài rén tīng xián jiē yǔ
时光流向悬壶处，把脉人听闲阶雨。

这首诗婉转地表达了东西方文化各擅胜场的含义。而“中药世家灵气足”这句借穿心莲的药用价值彰显了中医药学的博大精深。诗人继而又赞美了中医医者悬壶济世的高尚德操；“把脉人听闲阶雨”这句极有意境，不仅勾形，而且传神地描绘出中国传统医学的文化底蕴。穿心莲，原产于印度及周边国家，分布于中国福建、广东、海南、广西等地，澳大利亚也有栽培。为药用植物，其茎、叶极苦，有清热解毒、消肿等功效。物语：时空流转，初心不变。

chuí zhī hóng qiān céng
垂枝红千层

héng tiān fēng làng wàn lǜ zhōng　wài róu nèi gāng bào tuán xíng
横天风浪万绿中，外柔内刚抱团行。

chuí shǒu dàn jiàn chūn shòu yòng　biàn zhī qún fāng bù pà lěng
垂首但见春受用，便知群芳不怕冷。

诗人先是描绘了风云变幻之中的绿色世界，展示了春天的繁荣景象。接着用“外柔内刚抱团行”比拟花儿的特性，赞美它们紧密团结在一起，共同面对风雨的精神。这首诗以形象的语言描绘了大自然的神奇，带给人们以热烈的振奋和鼓舞。垂枝红千层，原产于澳大利亚的新南威尔士及昆士兰。叶子细长如柳，枝条下垂，颇有垂柳之风韵，树干形状曲折，苍劲有力。小枝密集，红色丝状花穗悬垂，摇曳生姿，美艳绝伦。物语：三生石前，心照不宣。

垂花水塔花

chuí huā shuǐ tǎ huā

dēng tǎ gāo tǎ wèi lái tǎ，líng hé yī shì dǎo háng jiā。
灯塔高塔未来塔，零和壹是导航家。

wèi xīng zhàng liáng tiān zuì dà，làng huā nán bǐ shuǐ tǎ huā。
卫星丈量天最大，浪花难比水塔花。

这首诗运用了众多科技元素，以指代人类利用科技的力量探索宇宙和未知，使我们更加明确前进的道路。“浪花难比水塔花”，这句诗通过对比浪花和水塔花的勾描，颂扬了人类创造力的伟大。水塔花象征着人类智慧和文明的结晶，浪花虽然美丽，却无法与之相媲美。垂花水塔花，原产于巴西，中国引进栽培观赏。叶子细长如兰。春季时长出穗状花序，渐次开放出不一样的美，悬垂的花朵长出根根细长的花蕊，优雅漂亮。物语：轻盈别致，跃跃欲试。

chuí mò lì
垂茉莉

chuān yuè xīn fēi fēng dǎo háng　xiū liàn pǐn gé jiē yáng guāng
穿越心扉风导航，修炼品格接阳光。
shān shuǐ gǎn wù xīn xī wàng　huā hé yuǎn fāng dōu fāng xiāng
山水感悟新希望，花和远方都芳香。

通过心灵的旅程来寻找自我，通过修炼品格来接纳阳光般的力量。我们通过山水来领悟生命的真谛，由此萌生出对未来的自信。这首诗充满了哲理和情感，将人们的内心世界与大自然相融合，传递出希望和力量。垂茉莉，产于中国广西西南部、云南西部和西藏。锡金、印度东北部等地也有分布。花蕾形似白蝴蝶，又因下垂于枝上，故此得名。实则与茉莉花完全不同。花姿飘逸，簇拥成团，盛开时，香味浓郁，别有风韵。物语：寒来暑往，历久弥香。

垂丝海棠
chuí sī hǎi táng

qīng yíng yóu shèng huā zhōng wáng, chén shuǐ qià sì wú hén xiāng.
轻盈犹胜花中王，沉水恰似无痕香。
rú xuě zhēn zhū chuí shǒu wàng, xiū de měi rén bù shàng zhuāng.
如雪珍珠垂首望，羞得美人不上妆。

这首诗以轻盈、恬静的笔触，描绘了垂丝海棠绝美的风韵。它姿态轻灵，艳冠群芳。如珍珠，赛冰雪，香气馥郁而不张扬。最后一句“羞得美人不上妆”则展现了花朵的纯洁和高贵，令美人都自愧不如。整首诗通过细腻的描写，将花朵的神韵展现得淋漓尽致。

垂丝海棠，产于中国江苏、浙江、安徽、陕西、四川、云南。树冠优美，嫩枝、嫩叶均带紫红色。簇生花蕾胭脂色，花梗细长而悬垂。花朵含羞带怯，摇曳生姿。物语：揉乱心弦，粉动摇天。

刺槐

天真烂漫直须有，刺槐抢了花温柔。
盛开赶上闰月秀，走进云屏露两手。

这首诗表达了诗人对纯真美好情感的推崇。刺槐的花朵温柔似水，比草花更胜三分。它们在闰月秋盛开，如同一幅绚丽多彩的画卷，展现了生命的蓬勃与灿烂。这首诗运用简洁明快的语言和优美的意象，不仅赞美了大自然的美丽与生机，也唤起了人们内心对纯真与美好的向往，诗情、意境相得益彰。刺槐，原产于美国东部，中国于18世纪末从欧洲引入青岛栽培。生命力旺盛，花朵簇生悬垂，相拥成穗，洁白如雪，香味浓郁。物语：拾穗香酥，扑人眉宇。

刺桐
cì tóng

dú bá tóu chóu xiān bào chūn, shuāng xuě nì xí tiáo sè rén.
独拔头筹先报春，霜雪逆袭调色人。

cì tóng dòu hán yì wèi jìn, kāi duǒ huā ér zhǔ fú chén.
刺桐斗寒意未尽，开朵花儿主浮沉。

这首诗以婉转的笔触描绘了春天的降临和刺桐傲雪的姿态，展现出大自然的坚强不屈。诗人巧妙地运用了多种修辞手法，使诗意更加深远。她借刺桐的花朵彰显自己的昂扬斗志，以及面对人生起伏时的豁达心态。令人感叹大自然的奇妙和人类的坚韧，同时也激励人们要勇敢面对困难。刺桐，原产于印度至大洋洲海岸林中，中国福建、广东等地有栽植。树干挺拔，花朵形状独特，花冠红色，火红灿烂，极具美感。物语：深红待绿，个中情趣。

翠菊

cuì jú

huā jiā jìng zì kāi rǎn fáng, lǜ rǎn yī shang hóng rǎn zhuāng。
花家径自开染坊，绿染衣裳红染妆。

chì dì rì tou gāo wàn zhàng, shài de cuì jú cùn cùn xiāng。
赤地日头高万丈，晒得翠菊寸寸香。

这首诗比喻生动，朗朗上口，给人以美的体验。诗人用“绿染衣裳红染妆”来比喻翠菊绿叶的娇嫩和花朵的鲜妍。她还将色彩与妆容相结合，给人一种绚丽多彩的感觉。骄阳似火，将花朵的芬芳蒸腾得更加浓郁，这是多么迷人的景象，令读者仿佛置身于画中，心驰神往。翠菊，产于中国吉林、辽宁、河北等地。在欧洲花卉市场占有一席之地。茎直立，单生，有淡淡的清香。花色丰富，五彩缤纷，常簇拥成团盛开。物语：渲染秋色，花开不谢。

打破碗花花

dǎ pò wǎn huā huā

万物寂静春诞生，重新布置天下景。

wàn wù jì jìng chūn dàn shēng, chóng xīn bù zhì tiān xià jǐng.

深入观察花活动，方知野生更长情。

shēn rù guān chá huā huó dòng, fāng zhī yě shēng gèng cháng qíng.

春的脚步由远及近，万物重新萌发生机。在这场大自然的盛宴之中，我们深入观察花朵的活动，真正领略到它们的深情。确实，相比起人工栽种的花草，野生花卉更让人倾心。它们不受人为干扰，也许品相并不完美，但是它们展示出的天然和纯真就像赤子之心，弥足珍贵。打破碗花花，分布于中国四川、陕西南部、湖北西部等地。民间为防止小孩子随意摘取，大人们便说，摘了这种花就会打破碗，花名由此而来。物语：美丽谎言，保住花仙。

dà bǎi hé
大百合

juàn tóu huà shàng bù lǎo sōng　dà bǎi hé kāi xià fēng jǐng
卷头画上不老松，大百合开夏风景。

ruò xiǎng zhǎo gè qīng yōu jìng　xū rù yún shān wù hǎi zhōng
若想找个清幽境，须入云山雾海中。

在中国传统文化中，不老松和百合花分别象征着生命和高洁。诗人借用这两个意象，传递出对人生价值的思考。诗人还告诉我们，如果想寻找一片幽静的土地，就需要踏入云山雾海之中。这里的云山雾海象征着脱离尘世喧嚣的世外桃源，也是人们追求心灵宁静和纯洁的精神之地。大百合，产于中国西藏、四川、陕西、湖南和广西等地。花朵呈狭喇叭形，十分雅致。因其植株粗壮高大，显著区别于百合属植物而得名。物语：倦飞知还，生活简单。

dà huā cōng
大花葱

xià rì fēng liú zǐ yún qíng　　shū juǎn jǐn tuán dà huā cōng
夏日风流紫云情，舒卷锦团大花葱。

zhèng wǔ yáng guāng zuì níng jìng　　jìng dào kě wén zhàn fàng shēng
正午阳光最宁静，静到可闻绽放声。

夏阳融融，风云流转，天地如同一首澎湃的交响乐。田野被鲜花点缀，色彩斑斓，大花葱绽放成花球，真是“花团锦簇”这个成语的最直观展现。正午的阳光透过云层洒下，大地静谧无声，只能听到花朵绽放的声音。它是如此美妙，让人陶醉其中，心情随之变得平静安逸。大花葱，原产于亚洲中部和喜马拉雅山脉，世界各国园林中多有种植。花葶高大，伞形花序球状，由数千朵紫红色星状小花组成，色彩艳丽，灿烂夺目。物语：细微成功，肃然起敬。

dà huā huì lán
大花蕙兰

hóng chén xìng fú chāo píng fán，fēi shàng yáng tái dāng huā xiān。
红尘幸福超平凡，飞上阳台当花仙。
dà huā huì lán lián chéng piàn，chūn rú hú dié fèn wài huān。
大花蕙兰连成片，春如蝴蝶分外欢。

在繁忙的尘世间，无数人在不懈追求，渴望安享平淡幸福的人生。但是大花蕙兰却不甘寂寞，它飞上阳台，渴望能够超凡脱俗，飞升成仙。它的花朵恰似沉醉在春色中的蝴蝶，欢愉地翩翩起舞，自由不羁的生活才是它心之所向。这首诗流露出诗人对于生活的领悟，以及不甘平凡的进取精神。大花蕙兰，原产于印度、缅甸、泰国、越南和中国南部等地。花朵盛开时如美丽的蝴蝶，跃跃欲飞，风姿绰约，极具观赏价值。物语：顺应民俗，迎春接福。

大花马齿苋

dà huā mǎ chǐ xiàn

fēng yún yě yǒu chán mián tiān　　zhèng wǔ shí fēn jiǔ liàng qiǎn
风云也有缠绵天，正午时分酒量浅。
huàn xǐng dà huā mǎ chǐ xiàn　　qiāo qiāo sòng wǎng qíng shèng qián
唤醒大花马齿苋，悄悄送往情圣前。

　　这首诗以细腻、恬静的笔触描绘了风云的缠绵，正午时分的宁静与浅醉，共同构建了一幅宜人的场景，诗人借此尽情流露出对爱情的向往和赞美。诗中的大花马齿苋被诗人唤醒，象征着爱情的苏醒与绽放。诗人悄悄将这份美好的情感送往"情圣"面前，表达出对情感的珍视和美好期待。大花马齿苋，原产于巴西，中国公园、花圃常有栽培。花瓣呈红色、紫色或黄白色。向阳而开，日开夜闭，中午阳光充足时开至最美。物语：美如花仙，妙不可言。

dà huā xuān cǎo
大花萱草

qiū zài xīn shàng shuǐ cháng liú dà huā xuān cǎo jiào wàng yōu
秋在心上水长流，大花萱草叫忘忧。

lè zài tián yě dāng wáng hòu fēng qīng yún dàn kàn fēng shōu
乐在田野当王后，风轻云淡看丰收。

诗中的“秋在心上水长流”一句，让人感受到秋天的韵味在心灵深处流淌，展现出时光的迷人魅力。大花萱草又名忘忧草，它优雅的花形，芳香的气息能够令人暂时忘却生活中的一地鸡毛。它惬意地摇曳在田野的风中，怡然自得，仿佛是这片土地的王者。这不正是我们梦想中的自由生活吗？大花萱草，分布于亚洲温带至亚热带地区。左边正如碧绿一片玉玲珑，金黄惹出花蕊红。右边恰似优雅忽然从天降，眼前晒出御衣裳。物语：彼此喜欢，尽在视线。

大花亚麻

dà huā yà má

tiān jiào zì rán guī jǔ duō, rén yǒu xiū yǎng huā yǒu gé.
天教自然规矩多，人有修养花有格。
fēng yún zhuó lì xīng chén luò, yà má shēng jiù gēn qíng jié.
风云着力星辰落，亚麻生就根情结。

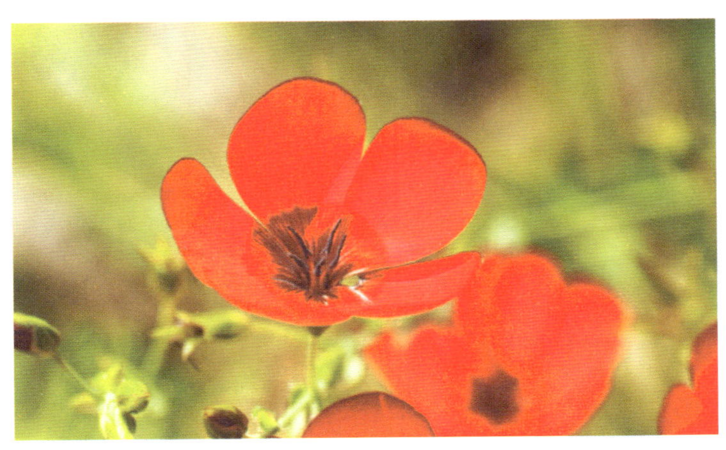

自然有规律，正如人生在世不放弃精神的修养；草木有灵，同样也各有格调。诗人用前两句阐明了世间万物都不能只拘泥于物质层面，应不断修炼达到更高思想境界的道理。四季轮换，时光荏苒，世界仿佛总是处于运动之中，但总有些东西值得坚守。譬如花开花落，根总是牢牢驻扎在大地。大花亚麻，产于非洲北部，中国引进栽培。盛开时脉脉含羞，美如仙子，静静绽放。不张扬个性，不炫耀脂粉，只开出一大片火红优雅。物语：点滴深情，贯穿始终。

dà huā zǐ wēi
大花紫薇

chén sī wú yǔ lǐng wù chǎng　dà yè zǐ wēi jiǎng jiě máng
沉思无语领悟场，大叶紫薇讲解忙。
gāo shù rù yún wèn yuè liang　kě fǒu kàn dào huā wén zhāng
高树入云问月亮，可否看到花文章。

这首诗通过独特的意象和巧妙的表达方式，将人们的思绪引向了深邃而广阔的领域。人类困惑于宇宙的奥秘和自然界的谜题，而具有灵性的大花紫薇却早已洞察玄机。它热心地为人们答疑解惑，也许你听不懂它在说些什么，但从那漫天的花海之中，也许就能获得深刻的领悟。大花紫薇，中国广东、广西及福建有栽培，斯里兰卡、印度、马来西亚等地有分布。叶子碧绿，花朵簇生，大而鲜艳，粉紫色或者粉红色，花蕊金黄色。物语：不言不语，幸运光顾。

dà huǒ cǎo
大火草

zhuī guāng zhú yǐng wǎng hóng quān, fēng chuī dà huǒ cǎo liáo yuán.
追光逐影网红圈，风吹大火草燎原。
tiān róng dì mào qiě xì kàn, chū cǎi bìng fēi míng lì shān.
天容地貌且细看，出彩并非名利山。

追光逐影的网红圈如大火燎原，势不可挡。但其中又有多少虚假的泡沫迷惑了人们的视线。风靡一时的繁荣现象也许正像野火，蔓延迅速，但最终只留下灰烬。在充满竞争的当下，只有真正优秀的人才能脱颖而出，并获得长久的生命力。我们不应追名逐利，而是专注于为他人和社会创造价值。大火草，分布于中国四川西部和东北部、青海东部、甘肃等地。植株纤细优雅，花朵娇艳，呈白色或淡粉色。为优质蜜源和饲料植物。物语：缘结众芳，大爱至上。

dà lì huā
大丽花

tiān biān shōu qǐ yī mǒ xiá，wàn zǐ qiān hóng yòu bào fā。
天边收起一抹霞，万紫千红又爆发。
qiū jǐng kān bǐ shuǐ mò huà，jīng yàn míng jiào dà lì huā。
秋景堪比水墨画，惊艳名叫大丽花。

夕阳西下，天边一抹彩霞收起，大地却在此时展开一幅盛大的图景。万紫千红的花朵竞相绽放，宛如一幅水墨写意画，世界也为之惊艳。诗人笔下的大丽花色彩斑斓，仿佛是大自然的魔法所创造的艺术品。它们在秋风中摇曳生姿，令人忘却严冬将至的烦恼。秋季的大丽花象征着生命的勃发与希望，给人带来无尽的愉悦。大丽花，原产于墨西哥，是全世界栽培极广的观赏植物之一。墨西哥国花之一，姿态各异，令人炫目。物语：华丽大方，为美守望。

大蔓樱草
dà màn yīng cǎo

xià rì wēi fēng chí bù huí ǎi xuě lún shàng pàn xuě fēi
夏日微风迟不回，矮雪轮上盼雪飞。
mǎn yǎn méi hóng rě rén zuì jiù suàn zhòng shǔ yě wú huǐ
满眼玫红惹人醉，就算中暑也无悔。

夏日微风杳无踪迹，仿佛迟迟不愿归来。诗人期待着雪花飘落，能给炎热的季节带来丝丝清凉。无意间，她看到大地被玫红色的花朵装点得如此美丽，让人陶醉其中，几乎忘记了难熬的暑热。她顶着烈日徜徉在花丛之中，无怨无悔地享受着这份美丽。大蔓樱草，原产于欧洲南部和地中海一带，中国栽培观赏。刚开放时呈紫红色，逐渐变成粉红色。下午阳光西斜，花瓣变浅开成平面，次日早上再向内卷曲，别有情趣。物语：向阳规律，独家艺术。

大薸 (dà piáo)

赏心悦目难满足，风姿绰约小夜曲。
shǎng xīn yuè mù nán mǎn zú, fēng zī chuò yuē xiǎo yè qǔ

芙蓉莲花上名录，如诗如歌美如许。
fú róng lián huā shàng míng lù, rú shī rú gē měi rú xǔ

这首诗以优美的辞藻和华丽的修辞展现出一幅唯美的画卷。诗人用“赏心悦目难满足”开篇，表达了人们对美好事物的追求从未停歇。大薸漂浮在湖面，叶美如莲，风姿绰约如一首悠扬的小夜曲，令人陶然，听之忘俗。大薸，中国台湾、福建、广东、广西、云南各省区热带地区有野生，全球热带及亚热带地区广布。叶子翠绿肥厚，簇生成莲座状，悠然自得漂浮于水面。叶美如花，遇水在叶面形成圆珠，闪烁光泽。物语：见水就长，天生天养。

dà shí lóng wěi
大石龙尾

wēi fēng xié yǔ wǔ bù xiū，dà shí lóng wěi měi shàng tóu
微风携雨舞不休，大石龙尾美上头。

lián tiān yún tī dā bù gòu，yī cùn róu qíng yī cùn yōu
连天云梯搭不够，一寸柔情一寸忧。

轻盈的雨点沐浴大地，仿佛在天地间畅舞一曲《清平乐》。大石龙尾的优雅风姿令人心驰神往。它想要搭起连天云梯，却始终无法如愿。寸寸柔情转换成无限忧思，寂寞的心事无处寄托。这首诗透露出一份动人的温柔与感伤，细腻的情感融入花草之中，具有很强的艺术感染力。大石龙尾，原产于斯里兰卡和印度。花朵在挺水枝条上开放，近白色，具紫色斑点。盛开时花朵优雅美丽，造型别致奇特，风姿绰约，极具特色。物语：水种水收，出入自由。

dà yán tóng
大岩桐

xì yǔ fēn fēi luàn chūn fēng　tiān biān huí wàng dà yán tóng
细雨纷飞乱春风，天边回望大岩桐。

jǐ cù xiǎo huā qíng yì zhòng　zhāng yáng qīng liáng jiē tóu jǐng
几簇小花情意重，张扬清凉街头景。

春风融融，细雨蒙蒙，仿佛有一幅江南春景图在我们眼前展开。天空辽阔，大岩桐灿如繁星的花簇点缀其中，它们微笑着绽放，散发出浓郁的芬芳。这些小花不仅是自然的恩赐，更是一种情意的表达。它们张扬着自己的美丽，与街头的清凉景色相辉映。这首诗让人们感受到春天的温暖与喜悦，对生活充满希望。大岩桐，原产于巴西，中国引种栽培。大岩桐为著名的室内盆栽花卉，花朵绽放时，姹紫嫣红，极具观赏价值。物语：花开荣光，福气绵长。

dào guà jīn zhōng
倒挂金钟

chén sī wú yǔ fēng qīng liáng　chūn huí dà dì xīn kāi zhāng
沉思无语风清凉，春回大地新开张。
dào guà jīn zhōng ruò shèng fàng　jiù shì huī huáng hǎo shí guāng
倒挂金钟若盛放，就是辉煌好时光。

诗中的“沉思无语风清凉”一句，让人感受到春风拂面的清新与舒适；“春回大地新开张”则用春天的回归形容大地焕发出新生与希望，给人以振奋和激励。倒挂金钟一旦盛开，意味着人生中最光辉夺目的时刻到来。每个人都有属于自己的黄金时代，愿我们不负韶光，尽情绽放。倒挂金钟，原产于中南美洲，中国广为栽培。盛开时，花朵低垂，颜色多变，半遮半掩，神秘美丽。除极具观赏价值之外，倒挂金钟还是中药材。物语：深情款款，相思漫卷。

dì zhōng hǎi lán zhōng huā

地中海蓝钟花

qiān tiāo wàn xuǎn bù rěn xíng, huī shǒu cí bié zǎo chūn fēng

千挑万选不忍行，挥手辞别早春风。

jīn rì shōu qǐ fēi tiān mèng, duān zuò yún tóu dài huā chéng

今日收起飞天梦，端坐云头待花成。

早春略带寒意的风渐渐远去，大地即将迎来温暖和希望。诗人想要选取一枝花朵，作为这个时节最美丽的标签。她千挑万选，地中海蓝钟花进入了她的视线。为了等待蔚蓝色的宝石花球绽放，诗人暂时停下飞天的脚步。她端坐在云端，静待花开。这首诗描绘了诗人对春天的热爱和渴望，以及对美好事物的期待。地中海蓝钟花，原产于地中海一带，中国引种栽培。盛开时，在花茎顶端组成一个大花球，花形别致，令人炫目。物语：蓝天回响，生态健康。

dì wáng huā

帝王花

jué sè chū zì xún cháng jiā， qún fāng gè gè měi wú xiá

绝色出自寻常家，群芳个个美无瑕。

dòu kòu nián huá yī chà nà， jīng yàn bǎi nián dì wáng huā

豆蔻年华一刹那，惊艳百年帝王花。

大千世界中，绝大多数都是平凡之人。但每个人都曾拥有纯真无瑕的年代，像初开的花，清晨的露，春潮的水。可惜啊，人生最唯美的豆蔻年华稍纵即逝，短暂得仿佛只有一刹那。只有帝王花不仅开得绚烂，还能永葆青春。自然之神为何对它如此偏爱？它惊艳了时光，凝滞了岁月。帝王花，分布于南非全国，是南非共和国的国花。以其硕大、奇特、华丽的造型被称为“花王之王”。具有顽强的生命力，花魁的寿命长达百年。物语：物换星移，天之骄子。

棣棠花

拂云掠月雨乍停，开天剪碎金披风。
不声不响不冲动，棣棠美至春心疼。

雨后云淡风轻，天地清新而宁静。仿佛有一只无形的手，将天神金灿灿的披风剪碎成亿万光点，洒向人间。它们化作棣棠花迎风招展，风姿绰约。相比起其他绚烂的花朵，棣棠花是那样含蓄内敛，这反而为它们增添了楚楚动人的韵致，融入人们心灵深处，令人悸动回味。棣棠花，产于中国甘肃、山东、浙江等地。常见的棣棠花为单瓣，颜色为黄、白色。重瓣棣棠花为棣棠花变种，花朵较大，盛开时满枝黄花，辉煌灿烂。物语：珠花斜挂，天之风雅。

diào lán
吊兰

xiāo fèi měi jǐng nián fù nián，děng nǐ huí jiā lù hǎo yuǎn。
消费美景年复年，等你回家路好远。
diào lán zhǐ wèi huā xuán niàn，yī gè yǎn shén róng huà tiān。
吊兰只为花悬念，一个眼神融化天。

“行行复行行，与君生别离。相去万余里，各在天一涯。”花开花落，园中的美景已经重复过多次，鸿雁依旧没有捎回你将归来的消息。廊下的吊兰垂下丝丝绿绦，恰似我绵绵的思念。小巧皎洁的花朵，恍如我脆弱的眼眸。上天也忍不住为我伤情，化下蒙蒙雨雾，阻挡我眺望远方的视线。吊兰，原产于非洲南部，现已广泛栽培。性喜温暖湿润半阴的环境。叶剑形，开白色小花，花蕊金黄色。四季常绿，是常见的垂挂植物。物语：上天厚爱，生命精彩。

diào zhōng liǔ
钓钟柳

liáo kuò dà dì yǒu róu qíng, huāng yě hào sù chuò tài shēng.
辽阔大地有柔情，荒野皓素绰态生。

diào zhōng liǔ zhī qīng yáo dòng, yáo chū jīng yàn huā fēng líng.
钓钟柳枝轻摇动，摇出惊艳花风铃。

这首诗以辽阔大地为背景，展现了大自然的柔美。山野虽然荒凉，但在皓月的光辉下，展现出绰约的魅力。钓钟柳的枝条轻轻摇动，花串颤颤巍巍，宛如风铃般婉转动人，又仿佛在奏响一曲优美的旋律。眼前的这幕景象令人感到惊艳，我们似乎能感知到天地此时的愉悦心情，它欢快地释放出这天籁。钓钟柳，原产于美洲，现世界各地多有栽培。植株优美大方，花色为红色、蓝色、紫色等。花形别致，颇具观赏价值。物语：花开一片，碧海青天。

dǐng bīng huā
顶冰花

bīng tiān xuě dì zhào yàng zhǎng, chūn lái kāi gè mǎn tíng fāng.
冰天雪地照样长，春来开个满庭芳。

tián jiǎo dì tóu dōu xīng wàng, dǐng bīng huā jiào yù yī huáng.
田角地头都兴旺，顶冰花叫御衣黄。

冬天的严寒似乎掩盖了一切生机，顶冰花却不畏严寒，即使顶冰冒雪，依然倔强地孕育着生命。当春天来临，一夜之间，它们绽放出绚烂无匹的花海，天地间充盈着沁人的芳香。翠绿的田野显现出繁荣的景象，预示着丰收的希望。这首诗赞美了生命在面对严苛环境时所迸发的力量。顶冰花，产于中国黑龙江、吉林东部、辽宁等地，几片单薄的花瓣冒着凛冽寒风美美地绽放开来，故而得名。一身傲骨的顶冰花，美极，雅极。物语：花有奥妙，生存有道。

dōu lán
兜兰

hòu hǎi dà dào yuè liang wān　bīn hé xī lù lán yāo huán
后海大道月亮湾，滨河西路拦腰还。

dōu lán suǒ shuǐ shí hǎn jiàn　huā dǐ bō lán yǒu jǐ kuān
兜兰锁水实罕见，花底波澜有几宽。

诗中借用了中国深圳市的几个地名，构建出一幅有海、有河、有月的静美夜景，传递出一派祥和的氛围。我们仿佛看到一条闪耀着银光的河流在湾口蜿蜒流淌，兜兰随风飘动，投影在荡漾碧波之中，令人心旷神怡。它圆润的花囊恰如盛满了甘洌的蜜汁，又似乎将江河之水尽收其中。兜兰，分布于亚洲热带地区至太平洋岛屿。花可开放数周，造型奇特，花色丰富，神形俱美，极具观赏价值。物语：伴星眠月，质朴生活。

杜鹃

dù juān

fēng liú chuī lǜ chūn méi yǎn, dù juān huā kāi mǎn shān chuān.
风流吹绿春眉眼，杜鹃花开满山川。
zhěng gè xià jì hóng yàn yàn, shèng shì yù shàng fēng shōu nián.
整个夏季红艳艳，盛世遇上丰收年。

这首诗以细腻动人的笔触，描绘了一幕繁花似锦的热闹景象。春风轻柔地吹拂，大地舒展开眉眼。杜鹃花漫山遍野地盛开，仿佛铺开一层锦绣绒毯。它们染红了整个夏季，也愉悦了人们的心灵，预示着丰收之年即将来临。诗中字里行间闪耀着乐观的气息，令人油然而生对生活的热爱。杜鹃，产于中国江苏、安徽、广东、四川等地，世界各国广泛栽培。枝繁叶茂，绮丽多姿，盛开时花团锦簇。老根桩造型别致，可制作盆景。物语：花好月圆，精彩满天。

杜梨

dù lí

huā zhuī chūn fēng zì zhǔ zhāng, měi níng zhī tóu biàn fèng huáng
花追春风自主张，美凝枝头变凤凰。

yí shì dù lí tōu shì fàng, yuè luò xīng chén mǎn tiān shuāng
疑是杜梨偷释放，月落星辰满天霜。

这首诗中蕴含着几分趣味和巧思。诗人想象花朵追逐春风，恣意地绽放，它们融合了所有花的美丽，凝结成吉祥鸟凤凰。此时此刻，月兔退隐，繁星漫天，夜空仿佛覆盖着一层霜白色的云锦。诗人不禁疑问：莫不是杜梨在偷偷释放，才将夜空幻化得如此灿烂辉煌？诗人的奇思妙想使得读者沉浸其中，对诗中的美感有了更加深入的体验。杜梨，产于中国辽宁、河北、山东、安徽、江西等地。树形优美，花色洁白如雪，花药紫色。物语：苦中有乐，开花结果。

duō huā yě mǔ dān
多花野牡丹

nǎ piàn lǜ yè bù duō qíng　zuì shì wú nài dǐng tóu fēng
哪片绿叶不多情，最是无奈顶头风。
qīng pén yǔ lái huā chén zhòng　nán yǔ guó sè tóng xìng míng
倾盆雨来花沉重，难与国色同姓名。

风雨之中，绿叶艰难地护持着花朵，却无法阻挡暴力的侵袭。多花野牡丹虽然与花中之王牡丹同名，却没有国色天香的姿色，也从未获得人类无微不至的呵护。但是它也具有自己独特的美感，难能可贵的是，它的生命充满韧性，即使栉风沐雨，依旧绚烂。多花野牡丹，产于中国云南、贵州、广东至台湾等地，中南半岛至澳大利亚，菲律宾以南等地也有分布。开五瓣小花，花瓣粉红色至红色，花蕊黄色，艳丽迷人。物语：清新自然，山野礼赞。

蛾蝶花

é dié huā

xiū dào fēng guò chūn yǔ jiāo，bù céng wù le huā zhù jiǎo。

休道风过春雨娇，不曾误了花驻脚。

é dié huā yàn lěng gé diào，mì fēng wèi cǐ qíng nán liǎo。

蛾蝶花艳冷格调，蜜蜂为此情难了。

春雨洒落大地，淋淋漓漓，就像情人温柔的抚摸。它们荡涤了天地的尘埃，为花儿归来准备出驻足之地。蛾蝶花宛如蹁跹的蝴蝶，高雅迷人却性情冷傲。蜜蜂难以抵挡这美丽的诱惑，却又始终无法靠近。诗人将自然界的生动意象巧妙地勾连，编制出一则情感丰富的童话，趣味盎然。蛾蝶花，原产于智利。植株美观，叶形似蕨，花如洋兰。翩翩起舞的灵动花朵在绿叶的衬托下颇具风采。蛾蝶花很受年轻花友喜爱，宜家宜室。物语：斜阳如水，风物正美。

fān hóng huā

番红花

shēn sè chūn guāng chū níng zǐ wēn róu xiāng lǐ shuí néng jí
深色春光初凝紫，温柔乡里谁能及。
hóng zhuāng bàn fēn zé tài chì sù yán cóng dōng měi dào xī
红妆半分则太赤，素颜从东美到西。

春光潋滟，紫玉凝香。诗人用优美的笔调描绘了番红花超脱凡尘的风姿。“温柔乡”源自汉成帝盛赞宠妃赵合德美貌的故事，诗人此句与白居易的“六宫粉黛无颜色”颇有异曲同工之妙。“红妆半分则太赤”一句似乎来自宋玉的名句“著粉则太白，施朱则太赤”，寓意此花之美恰到好处，无需任何增减。番红花，原产于欧洲南部，中国各地常见。是一种价格昂贵的香料，有“软黄金”之称。盛开时，风姿绰约，美艳绝伦。物语：风中顾盼，繁星点点。

飞燕草
(fēi yàn cǎo)

万花丛中一抹蓝，开完夏天开秋天。
(wàn huā cóng zhōng yī mǒ lán，kāi wán xià tiān kāi qiū tiān。)

风吹如同双刃剑，飞燕草上有心酸。
(fēng chuī rú tóng shuāng rèn jiàn，fēi yàn cǎo shàng yǒu xīn suān。)

万花丛中突然出现一抹蓝色，那是飞燕草惹人怜爱的身影。它们在风中摇曳，仿佛踏着优雅的舞步，裙裾飞扬。但是这幕景象却让诗人黯然神伤，虽然清风能为飞燕草增添无限的风韵，却也预示着灿烂的秋色即将消散，这些妩媚灵巧的生灵将坠落，并消失得无影无踪。飞燕草，原产于欧洲南部，中国有栽培。植株形态优雅，花形别致，花朵盛放时，恰似一只只欲飞未飞的小燕子落于柔枝之上，高贵素雅，如同欣赏一场视觉盛宴。物语：清静安宁，自由如风。

fēi zhōu jú
非洲菊

yuè guāng róu ruǎn rù qiū wǎn, shān shuǐ yíng lái huā dǐ xiān.
月光柔软入秋晚，山水迎来花底仙。

fēi zhōu jú huā jué duì yàn, wán měi róng yán nián fù nián.
非洲菊花绝对艳，完美容颜年复年。

月光柔软地渗入秋色之中，如同一缕温柔的光线，透进人们的梦乡。山水在这美丽的夜晚迎来了一场盛宴。花中仙子联袂前来，它们恬美的笑靥，清脆的欢语，在夜空中回荡。诗中提到的非洲菊花艳丽夺目，以其独特的色彩和形状给人以强烈的视觉冲击。它们年复一年地绽放，为我们带来无尽的愉悦。非洲菊，原产于非洲，中国各地庭园常见栽培。花色多样，茎秆挺拔，花朵鲜艳，绚丽夺目。为世界著名十大切花之一。物语：生活精彩，互敬互爱。

非洲凌霄
fēi zhōu líng xiāo

qiū fēng qǐ shí fēng shù yáo kāi kuò fāng zhī hóng yè hǎo
秋风起时枫树摇，开阔方知红叶好。
zǐ yún téng shàng huā róng qiào lín jiā wú tóng bù rěn lǎo
紫云藤上花容俏，邻家梧桐不忍老。

秋风轻起，枫树仿佛一片红云覆盖在山峦之间。只有在开阔的大地上，才能真正领略到红叶的魅力。它们像火焰般燃烧，瞬间将秋天点亮。而非洲凌霄却适合近观，那些娇艳欲滴的花朵犹如姑娘的笑靥。邻家的梧桐静默伫立，希望能够永恒地呵护凌霄花青春的姿态。它们如同一对忠实的友人，陪伴着岁月流转，见证时光变迁。非洲凌霄，原产于非洲，中国福建、广东等地有栽培。爬藤后极易形成花帘，有花无花皆宜观赏。物语：住进心底，相亲相依。

肥皂草
féi zào cǎo

shí jiǎn huā shì xiāng zào yuán，xǐ le dà dì xǐ lán tiān。
石碱花是香皂源，洗了大地洗蓝天。

huā tuán jǐn cù zhòng yī piàn，duǒ duǒ dōu kě rù rén yǎn。
花团锦簇种一片，朵朵都可入人眼。

肥皂草又名石碱花，娇艳绽放，散发出清新的芬芳。它不仅仅是香皂的源头，更能荡涤乾坤。大地因它变得纯净，蓝天因它湛蓝明亮。当花儿簇拥在一起，蔚然成海，这个世界仿佛回到初生那一刻，唯美到极致。这首诗赞美了肥皂草的美丽和价值。它们不仅仅是一种植物，更是纯净和美好的象征。肥皂草，原产于欧洲，中国大连、青岛等地常逸为野生。主要为白色或粉色，既简单又漂亮。因含皂甙可用于洗涤器物。物语：云端之色，甘为余雪。

fěn bāo suān jiǎo gān
粉苞酸脚杆

chāo rán wù wài hé qí nán　rén jiān cháng jiàn xiāng qīn tiān
超然物外何其难，人间常见相亲天。
bǎo lián huā kāi ruò xiāng jiàn　biàn shì qián shì jīn shēng yuán
宝莲花开若相见，便是前世今生缘。

诗中所言的超然物外是人们梦寐以求的境界，我们常常处于繁忙的都市生活中，压力和焦虑无处不在，其中也包括爱情的可遇不可求。诗人用“宝莲花开若相见，便是前世今生缘”来比拟人们寻觅到真爱的可贵。诗人借这首小诗鼓励世人珍惜爱情，把握当下。粉苞酸脚杆，原产于非洲、东南亚的热带雨林中，中国从荷兰引进栽培。为高级观赏花卉，株型美观大方，粉红色苞片遮掩着簇簇珍珠小花，美艳绝伦，豪华雅致。物语：如此倒悬，美得错乱。

fěn gé

粉葛

zǐ huā měi de fēng yù chuān gé gēn shèng kāi liáo rén yǎn

紫花美得风欲穿，葛根盛开撩人眼。

jiè wèn kōng zhōng gāo fēi yàn kě fǒu dī jiù lǜ yún jiān

借问空中高飞燕，可否低就绿云间？

粉葛开花犹如紫云缭绕，美不胜收。它们仿佛能穿透清风，令所有人为之惊叹。诗人借问空中高飞的燕子，是否愿意降落到绿云间？燕子在诗中象征着自由的精神世界，这种借景抒怀的手法，更加凸显了诗人对自然的赞美和对自由生活的向往，让人产生无限遐想。粉葛，产于中国广东、云南、四川、藏南等地。翠绿色叶子，花萼钟形，花冠紫色，美丽异常。花可制成茶。粉葛以根入药，中药名为葛根。物语：珍惜安静，花尽随风。

fēng líng cǎo
风铃草

háo qíng chōng tiān zǒu dān qí, hǎi shàng fú hǔ tuān liú jī.
豪情冲天走单骑，海上伏虎湍流激。
zhōng nán shān shàng yǒu xiān qì, fēng líng cǎo huā zhèng dāng shí.
终南山上有仙气，风铃草花正当时。

这是一首豪情四溢的诗歌，慷慨激昂之气扑面而来。诗人描绘了一则神话故事：一位侠客千里走单骑，在波涛汹涌的海面降龙伏虎。而终南山上的仙气更增添了诗歌的神秘氛围。终南山作为中国的一座名山被视为人间仙境，充满了神奇的魅力。风铃草是山间的精灵，它们随风摇曳，似乎在传唱这位英雄的传奇。风铃草，原产于欧洲南部北温带至亚寒带地区，中国引种栽培。花朵盛开时，摇曳生姿，明丽清新，优雅耐看。物语：天边归鸿，长系风铃。

fēng xìn zǐ
风信子

wú zhǔ fēng xìn jìn shù chū chuī luò mǎn dì fāng xiāng yǔ
无主风信尽数出，吹落满地芳香雨。

tiān yá liú chūn chūn bù zhù yuè yǐng xīng guāng xū xiāng fú
天涯留春春不住，月影星光须相扶。

这首诗以细腻动人的笔触展示了季节轮转呈现的美感，同时也流露出略带伤感的情绪。一夜西风凋碧树，落英满地，幽香渐远。这一幕萧瑟景象怎能不让人肝肠寸断？“天涯留春春不住，月影星光须相扶”，这两句诗直言春天不会长久停留，但幸好有永恒的月影和星光相伴，聊以解忧。风信子，原产于地中海沿岸及小亚细亚一带，中国引进栽培。喜阳光充足和较湿润的生长环境。叶子翠绿润泽，花色娇艳美丽，香气宜人。物语：早春漫卷，新款欲先。

fēng shì huā
蜂室花

yǎ xìng wú qióng zǒu tiān yá　chūn sè nóng chū fēng shì huā
雅兴无穷走天涯，春色浓出蜂室花。
yí jū bù pà tiān dì dà　zhí shàng qīng yún luò wǎn xiá
移居不怕天地大，直上青云落晚霞。

这首诗以明快的语调塑造了一个追求自由的艺术形象。他就像蜂室花一样足迹遍布天涯海角，每到一处都留下绚烂的景致。天大地大，任他自由驰骋，可上九天揽明月，可卧青云枕落霞。这是何等自由畅快又浪漫的生活。这首诗诠释出诗人对于自由、美好的追求，给人以鼓舞和启示。蜂室花，原产于地中海沿岸，欧美地区普遍种植美化庭院，中国引进栽培。有的洁白如雪，有的粉红如霞，有的如仙子的紫衣，令人赏心悦目。物语：花开流芳，静闻花香。

凤凰木

fèng huáng mù

叶如飞凤绿含羞，花似丹凰争自由。
若然一日云出岫，梦中只与风温柔。

yè rú fēi fèng lǜ hán xiū, huā sì dān huáng zhēng zì yóu.
ruò rán yī rì yún chū xiù, mèng zhōng zhǐ yǔ fēng wēn róu.

叶子如凤，花如丹凰，诗人将草木之美与人间情感相融合，以此传递出对爱情的向往。有朝一日，鸾凤和鸣，相携而去，追逐幸福的生活，只留下一个唯美的梦境。届时，能抚慰诗人的也许只有温柔的清风，在耳畔呢喃软语。凤凰木，原产于马达加斯加，中国云南、广西等地引进栽培。喜阳光充足和高温多湿的环境。树冠优美，枝叶翠绿飞扬，如同凤凰尾羽。枝头簇生的花朵，恰似火焰般热烈灿烂，绚丽夺目。物语：强烈渲染，不留遗憾。

凤尾丝兰

fèng wěi sī lán

fēng juǎn bái yún qī yuè tiān, líng kōng sì jiàn jiǎo yuè yuán。
风卷白云七月天，凌空似见皎月圆。
bàng jìn cái zhī huā dào guàn, suí yì zǔ chéng fèng wěi lán。
傍近才知花倒灌，随意组成凤尾兰。

诗人挥动浪漫主义的巨笔，尽情歌颂凤尾丝兰巧夺天工之美。风吹云散，碧空如洗，乍现一轮皎洁的冰月。诗人走近才发现，这是风儿卷起漫天的洁白花瓣，融合成凤尾丝兰。诗中的“随意”用词颇为巧妙，凸显了花儿不事雕琢的美感，表现了诗人热爱天然的审美品位。凤尾丝兰，原产于北美东部和东南部，中国多地引种栽培。花茎由叶丛中心抽出，抱茎簇生悬垂铃铛花近百朵，洁白如玉，形成高大花柱，极为壮观。物语：剑有柔情，蜜意丛生。

fèng yǎn lán
凤眼蓝

shān hé jǐn xiù fēng xǐ huan，bì shuǐ xiù chū fèng yǎn lián。
山河锦绣风喜欢，碧水秀出凤眼莲。

dé yì bù gù rén xīn yuàn，zhí jiē zhǎng chéng měi bàn tiān。
得意不顾人心愿，直接长成美半天。

清风徐来，满目锦绣，这绚丽的山河令人陶醉。凤眼蓝，花如其名，明眸善睐，顾盼生情。惜花之人期盼它能慢些绽放，好让这花期延长。但调皮的凤眼蓝却不顾人的心愿，它迫不及待地绽放花蕾，恣意展现自己的青春芳华。这首诗借花喻人，流露出诗人对于美好时光的眷恋。凤眼蓝，原产于巴西，现广布于中国长江、黄河流域及华南各地。花朵三色，四周淡紫红色，中间蓝色，在蓝色的中央有一黄色圆斑，恰似凤目。物语：活得铺张，求生力强。

fó dù zhú

佛肚竹

gù yuán tiān lù kāi wàng yǎn，kāi le jīn nián kāi míng nián。

故园天路开望眼，开了今年开明年。

mèng lǐ cháng chī jiā xiāng fàn，rú yān xì yǔ wèi gān tián。

梦里常吃家乡饭，如烟细雨味甘甜。

浪迹天涯的游子眺望远方，思乡之情萦绕胸怀。身畔的佛肚竹年复一年地生长，恰如离愁，层层叠叠。多少次午夜梦回，泪湿眼眸。梦中是春雨绵绵之中妈妈呼唤孩子回家的身影，是热腾腾的饭菜，是久违的慈爱笑靥。无论身在何处，故乡的美食总能勾起思乡之情。细雨如烟，回味甘甜。佛肚竹，原产于中国广东。植株健壮优雅，嫩竹笋可焖煮食用，竹筒用于蒸烧竹筒饭或制作工艺品。为盆栽和盆景的高等材料。物语：开阔眼界，胸怀未来。

浮萍

fú píng

碧水之上黄金莲，常向荷花问早安。

bì shuǐ zhī shàng huáng jīn lián, cháng xiàng hé huā wèn zǎo ān.

风穿云回情未断，粉红兰舟不复还。

fēng chuān yún huí qíng wèi duàn, fěn hóng lán zhōu bù fù huán.

这首诗以简洁而富有意境的语言，描绘了一幅美丽宁静的画面。碧水之上，朵朵浮萍如黄金莲花绽放，沐浴着清晨的第一缕阳光，向荷花问候早安。诗中的“粉红兰舟不复还”，给整幅画面增添了一丝浪漫。诗人希望摇动粉红色的小船，向着天边驶去，渐行渐远，仿佛摆脱了所有尘世悲欢。浮萍，中国南北各地均有分布，全球温暖地区广布，但不见于印度尼西亚爪哇。多生于水田、池沼或其他静水域。小巧精致，优雅美丽。物语：自由活动，萍水相逢。

珙桐

gǒng tóng

yù xié yuè guāng zhào bì yǐng, wǎn liú huā kāi shī yì zhōng。
欲携月光照碧影，挽留花开诗意中。

wàng tiān shù xià fēng yún dòng, xī yǒu wù zhǒng jiào gǒng tóng。
望天树下风云动，稀有物种叫珙桐。

这首诗以其优美的语言和深邃的意境，将读者带入一个美妙而神秘的世界。它让人们感受到诗歌的力量和大自然的魅力，也让人们对美好事物充满憧憬。诗人想要珙桐之美长留世间，携月光前去挽留。珙桐感念人们的情意，默默伫立数万年，只为在每一个花开时节与你再次相逢。珙桐，原产于中国，历史悠久，距今已有6000多万年，有植物活化石之称。花序圆似鸟头，花苞片洁白，硕大如翅，宛如展翅欲飞的白色鸽子。物语：执着前行，历史作证。

狗牙花

gǒu yá huā

lǜ yè bò he xīn tiáo jiǔ，hóng yóu dòu fu bàn chūn qiū。
绿叶薄荷新调酒，红油豆腐拌春秋。

gǒu yá huā ér chī bù gòu，qiě jiāng wú shí dàng zuò yǒu。
狗牙花儿吃不够，且将无时当作有。

这首诗的开篇两句很容易令人联想到白居易的名句“绿蚁新醅酒，红泥小火炉”，描述的都是相同的意境。无论人生之路有多少风霜，生活中的烟火气最能疗愈创伤。一杯新酒，一碟小菜，简单的物质欲求折射出的是丰盈的精神世界。这首诗于平淡中蕴含哲思，也反映出诗人对生活的深刻理解。狗牙花，分布于中国云南、福建、广东等地。叶子入药可治癫狗咬伤，因此而得名。枝叶茂密，花朵洁白无瑕，典雅美丽。物语：肆意生长，纵情开放。

枸杞

gǒu qǐ

yí shí yí shǎng yí tuò huāng, liú cuì gǒu qǐ zuì zhōng liáng.
宜食宜赏宜拓荒，流翠枸杞最忠良。

huáng tǔ huàn le xīn mú yàng, hóng sè bǎo shí bù zhāng yáng.
黄土换了新模样，红色宝石不张扬。

这首诗不仅赞美了枸杞“宜食宜赏宜拓荒”的特性，更深层次地歌颂了黄土地上勤劳朴实的人们。是他们的双手让贫瘠的土地旧貌换新颜，也是他们凭借“不等、不靠、不要”的精神开创了富饶的生活。这首诗尽情讴歌了中国人民的勤劳和智慧，以及盛世中华的繁荣景象。枸杞，分布于中国东北、华中、华南等地。植株健壮丛生，叶子翠绿，花冠淡紫，果实成熟时绿叶红果，十分艳丽。嫩叶可作蔬菜，根皮可药用。物语：破空而出，无意夺目。

瓜叶菊

guā yè jú

hán dōng qīng lěng chū chūn lái，guā yè jú huā yíng fēng kāi。
寒冬清冷初春来，瓜叶菊花迎风开。
wàn wù hé xié zuì zì zài，cháng yè bù bì zài pái huái。
万物合谐最自在，长夜不必再徘徊。

漫漫长夜中，总有人点亮火炬，哪怕一灯如豆，也足以启发智慧。冬去春来，迎风花开，人类从大自然的无言中领悟了生存之道。寒冷的季节并没有阻碍生命的萌发和绽放，正如同我们生活中的挫折和困难并不能阻碍追求美好生活的步伐。瓜叶菊，原产于加那利群岛，中国各地广泛栽培。花色丰富，紫红色、淡蓝色、粉红色或近白色等。花朵绚丽夺目，香气清新，宜片植或者盆栽。为冬春时节主要观赏植物之一。物语：碎金花月，冬奈我何。

光叶子花

guāng yè zǐ huā

tiān hán yún dàn yǒu guī qī，zhuǎn yǎn jiù dào zhēng yuè dǐ。

天寒云淡有归期，转眼就到正月底。

guāng yè zǐ huā kāi dōng jì，yě huì bīn fēn zhàn chūn shí。

光叶子花开冬季，也会缤纷占春时。

云摇风散，凛冬将退。正月里不仅有年节的喜庆，更预示着时来运转的前景。光叶子花度过了严寒，在早春时节愈发娇艳缤纷，就像生命之美不仅仅在于鲜衣怒马，烈火烹油，它的坚韧体现在如何战胜至暗时刻。这首诗字字铿锵有力，给予人们勇气与信心，传递出温暖和希望。光叶子花，原产于巴西，中国广泛栽培。枝条招展，叶子翠绿。花朵极为细小，顶生于枝端的苞片内，苞片薄如丝绸，鲜艳漂亮。花可入药。物语：山之品德，风之卓越。

海菜花

hǎi cài huā

bì hǎi xiān zǐ dào yǎn qián，qià sì yù dié wǔ piān qiān

碧海仙子到眼前，恰似玉蝶舞翩迁。

měi de xīn tóu zhí dǎ chàn，bù kě fāng wù bù kě yán

美得心头直打颤，不可方物不可言。

是谁，踏浪而来？浪花无法沾湿她的裙裾，腰间的环佩叮叮清鸣。倏忽之间，她化成玉蝶翩翩起舞，慈悲的含情目观照大千世界。她的美难以描绘，无可比拟，人们只能遥遥地瞻仰她的风姿，难以言喻。这首诗极言海菜花冰清玉洁的凌波之美，它是梦境中才会出现的尤物，尘世间无处寻觅。海菜花，分布于中国广东、海南、广西等地。是中国独有的珍稀濒危水生药用植物，对水体要求极高，只要有一点污染就无法生存。物语：湖波悠长，水中独芳。

海桐

hǎi tóng

hǎi àn ruò dé yǐ tiān zhuāng zěn róng bō tāo jiè fēng zhǎng
海岸若得倚天桩，怎容波涛借风长。
shān wú děng xián shuǐ wú liàng chōng làng xiāo mó xián shí guāng
山无等闲水无量，冲浪消磨闲时光。

海岸如果长满海桐，就如同获得倚天巨柱的助力，无需再惧怕惊涛骇浪冲毁堤岸；潮起潮落，冲刷着坚硬的岩石，留下短暂的痕迹。这些能标志海浪所能达到的最高度，看似重要，其实并无很大意义。不如享受每一次冲浪的乐趣，也许这才是生命的真谛。海桐，分布于中国长江以南滨海各地。春末夏初开白色花，逐渐变成黄色，具芳香。海桐有抗海潮及吸附有毒气体的能力，其根具有坚固堤坝的强大作用。物语：玉雪红珠，精彩结局。

海芋
^{hǎi yù}

héng sǎo kù shǔ xū hǎo yǔ　　fēng chuī mò yún jìn xìng chū
横扫酷暑须好雨，风吹墨云尽兴出。
hǎi yù huā làng rǎn xīn lǜ　　měi zhōng bù zú hán jù dú
海芋花浪染新绿，美中不足含剧毒。

　　诗中"横扫酷暑须好雨"一句，形象地描绘了炎热夏日的压迫感；"风吹墨云尽兴出"则表达了畅快的心情。诗人还以比喻手法渲染海芋花的别致，构成一幅独具风采的油画。最后一句"美中不足含剧毒"则带有一丝玩味之情，暗示美好事物也难免存在不足之处，我们应当理性客观地看待问题。海芋，产于中国江西、福建、湖南、广东等地的热带和亚热带区域。叶子宽阔油绿，郁郁葱葱，颇为壮观。全株有毒，根茎可药用。物语：碧叶连绵，绿浪接天。

海州常山

hǎi zhōu cháng shān

shí guāng shì gè táo qì jūn，yī fēn yī miǎo bù ráo rén。
时光是个淘气君，一分一秒不饶人。
hǎi zhōu cháng shān liú fēng yùn，bù rěn chuī lǎo qiū dōng xīn。
海州常山留风韵，不忍吹老秋冬心。

时光如淘气的孩童，毫不留情地逝去。海州常山见惯了自然更迭，人世变迁。它维持着风雅的姿态，似乎在安慰年华已逝的人们，送上温暖的慰藉。这首诗以婉约的文辞，表达时光荏苒给人留下的怅然，但即使黄昏降临，也可以欣赏落霞满天，因为生命的每一刻都有其精彩之处。海州常山，产于中国辽宁、甘肃、陕西等地。花萼初蕾时绿白色，后变成紫红，花梗细长，花蕊飞扬伸出花冠之外，花瓣白色带粉红色，优雅清香。物语：快乐轻松，泰然永生。

含笑花

hán xiào huā

qióng zhī yáo kāi yī xiàn tiān dà dì fāng xiāng pū yù yán
琼枝摇开一线天，大地芳香扑玉颜。

huā kāi huā luò shuí jué duàn dōng qù chūn lái fēng zhǔ guǎn
花开花落谁决断，冬去春来风主管。

含笑花犹如琼瑶雕刻而成，风姿绰约，唤醒天地，共赏其迷人的芬芳。自然界的万物欢欣雀跃，迎接春之神的回归。但时光从未停歇脚步，花开花落，生死轮回，都不以人的意志为转移。正如南宋严蕊的名句“花落花开自有时，总赖东君主”。诗人劝诫世人，人类即使贵为万物之灵长，也须遵循自然的规律。含笑花，原产于中国华南南部各省区，广东鼎湖山有野生，现广植于全国各地。开放时含蕾不尽开，故称含笑花。物语：花开芳香，不忍天凉。

韩信草

hán xìn cǎo

cóng wú liú shuǐ bàn rén xíng, zhǐ yǒu rén xíng liú shuǐ zhōng.
从无流水伴人行，只有人行流水中。
hán xìn cǎo huā xiāng fú dòng, zhōng yào bǎng shàng liú dà míng.
韩信草花香浮动，中药榜上留大名。

李白曾写道：“夫天地者，万物之逆旅也；光阴者，百代之过客也。”历史长河中，人类只是匆匆过客，恰如诗人所言，“从无流水伴人行，只有人行流水中”。正因为人生短暂，实现自我价值就显得极具意义。就像韩信草萌生于春季，因能够疗愈人类的病痛而流芳百世。韩信草，产于中国江苏、浙江、江西等地。开淡紫色簇生小花，花呈细长酒杯状，相拥而开。由于与历史上的大将军韩信同名而名声响亮。全草可入药。物语：疏影寒天，花开紫苑。

旱金莲

hàn jīn lián

hóng sì yún xiá huáng sì jīn, lǜ sì cuì yù fěn sì yín.
红似云霞黄似金，绿似翠玉粉似银。
fàng yǎn yí shì tiān yá jìn, xì shǎng hé jǔ bàn gè chūn.
放眼疑是天涯近，细赏荷举半个春。

这首诗细腻描绘出旱金莲艳丽的外形，诗人运用云霞、黄金、翠玉等丰富的元素，不仅具有美感，还为旱金莲增添了华贵的气质。另外，诗人还运用了远景和特写交替的艺术手法，由远及近，动中有静，令这幅图画具有灵动的韵味，从而更加凸显旱金莲占尽春光的魅力。旱金莲，原产于南美秘鲁、巴西等地，现已广泛引种栽培。碧绿色叶子呈圆盾形，挺括如碗莲，花托杯状，香气四溢。全草入药，嫩茎叶可食用。物语：柔若春风，神采生动。

合欢

冲霄之志长千里，浪淘风流谁不知。
偏是合欢讲义气，独将相思剪成丝。

这首诗先是塑造了一个壮志凌云的艺术形象，它满怀豪情壮志，期待实现远大的抱负。合欢花作为它的朋友，早就对它心生爱慕。但是为了不阻挠对方的理想，甘愿将一片深情“剪成丝”，随风飘散。诗人笔下的爱情唯美而动人，合欢花肯于为爱牺牲的精神令人赞叹之余也唏嘘不已。合欢，产于中国东北至华南及西南各地区。丝丝缕缕粉如胭脂，风姿绰约，婉约可人。叶子翠绿，宛如飞羽，日开夜合，有两两相对之美意。物语：此生无两，情深意长。

hé bāo mǔ dān
荷包牡丹

qiān zī bǎi tài wǎn chūn tiān，hé bāo mǔ dān qīng yíng huán
千姿百态晚春天，荷包牡丹轻盈还。
běi dǒu qī xīng cè mù kàn，jìng wú yuè guāng kěn ān mián
北斗七星侧目看，竟无月光肯安眠。

晚春时节，花儿竞相开放。在朦胧的月色中，走来一位绝代佳人。她衣袂翻飞，飘飘如仙。轻盈的姿态婀娜优雅，一双妙目顾盼生情。夜空中北斗七星的光华仿佛都为之凝滞，目不转睛地追随她的倩影。月光潋滟，暗暗涌动春情。这首诗极言荷包牡丹之美，天上难有，人间难寻。荷包牡丹，产于中国北部，分布于河北、甘肃、四川、云南。叶子似牡丹，花朵玲珑如荷包，故而得名。花朵珠圆玉润悬挂于枝头，美轮美奂。物语：柔柔花瓣，裹住夏天。

荷花玉兰

hé huā yù lán

jié huā qǔ shì guǎng yù lán，wú jū wú shù měi shàng tiān。
截花取势广玉兰，无拘无束美上天。

fēng hé rì lì xì xīn kàn，cóng cǐ jìng wèi dà zì rán。
风和日丽细心看，从此敬畏大自然。

荷花玉兰又名广玉兰，它天真烂漫地徜徉在旭日普照的夏季，粉雕玉琢，如同大自然的杰作。我们每个人都曾有过这样纯美的时光，也曾自由自在，认为前景无限灿烂。但痛过、哭过之后，我们逐渐成长，学会了各种规则，不再敢轻易迈步。也许只有大自然中的生物才会永葆初心，历经风雨，依旧绽放。荷花玉兰，原产于北美洲东南部，中国长江流域以南各城市有栽培。花先于叶开放，满树花朵洁白如雪。物语：皎洁如月，富贵聚合。

荷兰菊

hé lán jú

bù céng qǐ wǔ sòng fāng xiāng，yáo yuǎn liú de suì yuè cháng。
不曾起舞送芳香，遥远留得岁月长。
bù xíng wú xū qīng shān zhàng，hé lán jú bàn qiū fēng máng。
步行无须青山杖，荷兰菊伴秋风忙。

这首诗很有中国古典诗歌的韵味。我们似乎可以看到诗人穿行在田野山川之间，分花拂柳，怡然自得。山野小径蜿蜒曲折，草木青翠欲滴，她还没有看到花的踪影，鼻端就已经萦绕着荷兰菊的缕缕幽香。诗人无须青山杖，信步前行，徜徉在风景之中，只觉得无忧无虑，岁月绵长。荷兰菊，原产于北美、北半球温带，现世界各地已经广泛栽培。花色丰富，鲜艳夺目，优雅美丽。因精致而经常登堂入室。物语：日月两盏，照亮心间。

荷青花
hé qīng huā

chánɡ chánɡ chánɡ de shì xiānɡ chóu duǎn duǎn duǎn de jiào chūn qiū
长长长的是乡愁，短短短的叫春秋。

hé qīnɡ huā shuō kāi ɡè ɡòu yě shēnɡ yě zhǎnɡ yě fēnɡ shōu
荷青花说开个够，野生野长野丰收。

诗人巧妙地运用了叠字手法，赋予了乡愁独特的内涵。乡愁是一种深深牵挂故土的情感，仿佛漫长的河流，无尽无穷。而春秋则是短暂而美好的季节，如飞逝去。荷青花盛开时，如同一幅美丽的画卷，象征着大自然的丰收和繁荣。这首诗的艺术构思颇为巧妙，尤其是用时光烘托乡愁，具有强烈的艺术感染力。荷青花，产于中国东北至华中、华东，分布于朝鲜、日本、俄罗斯东西伯利亚。开黄色小花，迎风摇曳，根茎可药用。物语：山野侠骨，大有用处。

hè dǐng lán
鹤顶兰

fēng liú dà dì shàng gāo tiān　qīng yáo zǒu xīn hè dǐng lán
风流大地上高天，轻摇走心鹤顶兰。
gǎn dòng zhī yú hū fā xiàn　lǜ yè hé huā dōu xīn xiān
感动之余忽发现，绿叶和花都新鲜。

苍穹之上，自由自在舞动着飞鹤。当我们细细品味之时，却发现原来是新鲜萌生的鹤顶兰轻摇在微风中。这首诗以优美的语言，将大自然的美景展现得淋漓尽致。大地和碧空给人以广袤之感。而鹤顶兰的轻摇，如同心灵的舞蹈，传递出一种宁静与自由的氛围。鹤顶兰，产于中国台湾、广东等地，广布于亚洲热带和亚热带地区以及大洋洲。花葶之上的花朵亭亭玉立，红白黄融为一体，如飞鹤起舞，造型美观，优雅知性。物语：风与美丽，翩然而至。

鹤望兰

hè wàng lán

wǔ wèi jù quán yǒu huí gān， qiě kàn tiān xià hè wàng lán。

五味俱全有回甘，且看天下鹤望兰。

jiē shòu fēng yǔ dà tiǎo zhàn， ào rán yì lì bù fú ruǎn。

接受风雨大挑战，傲然屹立不服软。

诗中的“五味俱全”是指酸甜苦辣咸齐聚，暗示着人生之旅充满喜忧悲欢，但回味起来仍然觉得幸福绵长，显示出诗人通透豁达的人生态度。鹤望兰象征着远大、崇高的理想追求，它经受风雨的洗礼，傲然屹立，展现出面对困难和逆境时不畏挑战、百折不挠的品质。鹤望兰，原产于非洲南部，野生种由欧洲驯化栽培，现广泛种植于热带和亚热带地区。叶片优美，细长挺拔，花朵簇生，高雅别致，魅力十足。物语：幸福满满，超越极限。

hóng è lóng tǔ zhū
红萼龙吐珠

qiū sè yòu tiān liú chūn yǔ　cuī kāi hóng è lóng tǔ zhū
秋色又添留春雨，催开红萼龙吐珠。

fēng liú zhǐ gù huā qíng xù　nǎ guǎn lǜ yè zé zhī kǔ
风流只顾花情绪，哪管绿叶择枝苦。

这首诗以秋雨滋润花朵为题，通过“秋色又添留春雨”一句，形象地勾描出大自然的美妙变化与花儿的万种风情；“哪管绿叶择枝苦”一句则表达了绿叶的艰辛与不易。整首诗通过对花朵与绿叶的对比，烘托出绿叶无私奉献的精神。在诗人的笔下，绿叶也是值得讴歌的主角。红萼龙吐珠，原产于非洲。开花时，三片紫红色萼片轻轻合拢，大红色花瓣吐出萼外，托出细长花蕊，好似红龙抬头吐珠，有趣而美丽。物语：四季芬芳，相思荡漾。

红粉扑花
hóng fěn pū huā

天高地阔风无瑕，流云染红粉扑花。
tiān gāo dì kuò fēng wú xiá, liú yún rǎn hóng fěn pū huā.

丝丝入扣简约画，人间物语非流沙。
sī sī rù kòu jiǎn yuē huà, rén jiān wù yǔ fēi liú shā.

天高地阔，风摇云动，宛如无边无际的画卷展开在眼前。红粉扑花被流云染成彤红，花丝简约，质朴而动人。然而，这首诗并非只是描绘自然景色，更融入了诗人对人世的观察和对生命的思考。人间的故事浩如流沙，无穷无尽，它们丰富而复杂，展现了生命的无穷张力。红粉扑花，原产于墨西哥至危地马拉一带，中国华南地区引种栽培。花朵像化妆用的粉扑。叶子如羽，翠绿美观，花朵热烈如火，红绿相间，百看不厌。物语：思绪绵绵，极度喜欢。

hóng huā
红花

fán huá zhèng róng kàn liú nián，hóng lán huā jiān xiǎng qīng huān
繁华正荣看流年，红蓝花间享清欢。
jì jiào tài duō chéng jī bàn，yǎ liàng wú biān dà dì kuān
计较太多成羁绊，雅量无边大地宽。

半梦半醒之间，醉眼笑看流年。诗人通过“繁华正荣看流年”一句，展示了她对时光的敏锐感知和对繁华世界的审慎观察。正所谓“人间至味是清欢”，过度计较和纠结会束缚自己的心灵。这首诗阐释了对待生活应怀揣热爱和宽容的态度，倡导积极向上、开放包容的人生态度。红花，原产于中亚地区，中国栽培历史悠久。花含红色素，是中国古代用以提炼红色染织物的色素原料。古人还把红花浸入淀粉中，用以制作胭脂。物语：志存高远，受命于天。

红花檵木

hóng huā jì mù

huā kāi huā luò rèn tiān zé，píng bái wú gù fēng yǔ duō。
花开花落任天择，平白无故风雨多。
hóng huā jì mù wú jù sè，zhī tóu yàn guāng měi rú gē。
红花檵木无惧色，枝头艳光美如歌。

这首诗赞美了花的生命之美，同时也蕴含人生哲理。诗人运用花之盛衰的自然景象来比喻人生无常。红花檵木在风雨中展现出美丽的光彩和坚强的生命力。这首诗铿锵有力，简单明了地抒发出诗人对生命的见解。花开花落，如同人生的起起落落，而我们应当像红花檵木一样，无惧风雨的洗礼，坚守自己的美丽与真实。红花檵木，分布于湖南长沙岳麓山，中国南方广泛栽培。枝繁叶茂，株型美观，开花时节繁花似锦，极为壮观。物语：富贵到家，接收荣华。

hóng huā xī fān lián
红花西番莲

qiū lái qiū qù fēng zhèng hān huǒ le hóng huā xī fān lián
秋来秋去风正酣，火了红花西番莲。
dà qǐ dà luò dà hǎo kàn yǒu mú yǒu yàng yǒu dòng gǎn
大起大落大好看，有模有样有动感。

秋风瑟瑟，花草曳曳，红花西番莲以其鲜艳的色彩和盛开的姿态，在百花丛中独树一帜，令读者感受到秋天美景的热烈与繁华。红花西番莲宛如英雄一般生得激昂，死得壮烈，大起大落，铿锵有力，展示出生命最绚烂的一面。诗人通过饱满的诗意和生动的描写，让读者深入思考生命的姿态。红花西番莲，原产于委内瑞拉、圭亚那、巴西等热带美洲地区，中国云南引种较早。花朵硕大，绚丽夺目，被称为陆地上的莲花。物语：美好憧憬，未来成功。

hóng huā yáng tí jiǎ
红花羊蹄甲

lěng yuè hán guāng yè fēi huā hǎi làng chōng chū bàn bì xiá
冷月寒光夜飞花，海浪冲出半壁霞。
yún yù chū xiù tiān róng nà rì zhào hóng huā yáng tí jiǎ
云欲出岫天容纳，日照红花羊蹄甲。

冷月笼罩四野，唯有浪花飞旋，沉默而执着。天边朝霞初现，白云浮出崇山，踏上期待已久的漫游之旅。红花羊蹄甲遥望它的身影，也想去追寻自己的诗和远方。这首诗以其细腻的描写和鲜明的画面感，将自然美与情感巧妙融合。冷月的寒光，海浪的汹涌，云欲出岫的理想，天地的宽容，都蕴含着生命跃动的活力。红花羊蹄甲，产于亚洲南部。1880年在中国香港被首度发现，为香港标志性花卉。花瓣形如兰花，略带芳香。物语：合家团圆，幸福美满。

物语集

花卉类

A

阿尔泰贝母　　物语：平等关系，彼此珍惜。

B

白刺花　　物语：风雨历练，强大资产。

白杜　　物语：林木知心，静待缘分。

白鹤芋　　物语：千帆过尽，还原本真。

白花油麻藤　　物语：物语之家，色彩神话。

白菊　　物语：寒霜起时，月落琼脂。

白兰　　物语：冰雪精华，品质无瑕。

白瑞香　　物语：脱俗高雅，祥瑞到家。

白头翁　　物语：逸生之欢，缭绕心田。

百合　　物语：时光如梭，爱难割舍。

百日菊　　物语：付出真情，赢得尊敬。

百子莲　　物语：开于盛夏，宁静优雅。

败酱　　物语：雨后新晴，温和安静。

薄荷　　物语：如此味道，何等美妙。

宝铎草　　物语：灵光闪动，钟爱一生。

报春花　　物语：灿烂夺目，如火如荼。

报春石斛　　物语：脱颖而出，美至无语。

贝壳花　　物语：水月笼天，独爱新鲜。

碧桃　　物语：巧夺天工，回味无穷。

扁豆花　　物语：美之绿篱，爱至心底。

C

彩苞凤梨　　物语：红山绿海，随风而来。

侧金盏花　　物语：天池寒玉，风韵十足。

插田泡　　物语：乡村快乐，天赐之作。

长春花　　物语：色泽艳丽，不可复制。

长花金杯藤　　物语：大而美丽，婀娜多姿。

茶梅　　物语：雪中朱砂，盖无其他。
茶树花　　物语：千秋茶花，流芳万家。
赪桐　　物语：相悦相承，必可成功。
雏菊　　物语：别具一格，见者喜悦。
穿心莲　　物语：时空流转，初心不变。
垂枝红千层　　物语：三生石前，心照不宣。
垂花水塔花　　物语：轻盈别致，跃跃欲试。
垂茉莉　　物语：寒来暑往，历久弥香。
垂丝海棠　　物语：揉乱心弦，粉动摇天。
刺槐　　物语：拾穗香酥，扑人眉宇。
刺桐　　物语：深红待绿，个中情趣。
翠菊　　物语：渲染秋色，花开不谢。

D

打破碗花花　　物语：美丽谎言，保住花仙。
大百合　　物语：倦飞知还，生活简单。
大花葱　　物语：细微成功，肃然起敬。
大花蕙兰　　物语：顺应民俗，迎春接福。
大花马齿苋　　物语：美如花仙，妙不可言。
大花萱草　　物语：彼此喜欢，尽在视线。
大花亚麻　　物语：点滴深情，贯穿始终。
大花紫薇　　物语：不言不语，幸运光顾。
大火草　　物语：缘结众芳，大爱至上。
大丽花　　物语：华丽大方，为美守望。
大蔓樱草　　物语：向阳规律，独家艺术。
大薸　　物语：见水就长，天生天养。
大石龙尾　　物语：水种水收，出入自由。
大岩桐　　物语：花开荣光，福气绵长。
倒挂金钟　　物语：深情款款，相思漫卷。
地中海蓝钟花　　物语：蓝天回响，生态健康。

帝王花　　物语：物换星移，天之骄子。
棣棠花　　物语：珠花斜挂，天之风雅。
吊兰　　物语：上天厚爱，生命精彩。
钓钟柳　　物语：花开一片，碧海青天。
顶冰花　　物语：花有奥妙，生存有道。
兜兰　　物语：伴星眠月，质朴生活。
杜鹃　　物语：花好月圆，精彩满天。
杜梨　　物语：苦中有乐，开花结果。
多花野牡丹　　物语：清新自然，山野礼赞。

E

蛾蝶花　　物语：斜阳如水，风物正美。

F

番红花　　物语：风中顾盼，繁星点点。
飞燕草　　物语：清静安宁，自由如风。
非洲菊　　物语：生活精彩，互敬互爱。
非洲凌霄　　物语：住进心底，相亲相依。
肥皂草　　物语：云端之色，甘为余雪。
粉苞酸脚杆　　物语：如此倒悬，美得错乱。
粉葛　　物语：珍惜安静，花尽随风。
风铃草　　物语：天边归鸿，长系风铃。
风信子　　物语：早春漫卷，新款欲先。
蜂室花　　物语：花开流芳，静闻花香。
凤凰木　　物语：强烈渲染，不留遗憾。
凤尾丝兰　　物语：剑有柔情，蜜意丛生。
凤眼蓝　　物语：活得铺张，求生力强。
佛肚竹　　物语：开阔眼界，胸怀未来。
浮萍　　物语：自由活动，萍水相逢。

G

珙桐　　物语：执着前行，历史作证。

狗牙花　　物语：肆意生长，纵情开放。

枸杞　　物语：破空而出，无意夺目。

瓜叶菊　　物语：碎金花月，冬奈我何。

光叶子花　　物语：山之品德，风之卓越。

H

海菜花　　物语：湖波悠长，水中独芳。

海桐　　物语：玉雪红珠，精彩结局。

海芋　　物语：碧叶连绵，绿浪接天。

海州常山　　物语：快乐轻松，泰然永生。

含笑花　　物语：花开芳香，不忍天凉。

韩信草　　物语：疏影寒天，花开紫苑。

旱金莲　　物语：柔若春风，神采生动。

合欢　　物语：此生无两，情深意长。

荷包牡丹　　物语：柔柔花瓣，裹住夏天。

荷花玉兰　　物语：皎洁如月，富贵聚合。

荷兰菊　　物语：日月两盏，照亮心间。

荷青花　　物语：山野侠骨，大有用处。

鹤顶兰　　物语：风与美丽，翩然而至。

鹤望兰　　物语：幸福满满，超越极限。

红萼龙吐珠　　物语：四季芬芳，相思荡漾。

红粉扑花　　物语：思绪绵绵，极度喜欢。

红花　　物语：志存高远，受命于天。

红花檵木　　物语：富贵到家，接收荣华。

红花西番莲　　物语：美好憧憬，未来成功。

红花羊蹄甲　　物语：合家团圆，幸福美满。

花间物语

新韵诗歌（珍藏版）

美月冷霜　著

第二辑

中国财富出版社有限公司

图书在版编目（CIP）数据

花间物语：新韵诗歌：珍藏版．第二辑 / 美月冷霜著．—北京：中国财富出版社有限公司，2024.9

ISBN 978-7-5047-8033-1

Ⅰ．①花…　Ⅱ．①美…　Ⅲ．①诗集—中国—当代　Ⅳ．① I227

中国国家版本馆 CIP 数据核字（2023）第 252089 号

策划编辑	朱亚宁	**责任编辑**	贾紫轩　蔡　莹	**版权编辑**	李　洋
责任印制	梁　凡	**责任校对**	张营营	**责任发行**	杨恩磊

出版发行	中国财富出版社有限公司		
社　　址	北京市丰台区南四环西路 188 号 5 区 20 楼	**邮政编码**	100070
电　　话	010-52227588 转 2098（发行部）		010-52227588 转 321（总编室）
	010-52227566（24 小时读者服务）		010-52227588 转 305（质检部）
网　　址	http://www.cfpress.com.cn	**排　　版**	河北佳莹文化发展有限公司
经　　销	新华书店	**印　　刷**	三河市天润建兴印务有限公司
书　　号	ISBN 978-7-5047-8033-1/I · 0370		
开　　本	710mm × 1000mm　1/16	**版　　次**	2024 年 9 月第 1 版
印　　张	38.75	**印　　次**	2024 年 9 月第 1 次印刷
字　　数	521 千字	**定　　价**	188.00 元（全 5 辑）

诗人的话

我在花间等你来，让我们一起倾听大自然。
我在花间等你来，说着只有我们自己明白的语言。
我在花间等你来，品味我们灵魂深处最美的浪漫。
诗和远方，且行且伴。时光云轩，阳光灿烂。
让我们拥有花间物语，明媚人生每一天……

稀世珍品遇见时
变成翘楚风信子
未曾忽略花气质
时光云轩长相依

扑面而来风流欢
蓝花楹开灼人眼
枝头绰约遥相看
紫韵天成挂上边

盈月清凉夏笼沙
美若惊鸿回天涯
不教太阳比海大
唯恐点燃蓝雪花

望尘莫及无暇愁
情丝缠绕从不休
蓝钟花开众芳后
热力直袭天尽头

序　言

周　敏

花卉，是自然赐予人类最美丽的礼物。它们以其缤纷的色彩、娇艳的形态和迷人的芳香，为我们的生活增添无尽美好。花卉，是天地间的精灵。它们以自己独特的方式与人类无声地交流，带给我们欢乐和宁静，抚慰我们或躁动、或忧伤的心灵。

千百年来，中国文坛以花为题或者风格如花般绮丽婉约的诗作浩如繁星。就艺术价值而言，《花间物语》是一部新古典风格的诗集。诗人以七言诗体融合或瑰丽、或典雅、或疏阔、或直白的笔墨，将中国式浪漫挥洒得淋漓尽致。就思想性而言，《花间物语》既是一部大自然的颂歌，也是人类反躬自省的内心剖白。诗人热情地歌颂自然的伟力，花卉的唯美；真挚地描绘包含亲情、友情、爱情在内的种种情感；深切地反省人类作为万物之灵长的傲慢、对天地间看似微末的美好事物的忽视。尤为重要的是，诗人始终怀揣积极乐观的心态，殷殷劝勉，春风化雨。

跟随诗人的笔触，读者将走进色彩斑斓的花海之中。每一种花卉都彰显出独特的个性和魅力，挥洒着神奇的能量和无穷的生命力。我们仿佛看到花儿招摇在风中的绝美姿态；面对严苛自然条件时凛然伫立的风采；不为世俗侵染、洁身自好的气节；向往自由纯洁境界的灵魂。诗集中的每一朵花、每一行字，都呼唤着我们对大自然的尊重和保护，提醒我们感恩天地的馈赠，启迪我们发掘生活中点滴之美。为我们构建丰沃澄澈的精神家园，鼓舞我们不畏艰险，勇敢前行。

诗集中每一首诗歌，都辅以图片、诗评、注解、物语供读者鉴赏。它们汇聚成充满魔力的手掌，为我们轻轻推开万花国神秘的大门。我们能以花为镜，汲取智慧；我们能执花为炬，探索真理。

谨以此书，献给所有沉醉于花之灵魄的朋友。愿每一个读者都能够在这个喧嚣的世界中找到一片安宁的净土。愿风霜永不能消磨我们对美的信仰。愿花儿绵延万里，生生不息。

目录 contents

M

新韵七言话百花

红花玉蕊
hóng huā yù ruǐ

月下美人扶摇还，盛装出席星河间。
yuè xià měi rén fú yáo huán，shèng zhuāng chū xí xīng hé jiān。

红花玉蕊无遗憾，轻柔过尽软香田。
hóng huā yù ruǐ wú yí hàn，qīng róu guò jìn ruǎn xiāng tián。

红花玉蕊仿佛姑射仙子，踏月而来。她袅袅婷婷地穿越星河，周身散发莹润光泽，衣袂飘飘，幽香四溢。她具有玉形容，雪精神，早已与天地融为一体，没有丝毫遗憾。诗人用浪漫主义的笔调塑造了一位绝美人物，唤起人们对世间美好事物的向往和追求。红花玉蕊，主要分布于非洲、亚洲和大洋洲的热带及亚热带地区。香味四溢，吸引无数夜行小飞蛾前往授粉。绽放过后，清晨地面上一片壮丽灿烂，如同红锦铺地般炫目。物语：美若轻烟，太阳眷恋。

hóng jiāo
红蕉

xì yǔ xié fēi dǎ hóng jiāo jìng xīn qīng tīng zuì měi hǎo
细雨斜飞打红蕉，静心倾听最美好。
qiū fēng jí yú gōng zhǔ bào rě de huǒ yún zhào tiān shāo
秋风急于公主抱，惹得火云照天烧。

蒙蒙细雨斜向飞舞，恰似一位妙手的艺术家在大自然的画布上轻轻勾描。雨珠凝结，从花瓣倏忽滑落，如古琴悠悠鸣响。有趣的是，秋风按捺不住满腔的爱意，它想要将红蕉拥抱入怀，却不料惹恼了天边的火云，急红脸的样子仿佛烈火燃烧。这首诗意境优美，颇有几分谐趣。红蕉，产于中国云南东南部，广西、广东有栽培，越南亦有分布。株型高大美观，叶子阔大油绿，极具热带风情。花苞火红如炬。适合作绿化植物。物语：极端魅力，捍卫自己。

hóng qiú jiāng
红球姜

fēng sòng qiān lǐ huā bù jǐng, qiū sè jìng xiāng shàng yún céng.
风送千里花布景，秋色竞相上云层。
hóng qiú jiāng huā àn qìng xìng, bù bǐ zì jǐ yě néng yíng.
红球姜花暗庆幸，不比自己也能赢。

秋风把花朵吹散到云霄，千里碧空幻化为锦绣布景。天花乱坠，竞芳逐艳，俨然举行了一场盛大的选美。红球姜暗自庆幸，自己的果实比花朵还要娇艳，在万花国中绝对鹤立鸡群。诗人以充满谐趣的构思，让我们领悟到即使是被人们忽视的事物，也能在适当的时候展现出自己独特的魅力。红球姜，产于中国广东、广西、云南等地。叶片似芭蕉叶，苞片由淡绿色转成红色，之后开白色小花。其鲜艳夺目的红松果为观赏焦点。物语：万紫千红，蔚然成风。

hóng wěi tiě xiàn
红尾铁苋

sī sī lǚ lǚ nóng nóng qíng mǎn mǎn dāng dāng chén chén fēng
丝丝缕缕浓浓情，满满当当沉沉风。

lǐng wù xiān cóng yì niàn dòng huā jiān chéng jiù māo wěi hóng
领悟先从意念动，花间成就猫尾红。

全诗中，诗人运用十二个叠字，层层推进，让读者仿佛置身于情感的海洋之中。诗中提到的“意念动”使我们明白，领悟情感的美妙并非仅靠外物，而是通过内心的感悟与体验。这首诗语言纯熟，用词精准，诗人通过细腻的描写，将情感和风景交织在一起，形成了一种奇妙而深邃的意境。红尾铁苋，原产于新几内亚、中美洲、西印度群岛，现世界各地广泛栽培。花朵具绒毛，鲜红色，形似猫尾，色泽鲜艳，可爱趣致。物语：问遍岁月，随缘最火。

胡枝子

hú zhī zǐ

sāng tián zhòng chū yuè yuán mǎn，hú zhī zǐ huā kāi jīn tiān。
桑田种出月圆满，胡枝子花开今天。
dòu kòu měi chéng zǐ zhū chuàn，zǒng jiāng yào yòng guà xīn jiān。
豆蔻美成紫珠串，总将药用挂心间。

沧海桑田，岁月流转，亘古不变的明月高悬夜空，俯视着尘世间的喜怒悲欢。胡枝子生于微末，却有其楚楚动人之处。每当它的豆蔻花开，美成串串珠帘，更有独特的药效可以拯救人们于病痛。我们每个平凡的人也许都能够从胡枝子的身上领悟到生命的价值所在。胡枝子，产于中国黑龙江、河北等地。枝繁叶茂，根系发达，可以有效地保持水土。花朵豆蔻状，淡紫色或者紫红色，小而美艳。全草入药，有清肝明目等功效。物语：开花之际，怎忍采食。

葫芦

hú lu

xià téng jià shàng kāi gāo yǎ, zhàn fàng jié bái hú lu huā.
夏藤架上开高雅，绽放洁白葫芦花。

yí rén bǎo guǒ zhèng zhǎng dà, tiān dì dōu shì zì jǐ jiā.
宜人宝果正长大，天地都是自己家。

藤架上的葫芦花开，婀娜多姿，如同身穿白色长裙的舞者，在微风中轻盈旋转。等到青翠的果实挂满枝头，仿佛是大地的馈赠，在草木间散发着扑鼻的果香。葫芦看似平平无奇，却全身是宝。从它的身上，人们可以感受到大自然慷慨的恩赐。葫芦，日本称葫芦花为夕颜。中国各地及世界热带、温带地区广泛栽培。花朵如白纱般隽永素雅，晨开夜谢。农家普遍搭有葫芦架用于纳凉。花和嫩果实可以食用。物语：眉宇惊艳，风流在天。

蝴蝶兰

hú dié lán

huàn zhōng zhī huàn huā wú yán chūn dǐ shēng chūn měi ruò xiān
幻中之幻花无言，春底生春美若仙。
jīn yè qún fāng měi chéng piàn bù dǐ liàng yǎn hú dié lán
今夜群芳美成片，不抵亮眼蝴蝶兰。

这首诗的开篇“幻中之幻花无言”一句，令人不禁联想起中国哲人庄周梦蝶的典故。亦真亦幻，似梦非梦，字里行间包涵些许哲思。蝴蝶兰花如其名，飘飘欲仙，超凡脱俗的气质令人油然而生出世之感。相较而言，其他的花朵即使蔚然成海，也难以与它相媲美。蝴蝶兰，产于中国台湾的恒春半岛、兰屿、台东，菲律宾有分布。花朵犹如翩翩飞舞的蝴蝶，色彩斑斓，令人目不暇接。常用作切花、胸花、新娘捧花的原材料。物语：大方美观，花颜可炫。

虎眼万年青

hǔ yǎn wàn nián qīng

shān shuǐ yī chéng yòu yī chéng， fēng yún hé chù bù yùn gōng

山水一程又一程，风云何处不运功。

hǔ yǎn wàn nián qīng dé lìng， zhèng tuō shù fù xié zǐ xíng

虎眼万年青得令，挣脱束缚携子行。

这首诗以山水迢迢和风云变幻起兴，赞扬了人们在面对风雨的洗礼时，依然积极向前、锐意进取的精神风貌。诗中的“虎眼万年青得令，挣脱束缚携子行”两句颇有趣味，诗人采用拟人手法，鼓励人们学习虎眼万年青，在追求梦想的过程中突破困境、超越自我。虎眼万年青，原产于非洲南部。每生长一枚叶片，鳞茎包皮上就会长出几个小子球，形似虎眼，故而得名虎眼万年青。植株美观，具有药用价值。物语：值得拥有，万事不愁。

花菱草

huā líng cǎo

chuò yuē xián yún fēng liú gāo，yuè guāng chán rào huā líng cǎo。

绰约闲云风流高，月光缠绕花菱草。

zhǐ yīn kāi chéng yǒng chūn diào，jiǎo de tiān dì bù kěn lǎo。

只因开成咏春调，搅得天地不肯老。

诗中的闲云如同自由自在的思绪，轻盈地飘荡在天空之中，展现出一种自由奔放的气质。花菱草被月光缠绕，给人带来遐思之美。花与月的情感交融，体现出的是自然的和谐。花菱草繁盛灿烂的花景，令天地为之惊艳。面对这样生机盎然的精灵，谁又肯让自己堕入衰老的心境呢？花菱草，原产于北美西部，中国庭园有栽培。美国加利福尼亚州的州花。植株茎叶嫩绿带灰色，花瓣橘黄色或黄色，可观花、观叶、观果。物语：快活神苑，生存简单。

花毛茛
huā máo gèn

chūn tiān xī fēng shàng gāo lóu, chuī de huā zài zhī tóu xiū
春天西风上高楼，吹得花在枝头羞。

méi jiān xīn dǐ dōu měi tòu, hái pà fēng ér bù shàng gōu
眉尖心底都美透，还怕蜂儿不上钩。

西风吹抵高楼，白纱轻舞。花朵在枝头含羞绽放，仿佛在述说着它们美丽的心事。时光荏苒，青涩的花苞已经长成娇艳的少女，即使没有浓妆艳抹，单凭她眉梢眼角的脉脉春情，以及玲珑剔透的心灵，就足以打动所有人的心。这首诗明为赞美花毛茛之美，实际表达的是诗人对韶华时光的眷恋。花毛茛，原产于以土耳其为中心的亚洲西南部和欧洲东南部的地中海沿岸。花色丰富，花瓣层层叠叠，丰满秀丽，具有牡丹的风韵。物语：花容妩媚，舍我其谁。

花烛（huā zhú）

花的灵魂风点燃，却与烛泪不相干。
（huā de líng hún fēng diǎn rán，què yǔ zhú lèi bù xiāng gān）

若将生命摆前面，红掌之上可行船。
（ruò jiāng shēng mìng bǎi qián miàn，hóng zhǎng zhī shàng kě xíng chuán）

这首诗充满瑰丽的想象。红掌之上当然不能行船，但如果真正领悟了生命的价值所在，大可以变成小，小也可以变成大，世人无需拘泥于物质的表象，方能实现精神上的自由。诗人将花的灵魂与生命燃烧相结合，展示出对生命价值的深刻感悟。她推崇积极向上的人生态度，鼓励人们勇往直前，追求梦想。花烛，原产于墨西哥、哥伦比亚、哥斯达黎加等热带雨林区。佛焰苞色泽鲜艳，火红热烈，肉穗花序黄色，似灯芯。物语：任性招展，与火无缘。

huá fèng xiān
华凤仙

tiān dì bāo róng wàn wù xīng，liú xiē zì yóu gěi wù zhǒng。
天地包容万物兴，留些自由给物种。

rén jiān ruò bǎo hǎo huán jìng，huá fèng xiān huā zuì zhī qíng。
人间若保好环境，华凤仙花最知情。

大自然以其无私和宽容的胸怀，滋养着世间万物。而诗中的“留些自由给物种”，更是在强调人类对物种保护的重要性。只有在和谐共处、互相尊重的环境中，才能促进物种的繁衍和进化，实现生态系统的平衡和持续发展。人类是地球的守护者，应当珍惜和保护这份与自然共存的宝贵机缘。华凤仙，产于中国江西、福建、安徽、广东、云南等地。花形独特，叶对生，花较大，花瓣紫红色或白色，极易成活。物语：花开拂尘，天生勤奋。

huáng chāng pú
黄菖蒲

wǔ yuè qíng kōng tiān zhàn lán, hóng sè qīng tíng lì wěi jiān.
五月晴空天湛蓝，红色蜻蜓立苇尖。

huáng chāng pú sì jīn yǔ yàn, fēi rù qīng cuì huā tián jiān.
黄菖蒲似金雨燕，飞入青翠花田间。

五月的晴空如蓝水晶般清澈，一只红色的蜻蜓翩翩而来。它站在芦苇尖上，仿佛是一朵艳丽的花朵。黄菖蒲宛如灵动的雨燕，轻盈地飞舞，穿越翠绿的花田。这首诗以优美的文字描绘出五月的田野，有远景，有特写，有静物，有动态，共同构成了和谐的画卷，同时展现出诗人对大自然的爱和对生活的热情。黄菖蒲，原产于欧洲，中国各地均有栽培。植株高大秀美，花姿特别，如燕子起飞，随风起舞。可以观叶、观花。物语：美无同类，水中富贵。

huáng lú
黄栌

shí guāng cāng sāng huā róng yán　　liú nián bù lǎo shuǐ yún xuān
时光沧桑花容颜，流年不老水云轩。
huáng lú wǎn yuē qiū zhī liàn　　měi le zhěng gè guān yè tiān
黄栌婉约秋之恋，美了整个观叶天。

这首诗以时光的流转和美景的变幻为主题，展现了人生的无常和岁月的静好。诗中的前两句生动地表达了生命的流逝无法掌控。红颜易老，转眼桑田泛清波，在亘古不变的年轮碾压下，微渺的人类能做到的只有把握当下，不辜负每一帧美景。黄栌，分布于中国西南、华北和浙江，南欧至叙利亚等地也有。黄栌的叶子到秋季会变成红色，热烈如火。黄栌花开后，似云如雾，又形成另一种风景。物语：树中之宝，叶比花好。

黄山梅

huáng shān méi

huáng shān méi kāi yī cùn chūn　dùn shí mí dǎo xīn shàng rén
黄山梅开一寸春，顿时迷倒心上人。
yòu yīn dú zhàn gǔ fēng yùn　cóng cǐ chéng wéi huā xīn wén
又因独占古风韵，从此成为花新闻。

黄山梅绽开寸许长的花瓣，瞬间便俘获了爱人的芳心，使其陷入甜蜜的情意之中。它又因其历史悠久，物种珍稀而广为世人关注。这首诗描绘了黄山梅花的娇艳盛开，将我们带入了一个充满浪漫与温馨的世界。它不仅仅是对植物的描绘，更是一种情感的流露，引领我们进入诗人丰富的内心。黄山梅，产于中国安徽和浙江，日本、朝鲜亦产。稀有物种，除具观赏价值外，还具有药用性，以及物种持续性研究等科研价值。物语：生命秘密，握在手里。

huáng shuǐ xiān

黄水仙

fēng liú xiāo sǎ liǎng qiān nián, xiāo yáo zì zài huáng shuǐ xiān.
风流潇洒两千年，逍遥自在黄水仙。
xīn líng jiāo liú wú jiè xiàn, gēn zhí dà dì jiù àng rán.
心灵交流无界限，根植大地就盎然。

她是天上的神女，弄云拨月；又像是凌波仙子，踏浪而来。她身穿鹅黄色的衣裙，头戴金色的花冠，逍遥自在地降落在凡间。数千年的光阴在她不过是弹指一挥，清丽的风姿不沾微尘，怡然的笑容仿佛能荡涤乾坤。她能解读天地的奥秘，与所有生灵心意相通，她的出现令大地复春，生机盎然。黄水仙，原产于欧洲西部，中国引种栽培。花朵形似酒盏，花姿绰约，清香雅致，秀丽出尘，极具观赏价值。物语：装扮寒天，任重道远。

huǒ hè huā
火鹤花

yōu yǎ qià sì yī bēi chá，fēng lái chéng mǎn huǒ hè huā。
优雅恰似一杯茶，风来盛满火鹤花。

wú suǒ shì cóng bù yòng pà，zǒng yǒu yī tiān huì dāng jiā。
无所适从不用怕，总有一天会当家。

气质优雅如茶淡泊，才华像火鹤花饱满夺目，但人生之中难免陷入迷茫，不知来路，不明方向。这首诗以其简洁的语言和深刻的思想内涵，引起读者的情感共鸣。诗人鼓励人们不要害怕自己无所适从的状态，只要肯于思考，静待花开，总有一天我们会找到属于自己的人生定位。火鹤花，原产于南美洲哥斯达黎加和危地马拉的热带雨林。佛焰苞红色，为观叶、观花植物，叶子浓绿，花色艳丽，颇具热带风情。物语：众生普度，再无疾苦。

huǒ jù huā
火炬花

tiān shēng pī guà yān zhi hóng　zhuī gǎn lǜ làng huā chéng kōng
天生披挂胭脂红，追赶绿浪花成空。
huǒ jù zhù zú xīn yì dìng　yù jiāng chūn fēng huà guāng míng
火炬驻足心意定，欲将春风化光明。

这首诗借花喻人，富含人生智慧。火炬花生来胭脂红，却要与绿色的浪花一争短长，这显然不是明智之举。就像我们在生活中往往忽视自己的天赋，以己之短比拼他人之长，可谓庸人自扰。诗人借火炬花劝勉世人，停止无谓的追求，转而坚定地实践理想，将光明与希望传递给世界。火炬花，原产于南非，中国广泛种植。因花冠橘红色，形状犹如燃烧的火把，形成一种红红火火的热烈景象，故而得名。物语：生机盎然，流连忘返。

huǒ jù jiāng
火 炬 姜

tiān yì nòng rén tiáo pí duō　cháng bàn hóng yán yǒu jǐ hé
天 意 弄 人 调 皮 多 ， 长 伴 红 颜 有 几 何 。
suì yuè yōu yōu xū yú guò　cí méi guī kāi qiū shí jié
岁 月 悠 悠 须 臾 过 ， 瓷 玫 瑰 开 秋 时 节 。

　　时光如水流逝，命运变幻莫测，难以捉摸。再炫丽的花朵又能维持几时，正如王国维的名句，"最是人间留不住，朱颜辞镜花辞树"。岁月悠悠，让我们明白生命的宝贵。这首诗警醒了人们，让人们领悟到时间宝贵而短暂，应当用心珍惜。火炬姜，别名：瓷玫瑰。原产于非洲及亚洲热带地区，中国南方地区引种栽培。叶子宽阔浓绿，花朵硕大美丽，风姿绰约，神态飞扬。初开之花形似火炬，焕发勃勃生机。物语：风流美事，天知地知。

huǒ shāo huā
火烧花

rén shēng zǒng yào yǒu chōng jǐng　bù xiè nǔ lì bì chéng gōng
人生总要有憧憬，不懈努力必成功。
líng bō wú yǔ nán jìn xìng　hū huàn chūn sòng yī piàn qíng
凌波无雨难尽兴，呼唤春送一片情。

诗人开宗明义，阐明了“人生总要有憧憬，不懈努力必成功”这一至理，激励人们不断奋发图强；“凌波无雨难尽兴，呼唤春送一片情”则是以自然景物为比喻，诗人语重心长地表示：人生中的风雨会成为胸前光辉的勋章，我们终将因为战胜命运的挑战而自豪。火烧花，产于中国广东、广西、云南南部等地，越南、老挝、缅甸及印度有分布。花先于叶出现，开放时枝头上缀满一簇簇橙黄色花朵，灿烂热烈。物语：早春再生，花开尽兴。

huǒ yàn shù
火焰树

xíng dào shù shàng lǜ yì yuǎn　huǒ yàn huā kāi yù shāo tiān
行道树上绿意远，火焰花开欲烧天。

fēn fù fēng yǔ lái xiāng jiàn　luò tiáo yín hé yě xǐ huan
吩咐风雨来相见，落条银河也喜欢。

诗人笔下的火焰树像是上古神话中的火神祝融，他所到之处，烈焰飞腾，天地化为熔炉。他倨傲地吩咐风雨前来觐见，即使银河倾覆，他也毫无惧色。诗人感叹大自然的伟大与神秘，更深层次的主题则是激励人们学习火焰树那样炙热的情怀和无畏的精神。火焰树，原产于非洲，广泛栽培于印度、斯里兰卡，中国广东、福建等地有栽培。火焰树的花朵如同一个小布袋，把花蕊全部包在里面，像极了正在燃烧的火焰。物语：天地给予，无忧无虑。

藿香

huò xiāng

fēng qǐ yún yǒng zhòng shān xiǎo，cǐ qǐ bǐ fú tiān zuì gāo。

风起云涌众山小，此起彼伏天最高。

huò xiāng yíng fēng dī shēng jiào，dà dì fù chū bù huì shǎo。

藿香迎风低声叫，大地付出不会少。

相比起狂风和云海，崇山峻岭都显得渺小。但是相对于广袤深邃的天空，风云又不值一提。大自然所有的景物都有其光鲜靓丽的一面，也总会有其他的景物更胜一筹。也许是因为深谙这个道理，大地显得静默无语，它无声无息地哺育着亿万生灵。倒是藿香迎风呐喊，赞颂着大地的功绩。藿香，中国各地广泛分布，常见栽培，俄罗斯、朝鲜、日本及北美洲有分布。花淡紫蓝色，细小、芳香，簇生成穗开放。有浓郁香味，全草入药。物语：芳草神态，细看不赖。

huò xiāng yè lǜ róng hāo
藿香叶绿绒蒿

lán lán lán lán yī xiàn qiān měi měi měi de mí rén yǎn
蓝蓝蓝蓝一线牵，美美美得迷人眼。
hǎi jǐng shān jǐng lián chéng piàn xiù zī yú fēi dào tiān biān
海景山景连成片，秀姿于飞到天边。

这首诗颇具民谣的韵味，诗人采用形容词叠加的艺术手法，凸显了藿香叶绿绒蒿艳丽的色彩和优雅的风姿。读起来朗朗上口，俗中有雅。它们盛开之时，仿佛碧蓝的大海，连绵起伏，一直延伸到天涯海角，与海天融为一体。如此美态令人目不暇接、心驰神往。藿香叶绿绒蒿，产于中国云南西北部、西藏东南部。为野生高山花卉，傲然绽放于寒山雪域苦寒之地。植株鲜绿，青翠欲滴，美如翡翠，形似琼脂。物语：顾盼生辉，无酒而醉。

鸡蛋花
jī dàn huā

fēng yùn wú yì zhī fēi yáng, xīn dòng bù yǐ shì yuè guāng
风韵无意枝飞扬，心动不已是月光。

xián jìng yuán yú huā mú yàng, wú hén gèng bǐ yǒu hén xiāng
娴静源于花模样，无痕更比有痕香。

这首诗以抒情的笔触展现了鸡蛋花之美，它鹅黄色的花心好似明月，雪白的花瓣如皎洁的月光。难能可贵的是，它的风雅源自天然，恍如初生，这种天真烂漫之美令人心动不已。如果将花儿比作美人，那么鸡蛋花一定是娴静优雅的那一种。它的不事张扬令它的美更加沁人心脾，久久难忘。鸡蛋花，原产于墨西哥，中国广东、广西、云南、福建等地广泛栽培。花白色黄芯，芳香。树干弯曲自然，其状甚美。物语：雅中极品，直击芳心。

jī guān huā
鸡冠花

shān shuǐ lián mián làng bù xiū, jī guān huā hóng tiān jìn tóu
山水连绵浪不休，鸡冠花红天尽头。
bì hǎi pāo chū yān zhi kòu, rě de wǎn qiū yě fēng liú
碧海抛出胭脂扣，惹得晚秋也风流。

连绵的山水，昼夜不停流。晨曦初露之时，巨日浮出水面，宛如火红的鸡冠花冉冉升起。它又好似碧海抛出的胭脂盒子，惹得晚秋萌生出绵绵的情思。冬天的气息已经逐渐临近，我们要抓住这最后温暖的时刻，尽情地沉浸在爱河里。诗人以鸡冠花为题，热情地赞美了爱情，愿每个人都能不辜负这美好的花季。鸡冠花，中国南北各地均有栽培，广布于温暖地区。鸡冠花的花朵扁平，因其红如火焰，形似鸡冠，故而得名。物语：秋风萧瑟，我独热烈。

鸡树条
jī shù tiáo

xuě yuè rú mèng yè dǎo gē　　fēi tiān yòu féng zhòng háo jié
雪月如梦夜倒戈，飞天又逢众豪杰。
liù yuè shuǐ lǎn fēng chuī liè　　làng tou nǐng chéng fāng xiāng suǒ
六月水懒风吹裂，浪头拧成芳香索。

雪一样皎洁的月色映照在大地，如梦似幻。鸡树条本应随着夜色静静沉睡，但是它却难耐躁动的心情，腾身一跃，飞向云霄。天上的繁星正欢欣地迎接它的到来，一同在银河之中恣意翻涌。诗的后两句文辞典雅，描绘了鸡树条之美犹如六月水被风吹碎，浪花纠结成芳香的绳索，别具美感。鸡树条，产于中国黑龙江、吉林、山西、山东等地。洁白如雪的花朵环绕成花环，点缀于郁郁葱葱的枝叶之间。果实圆润如珠，晶莹剔透。物语：优良品种，物尽其用。

jí bèi

吉贝

tiān fēng chuī lái jí bèi huā zhāo lái wǎn qù kàn fán huá

天风吹来吉贝花，朝来晚去看繁华。

ruò zài huáng hūn cháng qiān guà zhāi gè xī yáng dài huí jiā

若在黄昏常牵挂，摘个夕阳带回家。

欣赏这首诗，我们的耳畔仿佛响起一首田园牧歌。夕阳西下，喧闹一天的大地逐渐沉寂。黄昏的霞光披在身上，眼前是阡陌纵横，如镜的稻田折射出璀璨的光芒。吉贝花黄白相间的花纹好似夕阳，芳香而又温暖。迟归的牧童将它编成花环戴在头上，伴随着悠扬的笛声，走向家的方向。吉贝，原产于美洲热带地区，现广泛引种于亚洲、非洲热带地区，中国云南、广西、广东等地有栽培。花朵簇生于叶腋间，低调而不失优雅。物语：豪情开春，壮志入云。

jí xiáng cǎo

吉祥草

zhēng yǎn bù yào qiū lái zǎo，bì mù zhǐ dài yún yān xiāo。

睁眼不要秋来早，闭目只待云烟消。

méi jiān yī diǎn yān zhi qiào，yǒu shuí bù shí jí xiáng cǎo。

眉间一点胭脂俏，有谁不识吉祥草。

这首诗中的“睁眼不要秋来早，闭目只待云烟消”，暗示了诗人对于晴朗夏日深切的眷恋。她不愿秋天的步伐早早到来，祈盼云烟消散，旭日的光辉洒遍大地。接着，诗人赞美吉祥草美丽的形态，它像少女一样娇艳，胭脂色的花瓣仿佛少女眉间的朱砂痣，显现出纯真烂漫的神采。吉祥草，分布于中国西南、华中、华南等地。株型优美、叶子如剑，优雅翠绿，穗状花序，花芳香，呈粉红色，裂片开花时反卷。物语：真情付出，吉祥有余。

jí cài
蕺菜

shuǐ shēng xīng guāng màn lǐng nán, bì bō ān rú qīng shí bǎn.
水生星光漫岭南，碧波安如青石板。
rè lì rù hǎi yù liè àn, shān zhú jiè fēng chōng shàng tiān.
热力入海欲裂岸，山竹借风冲上天。

诗人从蕺菜独特且有趣的形态延伸出一幅壮丽的图景。白色的花瓣犹如点点繁星，从夜空中俯瞰岭南的风景；圆润的绿叶恰似小镇上的青石板，回荡着雨后匆匆的脚步声；炽热的太阳投下火焰般的光芒，仿佛要撑裂海岸；而蕺菜的花心仿佛是一根根山竹，期待能够凭借风力，飞向遥远的天际。蕺菜，产于中国中部、东南至西南部各地区。野生乡土植被植物，有独特气味，传统中草药之一。幼嫩茎可作蔬菜，全草入药。物语：走过千年，此心不变。

夹竹桃

jiā zhú táo

发现快乐有何难，用爱拍摄心头欢。

fā xiàn kuài lè yǒu hé nán, yòng ài pāi shè xīn tóu huān.

且看晴空亮灿烂，夹竹桃开沉香天。

qiě kàn qíng kōng liàng càn làn, jiā zhú táo kāi chén xiāng tiān.

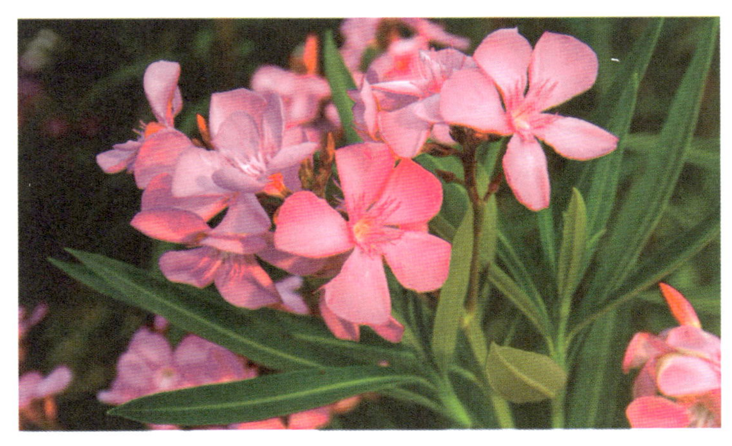

这首诗开门见山地阐释了主题。在诗人眼中，快乐是一种内心的宝藏，它不难寻找，只需要用一双有爱的眼睛去感受生活中的点滴欢愉。譬如我们头顶的万里晴空，旭日光芒，鼻端萦绕的阵阵幽香，身畔盛开的夹竹桃花，这些缤纷的意象都足以令我们的心灵为之触动，沉浸在快乐当中。夹竹桃，原产于伊朗、印度及尼泊尔，现广植于热带及亚热带地区，中国各地有栽培。花冠粉红至深红或白色，叶片如柳似竹，淡淡芳香。物语：云坠花缘，美至天边。

jiā lán
嘉兰

kāi chūn hé xū hóng chén jí, yù huǒ fèng huáng bá dì qǐ.
开春何须红尘急，浴火凤凰拔地起。

zòng shǐ jiè dé fēi tiān yì, líng lì zhǐ zài huā róng lǐ.
纵使借得飞天翼，凌厉只在花容里。

春回大地，我们何需被红尘的喧嚣催促，应像凤凰一般，在洗尽一切烦扰的烈火中崛起。即便我们能借助天翼，飞越高山峻岭，但真正的力量却只隐藏在温润的花颜里。诗人告诉我们：在机遇到来时，我们应该保持内心的宁静与自由。真正的力量并不存在于表象，而是内心的美丽与坚韧。嘉兰，产于中国云南南部的西双版纳，分布于亚洲热带地区和非洲。盛开时，犹如一簇簇跳动的火苗，热烈而奢华。根状茎有剧毒。物语：曼妙短暂，醉了容颜。

jiá mí

荚蒾

fēi xuě níng jié sī xiāng yún cái chū sì yuè yī piàn chūn

飞雪凝结思乡云，裁出四月一片春。

huá gài zhē yīn qiě bù lùn jiá mí kāi huā yě zuì rén

华盖遮阴且不论，荚蒾开花也醉人。

这首诗展现了诗人对家乡的深情厚意和对春天的赞美。思乡之情仿佛飞雪凝结的白云，皎洁而厚重。春风吹绿大地，渴望回到家乡的心愿如草木丛生。诗中的“华盖”原是指帝王或贵官车上的伞盖，放在此诗中，意思是荚蒾的枝叶浓密足以遮阴，但即使它没有茂密的枝叶，仅凭花朵也足以令人沉醉。荚蒾，产于中国河北南部、江苏、安徽、福建等地。花朵洁白如雪。果子圆润鲜红，如珠似玉。物语：倾情付出，义无反顾。

假连翘

jiǎ lián qiáo

zǐ qì dōng lái xī shù shōu lǜ yè xiāng bàn dào bái tóu
紫气东来悉数收，绿叶相伴到白头。
míng yuè guāng huī xīng chéng jiù shì piàn tǔ dì jiù fēng liú
明月光辉星成就，是片土地就风流。

“紫气东来”预示着吉祥和繁荣降临，而“绿叶相伴到白头”则象征着长久的伴侣关系或者深厚的友谊。在这个温馨的夜晚，两人牵手并肩前行，无论身处何地，都能实现人生价值，构建幸福生活。这首诗展现出中国传统文化中对家庭与情感的注重，更让读者强烈地感受到对未来的坚定信念。假连翘，原产于美洲热带地区，中国南部常见栽培。蓝紫色花朵如同蝴蝶在枝头纷纷起舞。果实熟时呈红黄色，成束悬挂于枝头。物语：有枝有蔓，著而不染。

jiǎ lóng tóu huā
假龙头花

xià lái chūn qù qiū qǐ háng fēng yǔ chàng kuài zhī shōu chǎng
夏来春去秋起航，风雨畅快知收场。
suí yì cǎo huā zhèng kāi fàng yī duǒ gèng bǐ yī duǒ xiāng
随意草花正开放，一朵更比一朵香。

假龙头花又名随意草，诗人拿花名之中的“随意”二字做起了文章。花团锦簇，喧闹繁华的春夏两季已经逝去，大地迎来略带萧瑟的秋风。假龙头花潇洒地在风中绽放，丝毫不为即将结束的花季而担忧。它淡然处世的风姿看似冷漠，实际上蕴含了人生智慧。只有真正理解天地规则和生命奥义的人才能如此洒脱。假龙头花，原产于北美洲，中国各地常见栽培。生性强健，耐寒、耐旱。盛开的花穗迎风摇曳，婀娜多姿。物语：如约而至，寻常日子。

jiǎn qiū luó
剪秋罗

jū wú dìng suǒ zì yóu duō， yún lái wú shì jiǎn qiū luó
居无定所自由多，云来无事剪秋罗。
dì qiú cūn zhōng cháng chū mò， jiù suàn yín hé yě qù de
地球村中常出没，就算银河也去得。

这首诗描述了诗人不受约束，自由自在的生活方式。她喜欢在世界各地旅行，探索未知的领域，让自己的人生丰富多彩。最后一句“就算银河也去得”，更是表达了诗人追求无限可能的勇气和决心，不论是在地球村还是深邃的宇宙，她都愿意去追寻自己的梦想，展现出积极向上的生活态度。剪秋罗，产于中国黑龙江、吉林、辽宁、河北、山西、内蒙古等地。花朵初开时淡白色，逐渐变成鲜红色，娇艳美丽，极为灿烂夺目。物语：明月有心，圆满风韵。

箭叶秋葵

jiàn yè qiū kuí

fēng yuè cōng cōng liú huà fēng, wǔ zhǐ shān shēn tán xìng nóng.
风月匆匆留画风，五指山参谈兴浓。

cǐ shí bù dìng hé shí dìng, yǒu xíng tóu zhù wú xíng zhōng.
此时不定何时定，有形投注无形中。

月朗星稀之夜，诗人误入密林深处。只见盘根错节的古树之下，端坐着一位清隽男子。他怀抱琵琶，悠然地弹奏一首古曲。见到诗人的到来，他兴味盎然地与之对谈。千年兴衰，尘世起伏，都付与浅吟低唱。世人追求的繁华荣耀，尝尽的喜怒悲欢，在他看来都如东流之水，渐去渐远。箭叶秋葵，产于中国广东、广西、贵州、云南等地，澳大利亚、越南、老挝等国也有分布，叶形变化丰富，花大而美丽，根形似人参可入药。物语：随风而静，幸福终生。

jiāng méi
江梅

jiāng méi kāi fàng dōng zhì qián　suí biàn kāi huā xīn bù gān
江梅开放冬至前，随便开花心不甘。
xuàn lì zhī yú guī píng dàn　zhǐ liú fēng yùn yǔ rén jiān
绚丽之余归平淡，只留风韵予人间。

江梅不愿将自己的美丽浪费在寂寞的冬天，而是选择在世界还未进入寒冷的巅峰之前，勇敢地绽放，这种勇气和决心令人叹为观止。尽管江梅的绚丽色彩在开放之后逐渐消弭于平淡，但它无双的风姿会永远留存在世人的记忆中。江梅的决绝其实是一种对生命的珍爱，正如我们每个人都不应虚度华年。江梅，中国各地均有栽培，为所有梅花之始。梅是所有树种中较为长寿的乔木。盛开时枝头芳香淡雅，如雪似玉，清新可人。物语：千年花神，历久弥新。

jiāng hé huā
姜荷花

gāo shān yǒu gēn wú xū zāi, fēng sòng míng yuè rèn xìng lái.
高山有根无须栽，风送明月任兴来。
chūn hóng xià lǜ ruò bù zài, jiāng hé huā zì bāo piàn kāi.
春红夏绿若不在，姜荷花自苞片开。

姜荷花的根系驻扎在大地，生命的血脉绵延不绝。无需人类悉心栽种灌溉，它都能自由地生长。清风和明月来去自如，姜荷花从不强求这些大自然的美景为自己驻足。等到繁花落尽，万物凋零，它依旧招展于天地中，摇曳生姿。这首诗热情地歌颂了自由且坚韧的生命态度，值得再三品味。姜荷花，原产于泰国，中国南方引种栽培。叶片挺阔翠绿，中脉为紫红色。上半部粉红色的苞片形似荷花，且为姜科植物，故得名姜荷花。物语：走进花季，爱惜自己。

jiāng huā
姜花

zhōng qiū yè cháng bái zhòu huān, shǎng yuè qiě fēn gāo píng yuǎn
中秋夜长白昼欢，赏月且分高平远。

pǐn xiāng zǒng yǒu nóng hé dàn, hèn yǔ jiāng huā xiāng jiàn wǎn
品香总有浓和淡，恨与姜花相见晚。

这首诗蕴含了丰富的人生哲理。中秋赏月是人间盛行的时令活动，明月当空，可远观，可近赏，各个角度都有其迷人之处；赏花也是如此，有人赞浓香，有人爱清淡，各有讲究。但是诗人意外地发现姜花之美，无论用哪种方式品鉴都出类拔萃，不由得相见恨晚。姜花，产于中国四川、云南、广东、广西等地。开花时，似一群美丽的白蝴蝶翩翩起舞。广东各地时见栽培，可供观赏，亦可为香料。根茎和果实可入药。物语：情有独钟，与爱同行。

接骨木

jiē gǔ mù

suí bō zhú liú shuǐ shēng huā, yí xíng huàn yǐng dào tiān yá.
随波逐流水生花，移形换影到天涯。

sì yuè xuě piàn fēn fēn xià, luò rù rén jiān dāng yào xiá.
四月雪片纷纷下，落入人间当药侠。

这首诗以流畅的韵律和美妙的意象展示了诗人对生活的独特见解。诗人描绘接骨木随遇而安，自由扎根在任何地方，暗喻人们不畏惧生活的潮起潮落，不断开放自己的心灵，迸发出美丽的花朵。接骨木的花瓣如白雪纷纷，落入人间幻化成治病救人的“药侠”。这种积极向上的态度令我们感受到人性中崇高的一面。接骨木，产于中国黑龙江、山东、河南、广东等地。枝条张扬，初夏时开洁白色簇生小花，芳香四溢。全株入药。物语：雪花碧海，夏天最爱。

结香

jié xiāng

jǐ dù yù jìn míng yuè guāng, zǒng yǒu zhī tóu lì xié yáng.
几度欲近明月光，总有枝头立斜阳。

xì yǔ wú yì qǐ fēng làng, zhǐ yīn jié xiāng qíng sī cháng.
细雨无意起风浪，只因结香情丝长。

暮霭沉沉，月兔东升，大地即将迎来静谧的月夜。但总有花枝眷恋黄昏的美景，不舍晚霞的离去，那是结香花寂寞的身影。蒙蒙的细雨洋洋洒洒地坠落，轻柔如爱人的抚摸，它无意摧残花朵，只因看到结香花柔弱的花蕊，顾惜它缱绻的情意。这首诗以优美的意境赞美了自然界的丰富情感，充满大爱。结香，产于中国河南、陕西及长江流域以南各地。叶在花前凋落，满枝簇生黄色小花，芳香四溢。中国特有名优花卉。物语：飞天比翼，落地连理。

jīn bāo huā
金苞花

shān shān shuǐ shuǐ dà huì yǎn　hóng hóng lǜ lǜ chū tiān rán
山山水水大汇演，红红绿绿出天然。

yún bó fēng jiān shōu léi diàn　yáng guāng càn làn dào miàn qián
云泊风间收雷电，阳光灿烂到面前。

诗中，“山山水水大汇演”一句将山和水的交融形象化地展现出来，让人仿佛置身于大自然的舞台之上。“红红绿绿出天然”则表达了天地间的生灵之美源于自然。金苞花傲然绽放，令风儿也为之沉醉，它娇艳的花瓣犹如旭日暖阳，给人以温暖和希望。金苞花，原产于墨西哥和秘鲁，中国南方地区多有栽培。在亚热带可以全年开花。苞片层层叠叠，从中生出洁白的长花瓣。整个花序形如金黄色的虾，尤为别致。物语：日光潋滟，明月相伴。

金风花
jīn fèng huā

shù bù wàng gēn huì gǎn ēn, rì yè chēng sǎn wèi hóng chén
树不忘根会感恩，日夜撑伞为红尘。
yuè mù fēng jǐng tiān dòng wèn, jīn fèng huā ér kě tiē xīn
悦目风景天动问，金风花儿可贴心？

这首诗以树起兴，赞美了不忘根源的品质和感恩的美德。树大根深，即使遭受风雨洗礼，依然毫不动摇地撑起巨伞，守护着历史和文化的传承。这种坚守和奉献的精神值得我们学习。诗中描绘的花儿与人类之间的亲密关系，让我们感受到地球村的和谐之美，同时也激励我们怀有感恩之心，回馈自然。金凤花，中国云南、广西、广东等地有栽培。枝叶羽状，翠绿。花丝红色，伸展出花瓣之外，宛如一只只火凤凰展翅欲飞。物语：缥缈迷离，摇曳多姿。

jīn lán
金兰

bái yún shēn chù wú qīng ǎi wén xiāng fāng zhī yǒu fēng lái
白云深处无青霭，闻香方知有风来。
jīn lán huā tián shuō jìng jiè tiān gāo dì hòu dà xiōng huái
金兰花田说境界，天高地厚大胸怀。

白云浓厚，没有人意识到它是由云气组成；闻到花草的芳香，才知道是由清风送来；诗人站在金兰花田中，领悟到高深的至理：大地无言，却承载着万物，天空深邃，孕育着雨露风霜。真正崇高的境界在于拥有博大的胸怀，不彰显自身的功绩，只是默默地奉献。金兰，产于中国江苏、安徽、湖南等地，日本和朝鲜有分布。植株小巧玲珑，茎叶碧绿如翠，开放时，散漫出浅浅黄色，幽幽芳香，极具理想之美。物语：日落月高，金兰之交。

金露梅

jīn lù méi

huā zhī jiāo róu wú chù xún nòng yè wù le shǎng xīn chūn
花之娇柔无处寻，弄叶误了赏新春。
yào shí liǎng yòng fēng dìng lùn jīn lù méi yǔ luò bīn fēn
药食两用风定论，金露梅雨落缤纷。

花圃之中，金露梅沐浴着晨光。诗人踏着露水而来，摘取最新鲜的嫩叶，沏一壶药茶。也许是过于专注采摘叶片，蓦然回首时，她已经错过了金露梅最盛美的花期。清风徐徐，吹落花如雨。这些美丽的生灵用它们短暂的生命，践行了拯救人类病痛的使命。金露梅，产于中国黑龙江、吉林东南部等地。植株丛生，羽状复叶，开淡黄色小花，极具野趣。全株各有各的用处，嫩叶可代茶饮，叶和花可入药。物语：叶茂花繁，夏日奉献。

金钮扣

jīn niǔ kòu

秋夜送来风消息，桂圆菊花开放急。
月亮本无相思意，无奈牵挂九万里。

qiū yè sòng lái fēng xiāo xi, guì yuán jú huā kāi fàng jí.
yuè liang běn wú xiāng sī yì, wú nài qiān guà jiǔ wàn lǐ.

金钮扣又名桂圆菊，它们在秋风乍起之时开放得尤其灿烂。也许是知道严寒将至，才会在最后的时光尽情地绽放。这种情怀与人们面临分别之时难分难舍的心情颇为相似。高挂在夜空的那轮明月经历亿万年的沧海桑田，早已无情无欲。但当它看到人们的相思之情，依然忍不住为之动容。金钮扣，产于中国云南、广东、广西等地。花朵奇特呈桂圆形状，色泽有黄色、红色、红褐色。叶子有辛辣味，可以食用，全草供药用。物语：白日月圆，亦真亦幻。

金丝桃
jīn sī táo

chángjiāng rú liàn liǎng àn yuǎn, nán běi bīng huǒ bù tóng tiān.
长江如练两岸远，南北冰火不同天。
shuí shuō hóng yán zuì yì biàn, jīn sī táo huā měi chéng tuán.
谁说红颜最易变，金丝桃花美成团。

长江如白练，两岸青山远。诗人通过对自然景观的描刻，烘托出金丝桃超凡脱俗的美感。自古红颜多易老，只有草木年年生，看似短暂，实则永恒。这首诗以优美的语言和疏阔的意境，将自然景色和人生哲理融合在一起，明为赞美金丝桃，实则暗含诗人对于韶华时光的珍惜和眷恋。金丝桃，产于中国河北、陕西、山东等地。花瓣金黄色至柠檬黄色，束状纤细的雄蕊灿若金丝。根、茎、叶、花、果均可药用。物语：贡献惊人，价比黄金。

金樱子

jīn yīng zǐ

yáng guāng pēn bó dì píng shí， fèi téng jiā xiāng jīn yīng zǐ。

阳光喷薄地平时，沸腾家乡金樱子。

bái yún bù jiě qí zhōng yì， zhǐ zhī wèi lái jiē guǒ shí。

白云不解其中意，只知未来结果实。

旭日从地平线喷薄而出，金樱子次第绽放，蔚然成海，装饰得整个家乡仿佛都在沸腾。白云懵懂地注视着眼前的盛况，不理解它们为何如此欢欣。在风云的眼里，万物的生老病死都是常态，开花只意味着即将结出果实，然后消亡，再等待下一个轮回。但是对这些大自然的生灵来说，这是它们短暂生命中最璀璨的时刻，值得用最火热的情感去歌颂赞美。金樱子，产于中国陕西、安徽、广东等地。叶子翠绿色，花朵洁白如雪。物语：逸生珍品，深得人心。

jīn zhǎn huā
金盏花

qíng rú gāo shān xīn sì hǎi，bù jì huā xiè yǔ huā kāi
情如高山心似海，不计花谢与花开。

jīn zhǎn xiōng huái zài tiān wài，gān yuàn fèng xiàn zuì jīng cǎi
金盏胸怀在天外，甘愿奉献最精彩。

这首诗以深邃的情感描绘了一种高尚的心灵境界。“情如高山心似海，不计花谢与花开”是比喻金盏花不计得失，心怀大爱，勇于牺牲的精神；“金盏胸怀在天外，甘愿奉献最精彩”这句诗则更加直白，意味深长，歌颂了金盏花甘愿奉献的高尚情操。不论是在爱情还是生活中，都能给予我们启示和指引。金盏花，原产于欧洲，中国各地广泛栽培，供观赏。植株翠绿色，茎叶覆盖有薄绒毛，花如金黄色杯盏，绽放时灿烂夺目。物语：风月长情，共存同生。

jīn zhōng huā
金钟花

xiān chén bù rǎn zì yóu xīn　qíng huái zhǐ dù yǒu yuán rén
纤尘不染自由心，情怀只渡有缘人。
jīn zhōng huā kāi sòng chūn xìn　míng yuè jìng tǔ jiē fāng lín
金钟花开送春信，明月净土皆芳邻。

诗中提到的“只渡有缘人”与“明月净土”都是佛教中的概念，诗人将它们融入诗歌中，想要表达的是一种纯粹和自由的心境，其中蕴含了对于命运和缘分的理解。“纤尘不染自由心”一句描述的是诗人追求内心的纯净和自由，不为外界琐事所困扰。而“情怀只渡有缘人”则展示了诗人对于真挚感情的珍视。金钟花，产于中国江苏、安徽、浙江等地。早春三月，枝条从下往上缀满大簇的鎏金花朵，金光灿烂，非常壮观。物语：花若尽兴，便是风景。

jǐn dài huā
锦带花

liù yuè niān jìn bǎi huā xiāng　jǐn dài shèng kāi fēng dié máng
六月拈尽百花香，锦带盛开蜂蝶忙。

tiān shēng xǐ huan hé wéi zhuàng　gù ér jié bàn zhuī tài yáng
天生喜欢合围状，故而结伴追太阳。

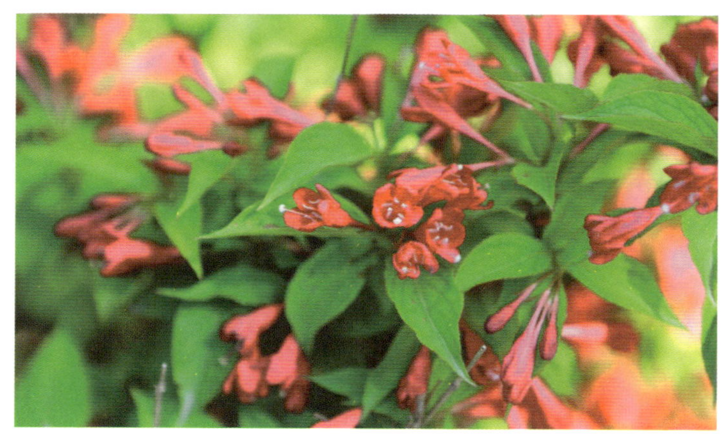

六月花香扑鼻，如丝带般绚烂绽放，蜜蜂与蝴蝶忙碌地舞动，它们天生喜欢聚集在一起，欢乐地追逐着太阳。这首诗以娇艳的花朵和勤劳的昆虫为主题，展现了六月的魅力。百花争艳的景象给人一种无比美妙的感受，仿佛置身于花海之中。锦带的盛开更是美轮美奂，犹如一幅绚丽多彩的画卷。锦带花，产于中国黑龙江、吉林、辽宁、内蒙古等地。枝叶茂密，叶子翠绿色，簇生花朵细长如喇叭形，花姿简洁而不失娇艳。物语：白云起处，花红叶绿。

jǐn jī ér
锦鸡儿

guāng yīn yì shì xū zòng qíng, xīn dì fù yǒu gèng qīng xǐng
光阴易逝须纵情，心地富有更清醒。

duān kàn jīn què huā lù zhòng, biàn zhī fēng yuè dà bù tóng
端看金雀花露重，便知风月大不同。

光阴易逝，我们应该充分享受每个美好的瞬间。而精神世界富足的人能够更加清醒地看待生命。锦鸡儿又名金雀花，它承载着晨露的样子无比清新美丽，给我们带来深刻的启示：生命就像露水盈花一般短暂，没有什么比享受生命更可贵。这首诗表达出了深刻的哲理，激励我们要用心去感悟世界。锦鸡儿，产于中国河北、陕西、江苏、四川等地。花冠黄色，微带红晕。植株形状美观大方，枝条苍劲奇特，质感无与伦比。物语：积聚力量，蓬勃向上。

锦葵
jǐn kuí

jué sè qīng chéng xiàng lái duō, qiān gǔ gāo yǎ yǒu jǐ hé.
绝色倾城向来多，千古高雅有几何。
jǐn kuí qíng chī yù chuān yuè, yòu kǒng shī le huā fēng gé.
锦葵情痴欲穿越，又恐失了花风格。

倾城之美在历史长河中并不罕见，而拥有高雅姿态和格调的人却少之又少。锦葵是花中的痴情儿，它愿意为了爱付出一切。但是这种不计代价的追爱行为也是危险的，会令人失去自我，变成爱的奴仆。这种渴望和担忧纠缠的复杂情绪，使得这首诗更具深意和韵味。我们也能感受到诗人对美的执着，以及对自身独特性的珍视。锦葵，中国南北方城市常见栽培。中国栽培锦葵的历史悠久。开淡紫色或白色花朵，奢华美丽。物语：紫气东来，富贵花开。

jiǔ lǐ xiāng
九里香

chūn lái chūn qù chūn yòu shēng jiǔ lǐ xiāng huā yóu wèi xǐng
春来春去春又生，九里香花犹未醒。
chūn tiān jí sòng chūn fēng lìng kuài kuài fēi yáng chūn xīn qíng
春天急送春风令，快快飞扬春心情。

当大地还沉浸在冬的静谧之中，已经有人敲响了春的铃声。草木舒展腰身，花儿开启花蕾，纷纷抖擞起精神，只有九里香犹自香梦沉酣。春的使者急匆匆地飞来，将春风令掷到它的怀中，焦急地催促：这样美好的季节怎能荒废，快快起身去拥抱春阳，欢舞歌唱。九里香，产于中国台湾、福建、广东、海南、广西五省区南部。叶子油绿，开洁白色簇生小花，浓郁香气顺风而下，使人于九里之外可闻其香，故得名九里香。物语：月光流泻，香从天落。

韭莲

jiǔ lián

shèng xià zī wèi nóng rú jiǔ, jiǔ lián xiàng lái wú chūn chóu.
盛夏滋味浓如酒，韭莲向来无春愁。

fěn xuān zhǐ yīn fēng chéng jiù, yǔ lái nóng rǎn guān guāng lóu.
粉喧只因风成就，雨来浓染观光楼。

江南的烟雨之中，隐隐现出楼阁的轮廓。云山雾罩，如梦似幻。风儿倏然掠过，惊起天花乱坠，纷落如一曲雅乐。盛夏的繁华热闹犹如美酒，令万物陶醉，分不清天上人间。韭莲粉红色的舞裙张扬在风中，它从来没有为春的逝去而感伤。对它而言，璀璨的夏日才是它的主场。韭莲，原产于南美洲，中国引种栽培。花期夏秋。株丛低矮，常年翠绿色，花瓣玫红色或粉红色。多用于观赏，成片种植，繁花似锦，十分壮观。物语：花海如春，恰如其分。

桔梗

jié gěng

qiū yǔ wú gēn chuǎng jìn lái, jié gěng huā zhōng shùn shì kāi.
秋雨无根闯进来，桔梗花钟顺势开。

lán zǐ zhī měi shuí bù ài, liú zài tiān biān dài rù huái.
蓝紫之美谁不爱，留在天边待入怀。

秋雨毫无征兆地淋漓而下，恍如我们生活中的不可预知，突如其来。桔梗的花苞顺势绽开，显现出随遇而安的淡泊从容。它们在雨水的滋润下，绽放出蓝紫的色泽，令人心醉。这种魅力谁能抵挡？它们静静地留在天边，张开怀抱，等待着为被生活磋磨得筋疲力尽的人们送去温柔的慰藉。桔梗，产于东北、华北、华东、华中各省区以及广东、贵州等地。桔梗花呈蓝色或紫色，状如僧帽，故得名僧帽花。美丽无比，优雅清新。物语：爱之合约，永恒之作。

jú huā
菊花

qiū jǐng guāng lín shí yuè tiān, gāo fēng liàng jié xī yè duǎn.
秋景光临十月天，高风亮节惜夜短。
ào shuāng sháo huá yǐ guò bàn, jú huā zhī měi cóng wèi jiǎn.
傲霜韶华已过半，菊花之美从未减。

深秋的景色如诗如画，菊花绽放风雅无边。它们傲霜的韶华已过半，却依旧美丽如昔。菊花之美难以描画，宛如枫叶铺满山川，又如秋风吹过屋檐。这些在旁人看来无形的风韵没有任何实际意义，却凸显出超然物外的高贵品格。只有崇尚纯净和清高的人，才能真正领会菊花的可贵。菊花，原产于中国，栽培历史已经超过三千年，有千余个品种。叶子碧绿，盛开时芳香宜人。历经风霜，具有顽强的生命力，有花中隐士之封号。物语：花中上品，独具神韵。

juàn máo shān méi huā
绢毛山梅花

wǔ yuè xīn xián qīng qīng tán　juàn máo shān méi huā kuáng huān
五月心弦轻轻弹，绢毛山梅花狂欢。

jīn tiān rù zhù fāng xiāng yuàn　tiān huāng dì lǎo dào yǒng yuǎn
今天入驻芳香苑，天荒地老到永远。

是谁拨弄了五月的心弦，如同春风温柔拂过，翠满山川。绢毛山梅花绽放，露出娇艳的花蕊，就像琵琶女的纤纤玉手，勾挑冰弦。诗人将绢毛山梅花移植到芳香苑中，从此往后，夜夜私语，相伴永年。在这首诗中，诗人运用了丰富的修辞手法，将花与人的情感之美渲染到极致，寄托了她对于唯美事物的理想。绢毛山梅花，分布于中国陕西、甘肃、浙江、广西等地。株型漂亮，叶片翠绿，花冠盘状，花朵洁白如玉，清香四溢。物语：追求平淡，精彩出线。

决明

jué míng

晨光驾云随风还，广角镜头花满天。
视野开阔时光慢，单等决明来团圆。

chén guāng jià yún suí fēng huán, guǎng jiǎo jìng tóu huā mǎn tiān.
shì yě kāi kuò shí guāng màn, dān děng jué míng lái tuán yuán.

晨光的洒落如同驾云随风，轻盈而自由，让人无拘无束。广角镜头中的花朵如雨点般洒落，画面如此绚烂，仿佛带着春天的气息。而这开阔的视野，让时光变得慢了下来，仿佛能感受到每一刻的细微变化。在这样的时光中，我只等待一个人的到来。待到决明花盛开，我们就会团圆。决明，原产于美洲热带地区，现全世界热带、亚热带地区广泛分布，中国长江以南各地区普遍栽培。种子名为决明子，有清肝明目等功效。物语：季节更换，静美无言。

君子兰

jūn zǐ lán

měi yā qún fāng jūn zǐ lán　　cháng yǐ bìng dì liàng rén yǎn
美压群芳君子兰，常以并蒂亮人眼。
bù lǎo shí guāng yě jīng yàn　　cǐ huā zěn yǔ wǒ bǐ jiān
不老时光也惊艳，此花怎与我比肩。

　　君子兰的美丽如同瑰宝般璀璨夺目，在百花丛中独树一帜。它常以并蒂之姿绽放，恍若一对亮丽的明眸，令人倾倒。不论岁月如何流转，君子兰依旧保持着青春的姿态，这让时光也为之惊艳。它不禁萌生疑问：这样脆弱的花朵怎能常驻人间，像我一样拥有不老的容颜？君子兰，原产于非洲南部，中国栽培时间长。叶片长而雅致，色泽如翡翠。簇生花朵大而艳丽，奢华中尽显内涵之美。寿命可达几十年或更长。物语：炫中求静，君子之风。

康乃馨
kāng nǎi xīn

dà ài wú xū děng jù lí, wēn nuǎn qīn qíng zhēng zhāo xī
大爱无须等距离，温暖亲情争朝夕。
kāng nǎi xīn huā yě rú shì, zǒng bǎ chūn xià dāng zhī jǐ
康乃馨花也如是，总把春夏当知己。

在中国传统文化中，常将母爱比喻为春晖。这首诗中的康乃馨“总把春夏当知己”，意思是春夏的温暖与母爱有共通之处，像阳光普照，无微不至。在人类的众多情感中，母爱无疑是最无私的一种。母亲爱子，出乎自然，不求回报。正如诗人所言，“大爱无须等距离，温暖亲情争朝夕”。康乃馨，原产于南欧、地中海北岸、法国到希腊一带，世界各地广泛栽培。作为母亲的象征，已经成为人们在母亲节献给母亲的主要花卉。物语：反哺之作，赋予圣洁。

kǒng què cǎo
孔雀草

xià tiān huó lì chāo péng bó mì yǔ zài tián yě bù duō
夏天活力超蓬勃，蜜语再甜也不多。

yè kōng guà chū shàng xián yuè kǒng què cǎo lǐ fēi qíng gē
夜空挂出上弦月，孔雀草里飞情歌。

夏天的活力如潮水般涌动，仿佛给大地注入无尽的能量。蜜语再甜美也无法形容这个季节的魅力。夜幕降临，上弦月悬挂在深蓝色的天空中，半遮半掩，温婉而含蓄。孔雀草舞动着它们绚丽多彩的花瓣，仿佛吟唱着动人的情歌。这首诗描绘了夏天的魅力，让人仿佛置身于一个充满柔情的世界。孔雀草，原产于墨西哥，中国各地庭院常有栽培。花金黄色或者橙色，带有红色斑。花朵日出开放，日落收拢，因此也叫太阳花。物语：兴高采烈，开心活泼。

kuǎn dōng
款冬

yǔ zhòu tè zhēng shì ān níng, wài xīng wén míng bù fā shēng
宇宙特征是安宁，外星文明不发声。

tiān biān liú xīng ruò yǒu mèng, kuǎn dōng huā kāi yìng fēng jǐng
天边流星若有梦，款冬花开应风景。

深邃的宇宙寂静无声，充满了无尽的奥秘。数不清的星系中孕育着外星文明，也许再过千万年，人类也无法揭开它们的神秘面纱。天空中划过的流星和地面盛开的款冬花一样，仿佛是我们对宇宙的无限向往。一颗颗，一朵朵，寄托了人类飞天的梦想。款冬，产于中国北部，以陕西榆林和甘肃灵台的干品质量最优。多地药圃广泛栽培。根茎横生，先叶开花，花茎有护甲鳞片，娇艳如同菊花。物语：浅吟低唱，绵延春光。

là bàn huā
蜡瓣花

fēng yún yōu xián tiān cháng qíng dà dì fù sū wàn wù shēng
风云悠闲天长情，大地复苏万物生。
là bàn huā kāi chūn fēng shèng jīn lǚ bǎng shàng guà gè míng
蜡瓣花开春丰盛，金缕榜上挂个名。

这首诗以流畅的韵律和优美的词句，展现了自然界的美丽。大自然慷慨地哺育万物，春天到来之时，生机勃勃的景象让人心旷神怡。蜡瓣花在和煦的春风中绽放，婀娜动人。如果万花国中真有选美大赛，那么蜡瓣花一定会金榜题名。蜡瓣花，产于中国湖北、安徽、浙江、福建等地。蜡瓣花属全球约有30种，中国主产20种，分布于长江流域和西南至东南部。一串串黄色花穗光泽如蜜蜡，芳香四溢，清新怡人。物语：想得铺张，美得荡漾。

蜡梅

làméi

dōng xuě wēi lì pō tiān duō, là méi huā kāi jiàn fēng gé.
冬雪威力泼天多，蜡梅花开见风格。
xún cháng rì zi xún cháng guò, měi hǎo shí guāng bù kān zhé.
寻常日子寻常过，美好时光不堪折。

自古以来，中国的文人墨客吟诵梅花的诗词不胜枚举，梅花多被赋予清高、孤傲、洁身自好等种种象征意义。但诗人别出心裁地将蜡梅拉下神坛，送入寻常百姓家。在她笔下，蜡梅只是普通人于艰苦岁月中一点美好的愿景。人们双眼凝视着梅花，心中向往的却是远方的春光。蜡梅，野生于中国山东、江苏、安徽、云南等地。因花朵于腊月的冰天雪地中绽放，故而得名。枝干苍劲，花朵凝黄，风姿绰约，浓香袭人。物语：真香清绝，傲视霜雪。

蜡菊

擦肩时刻偶尔有，川流不息从未休。
营造夺目花气候，蜡菊盛开多风流。

时光如流水，匆匆逝去，毫不停留。在茫茫的人海中，我们偶尔会邂逅绝美的风景、优秀的人们，听闻令人心驰神往的故事。但是更多的时候，我们耽于平庸的生活。诗人借这首小诗劝诫世人，主动营造更加优良的环境，与蜡菊这样美好的生灵相伴，让自己的生活更加愉悦。蜡菊，原产于澳大利亚，现各国广泛栽培。色泽鲜艳，花瓣层层叠叠，美得令人目不暇接。花干燥后，花形、花色经久不变，如蜡制成，故得名。物语：张开望眼，绚丽满天。

lán xiāng cǎo
兰香草

shí yùn hǎo shí tiān dì gāo, xiāng sī tuō fù lán xiāng cǎo
时运好时天地高，相思托付兰香草。

yǔ zhòu hóng huāng fù ěr dào, nǐ ruò qiān guà wǒ bù lǎo
宇宙洪荒附耳道，你若牵挂我不老。

这首诗赞美了爱情的甜蜜和誓言的坚定。兰香草的形态优美，仿佛是古代仕女发髻上的琉璃凤头花簪，随着莲步微移而轻轻颤动。它寄托着相爱之人缠绵的情感，娇嫩的花簇又好似他们患得患失的心理。诗人畅想空冥的宇宙在耳边许下郑重誓言：我对你的心意永生不变。兰香草，产于中国河南、江苏、安徽、浙江、福建等地。六月，粉紫色或浅蓝色细小花朵抱茎而生，形成分节花簇，优雅美丽。全株入药。物语：确认眼神，永结同心。

lán cì tóu

蓝刺头

rì zhào fēng liú tiān fēi xiá lán cì tóu kāi fù zhuàng huā

日照风流天飞霞，蓝刺头开复状花。

qī fēn fēng gǔ sān fēn là shēng lái bù yǔ fù guì jiā

七分风骨三分辣，生来不与富贵家。

诗人运用白描的手法，先是勾画出蓝刺头花在彩霞的映衬下展现出的风姿。这种描写方式既生动又富有美感。随即，“七分风骨三分辣”这句传递出诗人对于美的追求和对高洁品质的推崇。“风骨”二字也许是只有中国人才能理解的意象，难以用语言描述，但又根植于中华儿女的血脉之中，成为我们的精神象征。蓝刺头，分布于中国新疆天山地区，中亚、高加索、俄罗斯西伯利亚地区、欧洲中部及南部有分布。物语：盛开家园，无须遗憾。

蓝花楹
lán huā yíng

míng yuè jiǎo jiǎo sī xià fán, yún wù yōu yōu shàng jiǔ tiān.
明月皎皎思下凡，云雾悠悠上九天。
měi rén yǔ huā xiāng bìng kàn, chè wù zhǐ zài chà nà jiān.
美人与花相并看，彻悟只在刹那间。

这首诗令人不禁联想起李白著名的《清平调》中的名句，“名花倾国两相欢，长得君王带笑看”，二者颇有异曲同工之妙。不同的是，诗人笔下的蓝花楹与美人并立在一起，却令人顿悟美好事物的脆弱和短暂，犹如天上皎洁的月光和缥缈的云雾，虽然唯美至极，终究无法长久保留。蓝花楹，原产于南美洲巴西、玻利维亚、阿根廷，中国南方多地引种栽培。花冠筒细长，蓝色微微沁白，边缘变薄泛卷，为优质观赏树种。物语：天解倒悬，蓝紫浪漫。

lán xīng huā

蓝星花

wǎn xiá shōu huí xī yáng qíng，bái yún qiān chū tiān biān fēng。

晚霞收回夕阳情，白云牵出天边风。

lán xīng huā kāi yè chí zhòng，yǐn lái yī piàn guān ài shēng。

蓝星花开夜持重，引来一片关爱声。

晚霞收敛夕阳的余晖，帮助它驱散了即将被月色取代的抑郁；白云挽留天边的风，让它感受到温暖和慰藉；蓝星花在夜色中绽放，引来纷纷的关注和爱护。诗人笔下的世界充盈着丰富的情感，所有风景因为有爱的存在而富有意义。诗人借这首诗传达出自己对大自然的赞美和对情感的珍惜。蓝星花，原产于北美洲，中国华南南部、华东南部及西南南部均有分布。簇生花朵细小美丽，犹如点点繁星，缀于植株之间，极为别致。物语：珍惜友情，品行端正。

lán xuě huā
蓝雪花

hǎi tiān yī sè pū miàn lái lán xuě huā wèi chū liàn kāi
海天一色扑面来，蓝雪花为初恋开。

qiān shǒu kāi qǐ rén jiān ài fēng yún xiāng yù xià jiǎn cái
牵手开启人间爱，风云相遇夏剪裁。

蔚蓝的大海和碧蓝的天空几乎融为一体，分不清边界；风和云在天际线相遇，仿佛是将海天剪裁开来。蓝雪花是这颗蓝色的星球上最夺目的一笔亮色，它们在阳光下葳蕤招展，牵手开启人间恋爱的季节。这首诗歌洋溢着热烈且纯美的情感，诗人赋予了初恋以最澄澈的色彩。蓝雪花，中国特产，主要分布于河南境内、北沿太行山至北京等地。盛夏绽放，花团锦簇，姿态优雅，观之心旷神怡，顿生清凉之感。物语：凉意佳作，花姿婉约。

lán yān xiǎo xīng chén huā
蓝烟小星辰花

wú fēng wú yún tiān bù zhī， yuè liang gāo guà ài zhī shǐ
无风无云天不知，月亮高挂爱之始。

jìng hǎo suì yuè pǐn shī yì， xīng chén zì cǐ yǒu jià zhí
静好岁月品诗意，星辰自此有价值。

没有风云的天空好似天真无邪的孩童，人们在月光下静静品味生活，仿佛一切都流淌着诗意。这首诗以简洁而优美的语言，描绘了一幕宁静祥和的场景。诗人将读者带入一个无忧无虑的境界。璀璨的繁星不再只是遥远的存在，它们与我们的心灵遥相呼应。诗人是想提醒人们懂得欣赏和珍惜生活中的每一个美好瞬间。蓝烟小星辰花，主要分布于欧洲地区。中国各地花市常见花卉。蓝紫色细小花朵簇生，优雅飘逸。物语：流星如雨，花香千树。

蓝钟花

lán zhōng huā

等闲识得天无穷，低头方闻万物声。

děng xián shí dé tiān wú qióng, dī tóu fāng wén wàn wù shēng.

细雨不惊离人梦，唯恐思念到天明。

xì yǔ bù jīng lí rén mèng, wéi kǒng sī niàn dào tiān míng.

这首诗意境优美，情感真挚，使我们在喧嚣的世界中得以静心，与自然对话。诗人无意间顿悟了天地的浩渺，万物的生死轮回。老子曾说："天地不仁，以万物为刍狗"，但在诗人的内心，自然是多情的。细雨不愿惊醒离人的梦境，唯恐他彻夜不眠，思乡到天明。整首诗以简洁、含蓄的语言展现了诗人对自然界的洞察和丰富情感。蓝钟花，分布于中国云南、四川等地。蓝紫色，在花茎顶端组成一个蓝紫色悬垂花球。物语：深海之恋，抱香成团。

梨花（lí huā）

寒山新绿枝头雪，满天月光添芳泽。
(hán shān xīn lǜ zhī tóu xuě, mǎn tiān yuè guāng tiān fāng zé)

最是梨花好颜色，洁白不少也不多。
(zuì shì lí huā hǎo yán sè, jié bái bù shǎo yě bù duō)

盛唐诗人岑参的名句“忽如一夜春风来，千树万树梨花开”是以梨花写雪景，而诗人的“寒山新绿枝头雪，满天月光添芳泽”是以雪和月来写梨花，别具一格，颇有雅趣。诗人又用“洁白不少也不多”盛赞梨花之美无须增减。在审美领域，“恰到好处”是高级别的赞美，这种修辞手法值得借鉴。梨花，原产于中国，分布于亚洲和欧洲至北非。一树树一簇簇洁白如玉的梨花，微风吹过，如雪片纷飞，遮云蔽日，极为壮观。物语：思绪纷飞，梨花明媚。

李花

yóu yuǎn jí jìn zhī tóu kāi，yí sì fēi xuě dòng dì lái。
由远及近枝头开，疑似飞雪动地来。
zhàn fàng bù céng yuè huā jiè，jiē yīn tiān gōng yǒu ān pái。
绽放不曾越花界，皆因天公有安排。

云霄之上也许真有这样一座玉苑仙阆，园中遍植千年李树。每当花开之际，犹如雪浪滚滚，排云推海而来。但是李花并不是恣意绽放，只有当天公传下号令之时，李花才会纷纷扬扬飘向人间，幻化成皑皑白雪。这首诗充满浪漫主义的想象，将自然气候与花草树木以一种有趣的方式勾连起来。李树，分布于中国多个地区，至今已经有三千多年栽培历史。盛开时，枝头花团锦簇，又因桃花和李花同时开放，故有桃李满天下之说。物语：素颜美人，无意争春。

丽格秋海棠

lì gé qiū hǎi táng

qún fāng hǎi táng yǒu sì pǐn，xī fǔ chuí sī tiē gěng chūn。
群芳海棠有四品，西府垂丝贴梗春。
zhī tóu mù guā dī shēng wèn，yáng tái bì yù měi jǐ fēn？
枝头木瓜低声问，阳台碧玉美几分？

百花丛中，丽格秋海棠以其鲜艳夺目的姿色和高贵典雅的气质独树一帜，赢得人们的青睐。它的枝叶如丝带一般垂挂下来，春风拂过时显得格外婉转动人。枝头的木瓜不由得望而生羡，它低声询问：丽格秋海棠究竟有几分妩媚，才如此俘获人们的芳心？这首诗运用了比喻、拟人等修辞手法，从侧面反衬出人们对于海棠的钟爱。丽格秋海棠，中国各地广泛栽培。喜温暖、湿润、通风良好的栽培环境。花大色艳，花团簇拥。物语：友爱之花，绽放荣华。

lián qiáo
连翘

jīn fěn zhī dū jìn huáng hūn，zhī tóu guà mǎn zhāo yáng hén。
金粉之都近黄昏，枝头挂满朝阳痕。
chūn ruò shī yì mò kùn dùn，tiān xià yǒu shuí dú shàn shēn。
春若失意莫困顿，天下有谁独善身。

夕阳西下，整个都市被金色的光芒覆盖，犹如一层金粉洒满大地。连翘枝头灿烂夺目，与余晖一同映照出一道道温暖的光线。明明已经日近黄昏，却给人朝阳初起的观感。在充满希望的季节，有人反而陷入困顿之中，这种抑郁愤懑如何排解？诗人温柔地劝慰：没有人可以轻松地坚守自己的品格，但即便如此，也不能放弃底线，随波逐流。连翘，产于中国河北、河南、山西、陕西等地。满枝金黄色，灿烂夺目，有淡淡香味。物语：金花冉冉，前程灿烂。

lián

莲

lián tiān chí lǐ dài xīn hé wàng chuān shuāng yǎn rén zhòng duō

连天池里待新荷，望穿双眼人众多。

wàn qiān jī qíng dài huī huò zhǐ děng huā kāi hǎo shí jié

万千激情待挥霍，只等花开好时节。

诗人笔下的莲，不是“接天莲叶无穷碧，映日荷花别样红”中盛开的莲；也不是“庭前落尽梧桐，水边开彻芙蓉”里带着秋意的莲；而是让人望眼欲穿，姗姗来迟的莲。诗人借这首诗殷殷劝勉世人，繁花锦簇，硕果累累都需要时间淬炼，星光不负赶路人。莲，产于中国南北各省区。中国早在三千多年前已经开始栽培，如今开遍大江南北，荷塘月色处处可见。山东济南大明湖就有“四面荷花三面柳，一城山色半城湖”的景色。物语：翠波红韵，白玉销魂。

铃兰

líng lán

xì ruò róu sī yǔ zhèng huān, mǎn tiān fāng xiāng wú zhē yǎn.
细若柔丝雨正欢，满天芳香无遮掩。
rú xuě líng lán xīn tóu luàn, hán xiū chuí shǒu dào rén qián.
如雪铃兰心头乱，含羞垂首到人前。

这首诗以细雨如丝、芳香弥漫为背景，描绘出铃兰花含羞带怯的动人形象。诗中细若柔丝的雨滴如天空的芳香之雾，无遮无掩地洒落在大地上。铃兰花婀娜多姿，皎洁容颜犹如飘雪，它们含羞地垂首走到人前，希望能够得到温柔的爱怜。世上美人的姿态多种多样，唯有含羞之美最为动人心弦。铃兰，产于中国黑龙江、内蒙古、宁夏、甘肃等地。植株娇小玲珑，花朵洁白，粉雕玉琢，悬挂于绿茎之上，形似风铃，幽香若兰。物语：雪之雅致，成就绚丽。

líng xiāo
凌霄

fēng liú dǎ kāi huā zuō fang, líng xiāo rǎn de xià rì cháng
风流打开花作坊，凌霄染得夏日长。
cái piàn lǜ yè dǎng yuè liang, jiǎn duǒ hóng yún zhē tài yáng
裁片绿叶挡月亮，剪朵红云遮太阳。

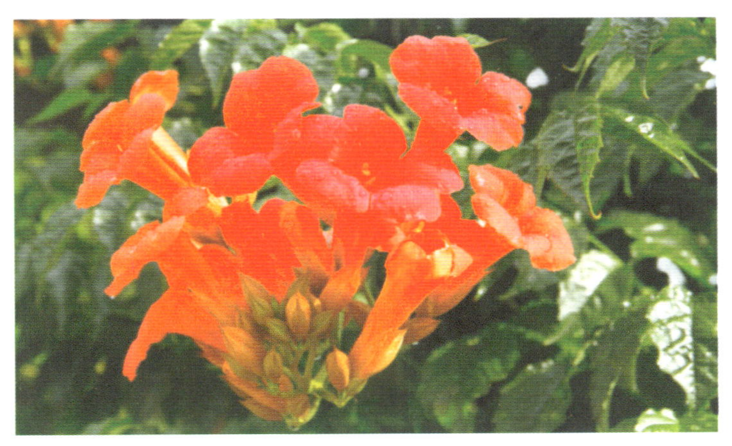

是谁能开启天工染坊，将亿万花朵尽收其中，采撷它们的色彩染成云霞。形红似火的凌霄花最适合铺陈盛夏的景观，这个季节因它而炽烈，时光也仿佛变得绵长。也许自然之神也觉得它们过于热烈，他“裁片绿叶挡月亮，剪朵红云遮太阳”。这首诗具有神话般的色彩，构建了浪漫而瑰丽的艺术空间。凌霄，分布于中国长江流域以及河北、河南等地。花萼钟状，花冠内面鲜红色，外面橙黄色，花瓣反卷，枝繁叶茂，花香浓郁。物语：培育经典，崇尚自然。

liú li jù
琉璃苣

ruò yǒu suì yuè zhī líng mǐn fā rén shēn xǐng qǐ zhǐ chūn
若有岁月之灵敏，发人深省岂止春。

liú li jù kāi wú qióng jìn xià qiū fēn fēn lái tàn qīn
琉璃苣开无穷尽，夏秋纷纷来探亲。

诗人以琉璃苣为引子，探讨了人生的意义与价值。春季往往能引发人们的思考，因为它象征着希望、生命、机遇等美好的意象，实际上任何时候我们都能从大自然获得感悟。诗人在诗中刻意没有提到的冬季其实更能引人深思，再没有比通过死亡、寂灭来反思生命更深刻的途径。琉璃苣，原产于东地中海以及小亚细亚，欧洲和北美广泛栽培，中国已经引种。全身是宝，是集食用、药用、观赏等多种功能于一身的多用芳香植物。物语：娇艳美眉，十全十美。

liǔ lán

柳兰

xià fēng yǒu yì qiū fēng shōu, liǔ lán zhí niàn xìn tiān liú.
夏风有意秋丰收，柳兰执念信天流。
hū huàn hóng yán lái gāo jiù, zhuàng guān jǐng sè shuō huán xiū.
呼唤红颜来高就，壮观景色说还休。

夏风消散，预示着丰收的秋季即将到来。柳兰怀揣着对天地的信任与执着，坚定地生长着。它以自己的行动诠释了对美好未来的信念。人们渴望与它在繁花似锦之时相会，共同欣赏它壮丽的景色，感受它为爱燃烧的生命。夏风中遥望的丰收，柳兰的执念，都在向我们诉说着生命的力量。柳兰，产于中国黑龙江、吉林、内蒙古、宁夏、青海、新疆等地。茎秆绿叶错落有致，上部簇拥盛开几十朵粉紫色小花，色彩绚丽。物语：夏日闲情，起舞助兴。

柳叶菜
liǔ yè cài

wú yuē ér zhì gēng dié shí, mǎn yuán qiū sè qià dōng xī.
无约而至更迭时，满园秋色恰东西。
fēng xián bù rěn tán jìn dì, zhāi piàn cǎi yún jì gù zhī.
风弦不忍弹禁地，摘片彩云寄故知。

诗人以“无约而至更迭时”开篇，意味着秋天的到来是自然界的无声约定；接着，“满园秋色恰东西”一句以极富想象力的语言描述了花园中既有丰收的果实，也有凋零的花朵；而“风弦不忍弹禁地”这句巧妙地运用了比拟的手法，显现出看似萧瑟无情的秋风实际上蕴含丰富的同情心，它不忍再摧残脆弱的花朵，而是转为摘取一片彩云寄托自己对朋友的思念之情。柳叶菜，广布于中国温带与热带省区。嫩苗、嫩叶可作蔬食。物语：万千风景，唯爱此境。

liù bèi lì
六倍利

hè chú míng yuè guà fēng fān　níng shén zhù shì bàn biān lián
荷锄明月挂风帆，凝神注视半边莲。
bèi rén zàn de zǐ le miàn　tiān wài zì cǐ yè bù mián
被人赞得紫了面，天外自此夜不眠。

黄昏的田野，农夫荷锄而归。月上高天，拉满风帆，开始日复一日的静夜之旅。六倍利花摇曳在霭霭暮色中，好似俏丽的精灵翩翩起舞。但它又是那样地羞涩，被周围赞赏的目光看得满面飞霞，颜色更加浓郁。原本寂静的夜因为它的出现而翻涌着激情，万物目不转睛地凝视，宁愿舍弃梦的酣恬。六倍利，原产于南非，开花时，整株散开，形成圆球状，远远看起来，就像一个色彩绚丽的大花球，优雅美丽。全草可入药。物语：流光柔软，与花结缘。

liù chū huā
六出花

yáng chūn shuǐ zhì fēng yún zhī　xuě piàn dié jiā tà qīng shí
阳春水至风云知，雪片叠加踏青时。
liù chū huā kāi shèng xià dì　suì yuè rú suō bù yóu jǐ
六出花开盛夏地，岁月如梭不由己。

这首诗描绘了四季变迁，时光流转的自然现象。第一句中的“阳春”无疑是指春天；“雪片叠加踏青时”是暗示冬春两季接替之时；六出花盛开的时节是夏季，这三句中提到的三季可以引申为一年；最后“岁月如梭不由己”直指主题，流露出诗人对时光流逝的慨叹。六出花，原产于南美洲的智利、巴西、秘鲁等国家，现世界各地广泛栽培。植株美观大方，花朵像杜鹃又似水仙，茎和叶子如同百合。花形优雅，丰姿绰约。物语：春意人生，无限风景。

六月雪

liù yuè xuě

yǔ zhòng bù tóng shí shàng yuán　zhòng chū liù yuè xuě huā tiān

与众不同时尚园，种出六月雪花天。

xū nǐ yún hǎi xún cháng jiàn　shōu huí fāng xiāng nán shàng nán

虚拟云海寻常见，收回芳香难上难。

六月雪盛开之时，蔚然如海，白浪滔天，令人叹为观止。但是尘世间这样的景象并不罕见，诗人想要表达的是六月雪可以为了迎合人们的观赏趣味，幻化成常见的虚拟云海。但是它也因此而失去了原本高洁的精神内在。这首诗想要阐释的是美景易得，芳香难求的道理。我们应当守护住初心，不献媚于世俗的需求。六月雪，产于中国江苏、安徽、福建、广东等地。花冠淡红色或白色，点缀于枝头，美若天仙。物语：美艳胜雪，不忍远别。

龙船花

入夜思量花前约，红云绿水细斟酌。
明日打捞湖光色，别让美艳惊蝴蝶。

这是一首颇有谐趣的诗歌，诗人从龙船花的名称延伸出一个小故事。夜幕降临，暮霭绮丽，红云和绿水在花丛中窃窃私语。它们商量着明日乘坐龙船泛舟湖上，将水色山光打捞起来，以免波光粼粼的湖面折射朝阳，辉煌耀眼的美景会惊走了翩翩而来的蜂蝶。龙船花，原产于中国、缅甸和马来西亚，中国南部普遍栽种，菲律宾、马来西亚等热带地区有分布。花期春夏秋，多用于美化园林和街道。物语：梦在花间，芳香满天。

龙胆

lóng dǎn

hū rán yī dào zǐ yún xiá jù shā chéng wéi lóng dǎn huā
忽然一道紫云霞，聚沙成为龙胆花。

zhí wù huà shí míng qì dà dì qiú zhī shàng chēng zhuān jiā
植物化石名气大，地球之上称专家。

紫色云霞突然出现在天边，犹如一道神奇的光芒。它降落在沙地之上，幻化成美艳绝伦的龙胆花。这妙不可言的变化，展现出大自然的神奇能力和无尽生命力。龙胆还享有“植物活化石”的美誉，让人们对其充满了敬畏和好奇。这首诗不仅仅是对植物的赞美，同时也传递出人与自然和谐相处的理念。龙胆，产于中国多地，俄罗斯、日本、朝鲜有分布。中国栽培历史悠久。被植物学家誉为“植物活化石”。物语：嫣红开遍，独美海蓝。

龙面花

lóng miàn huā

jiǎo jié xuě yún yǐ qù yuǎn, lìng mǒ liàng sè dào chūn tiān。
皎洁雪云已去远，另抹亮色到春天。

xī fēng bàn zuì bié mán yuàn, lóng miàn huā xiāng lái pāi jiān。
西风半醉别埋怨，龙面花香来拍肩。

诗人首先为我们铺设了一幅色彩斑斓的画卷，字里行间充盈着积极乐观的信念。诗中的前三句分别描绘了冬季、春季和秋季。其中，西风指代的金秋在半醉半醒之间流露出哀怨之情，它埋怨距离自己登场的时节还很遥远，但善解人意的龙面花用馥郁的芳香给予它温柔的抚慰。似乎在说：未来总是充满期待，不妨翘首以盼。龙面花，原产于南非，中国引种栽培。开花时，爆炸似的开得满盆都是花。花朵形态奇特，极为优雅。物语：美若饱满，天地皆欢。

lóng tǔ zhū
龙吐珠

bō zhōng lǜ yè liàn kōng zhī, yù guī gù lǐ kāi huā chí
波中绿叶恋空枝，欲归故里开花迟。

xī fēng bù zhī chūn guàn lì, jiǎo de míng yuè cháng xiāng sī
西风不知春惯例，搅得明月长相思。

绿叶葱郁，如碧波万顷。它们不愿意花朵早早地绽放，只为能挽留时光的步伐，让温暖的春天更长久地驻留在大地。秋天的西风不了解天地运行的规律，也不熟知四季的轮回变迁。它徒然地为萧瑟的景观黯然神伤，就连明月也开始共情，思念逝去的繁华岁月。龙吐珠，原产于非洲西部和墨西哥，中国引进栽培。洁白如雪的萼片，轻轻含住红色小花，似放不放，状如吐珠。长长的花蕊恰似龙须，自由如风延伸开去。物语：可爱趣致，鲜活动力。

龙牙草

lóng yá cǎo

tiān liáng fēng yǔ xǐ chūn qiū, dà dì wàn wù zài wú chóu.
天凉风雨洗春秋，大地万物再无愁。

xiān hè cǎo huā kāi gè gòu, kāi de jīn yín mǎn shān liú.
仙鹤草花开个够，开得金银满山流。

风雨荡涤乾坤，给人们带来了清新和宁静。万物再无忧愁，它们蓬勃生长，展示出生命的力量和无尽的希望。诗中的仙鹤草恣意地萌发、生长，它们自信地迎接风雨洗礼。“开得金银满山流”这句诗不仅表现龙牙草的色泽，更暗示着大地的丰收，给人们带来了无尽的财富。龙牙草，别名：仙鹤草。产于中国南北各地区，欧洲中部、俄罗斯、日本等地均有分布。叶子嫩绿色，小花黄色，由下至上开成硕大花穗状，优雅美丽。物语：约定俗成，花得威名。

龙牙花

lóng yá huā

zhī tóu fēng guāng yìng rì hóng, sì miàn qīng shān yǒu huí shēng.
枝头风光映日红，四面青山有回声。

lóng yá huā kāi yǒu shǐ mìng, měi le yuè liang měi xīng xing.
龙牙花开有使命，美了月亮美星星。

龙牙花缀在枝头，犹如串串红珊瑚鲜艳欲滴，散发出莹润的珠光。青山峡谷间回荡着天籁，像是大自然中的万物在遥相呼应。龙牙花天生便肩负着重大的使命，它们全身是宝，天赋异禀，能够拯救人类于病痛之中。它们的存在令我们对于大自然永远怀有感恩和崇敬。龙牙花，原产于南美洲，中国广州、桂林、西双版纳等地有栽培。初夏开花时好似一大串红色月牙环绕枝头，美不胜收。树皮药用，有麻醉、镇静作用。物语：山水如画，月牙应答。

lóu dǒu cài
耧斗菜

bù lí bù qì bù rèn shū　hé shí yuē jiàn bù lí pǔ
不离不弃不认输，何时约见不离谱。
xíng rú fēi yàn měi sì yù　lóu dǒu huā kāi zǎo yǒu zhǔ
形如飞燕美似玉，耧斗花开早有主。

这首诗充满浪漫和坚定的情感，赞美了对爱情的忠贞。“不离不弃不认输”，暗示无论遇到何种困难和挑战，都决心坚定地陪伴在对方身旁；“何时约见不离谱”，则展现了对爱情的期待，无论何时何地都愿意迎接对方的出现。“形如飞燕美似玉，耧斗花开早有主”，则以雅俗共赏的修辞凸显耧斗花的美丽，它们早已有人珍视和守护。耧斗菜，原产于欧洲和北美，世界多地已经广泛栽培。花形奇特雅致，令人惊艳。物语：超然物外，逍遥自在。

lǜ luó
绿 萝

huā kāi chūn shān xiāng gèng xiāng, xì téng chán rào qiáng zhōng qiáng.
花开春山香更香，细藤缠绕强中强。

lǜ luó xié guà yuè liang shàng, sǎ xiàng rén jiān wú qióng guāng.
绿萝斜挂月亮上，洒向人间无穷光。

生机盎然的春天催开亿万花朵，芬芳的气息在春山间更加浓郁迷人。“细藤缠绕强中强”，这句描述了绿萝以其铁索般的执着不断攀爬，让人感叹其坚韧不拔的精神。当然，绿萝也有婀娜多姿的一面。它的藤蔓在风中如秋千摇曳，能够净化空气的特质还可以帮助人类的生活更加健康安宁。绿萝，原产于印度尼西亚、所罗门群岛的热带雨林，中国引进栽培。生命力极强，可以广植于园林墙体，具有净化空气的功能。物语：守望幸福，平添情趣。

mǎ lìn

马蔺

hǎi tiān pī qǐ lán fēng yī, mǎ lán huā měi qiān wàn lǐ

海天披起蓝风衣，马兰花美千万里。

shén cǎo gù shā yǒu yì yì, dà dì shì qí wéi zhī jǐ

神草固沙有意义，大地视其为知己。

这首诗赞美了海与天的蔚蓝，以及马兰花的美丽和繁茂。它阻挡风沙侵袭，防止水土流失，使大地倍感亲切，将其视作知己。除此之外，它不仅姿态万千，还可入药，诗人将它誉为“神草”毫不为过。确实，大自然中有很多看似柔弱的植物，它们在严苛的环境中却展现出强大的生命力，令人钦佩不已。马蔺，产于中国、俄罗斯、印度等国家。绿叶如韭，花朵如兰。既是重要蜜源植物，又是固土植物。全身是宝，可入药。物语：淡淡风来，悠悠花开。

mǎ tí lián
马蹄莲

tǐng bá chēng qǐ bù yè tiān bái yún cái chū mǎ tí lián
挺拔撑起不夜天，白云裁出马蹄莲。

liáo rén chūn sè hū bù jiàn zhǐ yǒu xīn dòng zài yǎn qián
撩人春色忽不见，只有心动在眼前。

诗的前两句形象地描绘了马蹄莲挺拔的身姿和洁白的色泽，像是高耸的山峰触摸云朵，这种瑰丽的想象力令人赞叹。而“撩人春色忽不见”让人思绪飞扬，诗人似乎在暗示美好的事物往往短暂，也因此更加值得珍惜。全诗短小精悍，字字珠玑，让人们意识到美的真正意义不在于表象，而是我们内心对美的感悟和体验。马蹄莲，原产于非洲东北部及南部，中国引进栽培。花片洁白如玉，丰厚饱满，卷成马蹄形状，因此得名。物语：独自绽放，美妙时光。

mǎ yīng dān
马缨丹

tiān xià měi sè bǐ duǎn cháng　piān yù mí cǎi bù kāi zhāng
天下美色比短长，偏遇迷彩不开张。
hǎo bǐ hóng tǔ fàn lǜ làng　gù yì yǔ huā zhuō mí cáng
好比红土泛绿浪，故意与花捉迷藏。

在植物的王国里，每天都在上演争芳斗艳。只可惜具有迷幻色彩的马缨丹偏偏没有绽放，总是错过夺冠的好时机。这首诗渲染了马缨丹独特的“变色”功能，其中“好比红土泛绿浪，故意与花捉迷藏”两句很有趣味，这种比拟使人们对大自然的美丽与神秘充满了遐想。马缨丹，原产于美洲热带地区，中国台湾、福建、广东、广西有逸生。盛开时娇容三变，由浅变深，明丽娇艳。因依开放顺序花色有所变化，故名五色梅。物语：花开多色，壮观热烈。

蔓马缨丹

màn mǎ yīng dān

chūn lái qiū wǎng rù shī jiān, màn mǎ yīng dān kāi quán nián.
春来秋往入诗笺，蔓马缨丹开全年。
fēng bù jīng yì huā càn làn, jìng kě pán gēn shǔ jiǔ tiān.
风不经意花灿烂，竟可盘根数九天。

这首诗展示了生命的奇迹和蔓马缨丹持久的美丽。春来秋往，诗人感慨时光的流逝，将所见美景尽写入诗笺之中。不过蔓马缨丹能够全年盛开，长久地陪伴在诗人的身边。它的生命力旺盛，不经意间就绚烂开放，即使数九寒天也不惧风雪，给诗人带去温暖的慰藉。蔓马缨丹，原产于南美洲，现世界各地已经广泛引种栽培。蔓马缨丹和马缨丹的不同之处是前者花朵始终保持一个颜色，后者绽放后花色会不断变化。物语：明月清风，春意永恒。

máo dì huáng
毛地黄

xián shàng lí gē bù rěn tīng　yuán lín qià shì chū jìn chéng
弦上离歌不忍听，园林恰是初进城。
máo dì huáng huā yòu biàn dòng　dāng xià yǐ zài yáng tái zhōng
毛地黄花又变动，当下已在阳台中。

秋风乍起，又到了奏响离歌的时候，诗人按住琴弦，不忍卒听。园中的花草依旧灿烂，用好奇的目光打量这个世界，浑然不觉诗人的哀伤。毛地黄洒脱、随遇而安的样子实在令人生气，对它而言，离别仅仅是另一段旅程的开始，往昔美好的时光只留存于记忆。它从园林飞进人们的阳台中，迫不及待地开始探索新的天地。

毛地黄，原产于欧洲，中国有栽培。钟形花朵悬垂于茎端，由下至上渐次开放，状似宝塔，华丽无比。物语：日渐进步，神韵十足。

máo yè mù guā
毛叶木瓜

pū cuì niǎn jīn xuě juǎn yún　zhī tóu chàn dòng tài yáng xīn
铺翠捻金雪卷云，枝头颤动太阳心。

bīn fēn jiē jìn zài jiē jìn　hǎi táng huā luò dì qiú cūn
缤纷接近再接近，海棠花落地球村。

木瓜海棠的绿叶如翡翠，花蕊如金捻；雪花席卷云朵，塑成它的冰肌玉骨；潇洒自如、孤高自赏，是它玉做的精神。金乌炙热的情感并不足以令它留步，它携带着花雨从云霄坠落，纷纷扬扬，驻足于地球村。诗人赋予花儿以人格和情感，从中也寄托了她对洒脱的人生态度的认同。毛叶木瓜，别名：木瓜海棠，产于中国陕西、甘肃、江西等地。花骨朵透着胭脂红，花朵则白里透红。正是满树皆落胭脂雪，更有流翠叶衬托。物语：绿萼红蕾，点亮星辉。

玫瑰

méi gui

xīn shuǐ bù zhǔ jiù shí guāng, hán qíng zhī huā chòng tiān zhǎng
新水不煮旧时光，含情之花冲天长。
qiān gǔ wèi cǐ yǒu jué chàng, zèng rén méi gui shǒu yú xiāng
千古为此有绝唱，赠人玫瑰手余香。

时光不煮雨，人间庆余年。只要内心始终不泯灭情感，就无须为过往而伤悲。我们应当在有限的时光里，践行自己的理想，善待他人，成就自己。诗中，“千古为此有绝唱，赠人玫瑰手余香”意味深长，它强调了善良、慷慨和奉献的重要性。赠人玫瑰，手有余香，寓意善行不仅给予他人幸福与温暖，也会让自己的心灵得到净化和滋养。玫瑰，原产于中国华北及日本和朝鲜，现世界各地已经广泛栽培。风姿绰约，芳香宜人。物语：折瑰带露，花香持久。

玫瑰茄

méi gui qié

fēng liàn bái yún huā liàn chūn， qiū bō wú xiàn hé chù xún。
风恋白云花恋春，秋波无限何处寻。
luò shén bù zhī qíng yǐ jìn， dú jiāng xiān hóng rǎn gèng shēn。
洛神不知情已尽，独将鲜红染更深。

这是一首典型的闺怨诗，为中国传统诗歌所常见。诗人借“风恋白云花恋春”起兴，描绘了对美好情感的眷恋。诗人代入洛神的典故，将花儿塑造成一往情深，不惜泣血的艺术形象。它在秋天的浩渺中寻找一份执着的情感，孜孜以求而不得，令读者产生强烈共情，具有浓厚的艺术感染力。玫瑰茄，别名：洛神花。原产于东半球热带，中国福建、广东、云南南部等地引入栽培。花形特别，花萼杯状，花黄色，内面基部深红色。物语：稳重矜持，深情厚谊。

méi huā
梅花

méi yǔ fēng xuě xiāng fú chí　zǒng jiāng shēng huó guò chéng shī
梅与风雪相扶持，总将生活过成诗。
héng shān chén diàn chūn mèi lì　huā xiāng jìn tòu liáng tiān chǐ
横山沉淀春魅力，花香浸透量天尺。

这首诗其文如题，风雅无边，别具一格。自古以来，无数文人墨客都颂扬过梅花傲雪的品质，但是诗人却独树一帜，让梅花与风雪相扶持，极有魄力。她弱化了梅孤傲的品性，凸显出花儿与严寒共存的勇气，格调更胜一筹。诚如斯言，无论经历何种磋磨，我们都应将生活过成诗，用点滴美好去消弭困厄。积蓄力量，静待春阳。梅花，原产于中国南方，已有三千多年的栽培历史。梅花为每年百花开放之首，有凌霜傲雪之美。物语：梅花精神，千古风韵。

物语集

花卉类

H

红花玉蕊　　物语：美若轻烟，太阳眷恋。
红蕉　　物语：极端魅力，捍卫自己。
红球姜　　物语：万紫千红，蔚然成风。
红尾铁苋　　物语：问遍岁月，随缘最火。
胡枝子　　物语：开花之际，怎忍采食。
葫芦　　物语：眉宇惊艳，风流在天。
蝴蝶兰　　物语：大方美观，花颜可炫。
虎眼万年青　　物语：值得拥有，万事不愁。
花菱草　　物语：快活神苑，生存简单。
花毛茛　　物语：花容妩媚，舍我其谁。
花烛　　物语：任性招展，与火无缘。
华凤仙　　物语：花开拂尘，天生勤奋。
黄菖蒲　　物语：美无同类，水中富贵。
黄栌　　物语：树中之宝，叶比花好。
黄山梅　　物语：生命秘密，握在手里。
黄水仙　　物语：装扮寒天，任重道远。
火鹤花　　物语：众生普度，再无疾苦。
火炬花　　物语：生机盎然，流连忘返。
火炬姜　　物语：风流美事，天知地知。
火烧花　　物语：早春再生，花开尽兴。
火焰树　　物语：天地给予，无忧无虑。
藿香　　物语：芳草神态，细看不赖。
藿香叶绿绒蒿　　物语：顾盼生辉，无酒而醉。

J

鸡蛋花　　物语：雅中极品，直击芳心。
鸡冠花　　物语：秋风萧瑟，我独热烈。
鸡树条　　物语：优良品种，物尽其用。

吉贝 物语：豪情开春，壮志入云。
吉祥草 物语：真情付出，吉祥有余。
蕺菜 物语：走过千年，此心不变。
夹竹桃 物语：云坠花缘，美至天边。
嘉兰 物语：曼妙短暂，醉了容颜。
荚蒾 物语：倾情付出，义无反顾。
假连翘 物语：有枝有蔓，著而不染。
假龙头花 物语：如约而至，寻常日子。
剪秋罗 物语：明月有心，圆满风韵。
箭叶秋葵 物语：随风而静，幸福终生。
江梅 物语：千年花神，历久弥新。
姜荷花 物语：走进花季，爱惜自己。
姜花 物语：情有独钟，与爱同行。
接骨木 物语：雪花碧海，夏天最爱。
结香 物语：飞天比翼，落地连理。
金苞花 物语：日光潋滟，明月相伴。
金凤花 物语：缥缈迷离，摇曳多姿。
金兰 物语：日落月高，金兰之交。
金露梅 物语：叶茂花繁，夏日奉献。
金钮扣 物语：白日月圆，亦真亦幻。
金丝桃 物语：贡献惊人，价比黄金。
金樱子 物语：逸生珍品，深得人心。
金盏花 物语：风月长情，共存同生。
金钟花 物语：花若尽兴，便是风景。
锦带花 物语：白云起处，花红叶绿。
锦鸡儿 物语：积聚力量，蓬勃向上。
锦葵 物语：紫气东来，富贵花开。
九里香 物语：月光流泻，香从天落。
韭莲 物语：花海如春，恰如其分。

桔梗　物语：爱之合约，永恒之作。
菊花　物语：花中上品，独具神韵。
绢毛山梅花　物语：追求平淡，精彩出线。
决明　物语：季节更换，静美无言。
君子兰　物语：炫中求静，君子之风。

K

康乃馨　物语：反哺之作，赋予圣洁。
孔雀草　物语：兴高采烈，开心活泼。
款冬　物语：浅吟低唱，绵延春光。

L

蜡瓣花　物语：想得铺张，美得荡漾。
蜡梅　物语：真香清绝，傲视霜雪。
蜡菊　物语：张开望眼，绚丽满天。
兰香草　物语：确认眼神，永结同心。
蓝刺头　物语：盛开家园，无须遗憾。
蓝花楹　物语：天解倒悬，蓝紫浪漫。
蓝星花　物语：珍惜友情，品行端正。
蓝雪花　物语：凉意佳作，花姿婉约。
蓝烟小星辰花　物语：流星如雨，花香千树。
蓝钟花　物语：深海之恋，抱香成团。
梨花　物语：思绪纷飞，梨花明媚。
李花　物语：素颜美人，无意争春。
丽格秋海棠　物语：友爱之花，绽放荣华。
连翘　物语：金花冉冉，前程灿烂。
莲　物语：翠波红韵，白玉销魂。
铃兰　物语：雪之雅致，成就绚丽。
凌霄　物语：培育经典，崇尚自然。
琉璃苣　物语：娇艳美眉，十全十美。
柳兰　物语：夏日闲情，起舞助兴。

柳叶菜　　物语：万千风景，唯爱此境。
六倍利　　物语：流光柔软，与花结缘。
六出花　　物语：春意人生，无限风景。
六月雪　　物语：美艳胜雪，不忍远别。
龙船花　　物语：梦在花间，芳香满天。
龙胆　　物语：嫣红开遍，独美海蓝。
龙面花　　物语：美若饱满，天地皆欢。
龙吐珠　　物语：可爱趣致，鲜活动力。
龙牙草　　物语：约定俗成，花得威名。
龙牙花　　物语：山水如画，月牙应答。
耧斗菜　　物语：超然物外，逍遥自在。
绿萝　　物语：守望幸福，平添情趣。

M

马蔺　　物语：淡淡风来，悠悠花开。
马蹄莲　　物语：独自绽放，美妙时光。
马缨丹　　物语：花开多色，壮观热烈。
蔓马缨丹　　物语：明月清风，春意永恒。
毛地黄　　物语：日渐进步，神韵十足。
毛叶木瓜　　物语：绿萼红蕾，点亮星辉。
玫瑰　　物语：折瑰带露，花香持久。
玫瑰茄　　物语：稳重矜持，深情厚谊。
梅花　　物语：梅花精神，千古风韵。

花间物语

新韵诗歌（珍藏版）

美月冷霜　著

第三辑

中国财富出版社有限公司

图书在版编目（CIP）数据

花间物语：新韵诗歌：珍藏版．第三辑 / 美月冷霜著．—北京：中国财富出版社有限公司，2024.9

ISBN 978-7-5047-8033-1

Ⅰ．①花⋯ Ⅱ．①美⋯ Ⅲ．①诗集－中国－当代 Ⅳ．① I227

中国国家版本馆 CIP 数据核字（2023）第 252092 号

策划编辑 朱亚宁　　责任编辑 贾紫轩 蔡 莹　　版权编辑 李 洋

责任印制 梁 凡　　责任校对 张营营　　责任发行 杨恩磊

出版发行 中国财富出版社有限公司

社　　址 北京市丰台区南四环西路 188 号 5 区 20 楼　　邮政编码 100070

电　　话 010-52227588 转 2098（发行部）　　010-52227588 转 321（总编室）

010-52227566（24 小时读者服务）　　010-52227588 转 305（质检部）

网　　址 http://www.cfpress.com.cn　　排　　版 河北佳莹文化发展有限公司

经　　销 新华书店　　印　　刷 三河市天润建兴印务有限公司

书　　号 ISBN 978-7-5047-8033-1/I・0370

开　　本 710mm×1000mm 1/16　　版　　次 2024 年 9 月第 1 版

印　　张 38.75　　印　　次 2024 年 9 月第 1 次印刷

字　　数 521 千字　　定　　价 188.00 元（全 5 辑）

诗人的话

我在花间等你来，让我们一起倾听大自然。
我在花间等你来，说着只有我们自己明白的语言。
我在花间等你来，品味我们灵魂深处最美的浪漫。
诗和远方，且行且伴。时光云轩，阳光灿烂。
让我们拥有花间物语，明媚人生每一天……

浑不在意占春长
西府海棠冰雪妆
胭脂红蕾欲开放
又恐惊艳被分享

天地相遇成永恒
岁月迎来追梦风
紫玉兰花道珍重
各自展开新旅程

晚晴天香出蓝壶
串铃缤纷二月初
红尘客栈才相遇
就叫百合春色足

千姿百态落红尘
风将翠菊收入心
生命之光皆秋韵
却又开出满眼春

序　言

周　敏

花卉，是自然赐予人类最美丽的礼物。它们以其缤纷的色彩、娇艳的形态和迷人的芳香，为我们的生活增添无尽美好。花卉，是天地间的精灵。它们以自己独特的方式与人类无声地交流，带给我们欢乐和宁静，抚慰我们或躁动、或忧伤的心灵。

千百年来，中国文坛以花为题或者风格如花般绮丽婉约的诗作浩如繁星。就艺术价值而言，《花间物语》是一部新古典风格的诗集。诗人以七言诗体融合或瑰丽、或典雅、或疏阔、或直白的笔墨，将中国式浪漫挥洒得淋漓尽致。就思想性而言，《花间物语》既是一部大自然的颂歌，也是人类反躬自省的内心剖白。诗人热情地歌颂自然的伟力，花卉的唯美；真挚地描绘包含亲情、友情、爱情在内的种种情感；深切地反省人类作为万物之灵长的傲慢、对天地间看似微末的美好事物的忽视。尤为重要的是，诗人始终怀揣积极乐观的心态，殷殷劝勉，春风化雨。

跟随诗人的笔触，读者将走进色彩斑斓的花海之中。每一种花卉都彰显出独特的个性和魅力，挥洒着神奇的能量和无穷的生命力。我们仿佛看到花儿招摇在风中的绝美姿态；面对严苛自然条件时凛然伫立的风采；不为世俗侵染、洁身自好的气节；向往自由纯洁境界的灵魂。诗集中的每一朵花、每一行字，都呼唤着我们对大自然的尊重和保护，提醒我们感恩天地的馈赠，启迪我们发掘生活中点滴之美。为我们构建丰沃澄澈的精神家园，鼓舞我们不畏艰险，勇敢前行。

诗集中每一首诗歌，都辅以图片、诗评、注解、物语供读者鉴赏。它们汇聚成充满魔力的手掌，为我们轻轻推开万花国神秘的大门。我们能以花为镜，汲取智慧；我们能执花为炬，探索真理。

谨以此书，献给所有沉醉于花之灵魄的朋友。愿每一个读者都能够在这个喧嚣的世界中找到一片安宁的净土。愿风霜永不能消磨我们对美的信仰。愿花儿绵延万里，生生不息。

目录
contents

T

新韵七言话百花

méi huā cǎo
梅花草

xià rì yè yǔ xié fēng huán méi huā cǎo cóng kāi xǐ huan
夏日夜雨携风还，梅花草丛开喜欢。
míng zhī qián chéng zài yào diàn wēi guāng yī rán ài rén jiān
明知前程在药店，微光依然爱人间。

夏夜雨后，清新的空气中弥漫着一丝丝凉意，梅花草宛如莹润的明珠点缀着大地。它们绽放的姿态如此婀娜，美得令人心醉。即使明知自己最终的归宿就在不远的前方，作为药草终将粉身碎骨，但它依然怀揣着对生活、对人类的热爱。皎洁的花瓣如点点微光，照耀着这个世界。梅花草，产于中国新疆北部，分布于欧洲、亚洲温带和北美。植株娇小，花茎细长，味道清香。花瓣如雪，花蕊唯美，形似梅花。全草可入药。物语：逸生无多，美不可折。

měi lì mǎ dōu líng
美丽马兜铃

jiāng hé liú tǎng jīng wèi qián　rì yuè xíng zǒu xū jīng tiān
江河流淌泾渭前，日月行走须经天。
měi lì mǎ dōu líng hǎo kàn　bù róng dān qīng bàn diǎn xián
美丽马兜铃好看，不容丹青半点闲。

泾水和渭水如同大自然的血脉，不断向前奔流。日月在天空行走，遵循着宇宙制定的轨迹。它们都是天地的产物，就如同风姿绰约的美丽马兜铃花，展示着大自然的鬼斧神工。诗人借江河日月铺垫美丽马兜铃之美，又借花儿展示了大自然的魅力和无穷的创造力。彼此呼应，相得益彰。美丽马兜铃，原产于巴西，分布于中国黄河流域以南至长江流域一带。开花时满布深紫色斑点，呈吊篮状悬挂在空中，花纹复杂、优雅。物语：无尽思念，终生随缘。

měi lì yì mù mián

美丽异木棉

gāo tiān hòu tǔ kāi xīn tián, shì fǒu gēng yún yī niàn jiān

高天厚土开心田，是否耕耘一念间。

zhī tóu guà mǎn huā zhī liàn, shēn qíng jìn zài xié yáng qián

枝头挂满花之恋，深情尽在斜阳前。

诗中的“心田”本是佛教用语，本义指心藏善念种子，随缘滋长。由此我们便可以理解诗人所说的“是否耕耘一念间”。美丽异木棉的花朵绽放出绚丽的色彩，象征着生命的希望和爱的力量。“斜阳”指代一天中最美的黄昏，此时此刻天地间深情洋溢，人们对生活的热爱尽情展现。这首诗鼓励人们怀揣善念，命运也必将给予深厚的回馈。美丽异木棉，原产于南美洲，热带地区多有种植，中国广东等地广泛栽培。物语：秋冬风光，此时可赏。

美女樱

měi nǔ yīng

qīng fēng qiǎo shǒu cái tiān cháng，bái yún luò jiǎn chū fēn fāng。
清风巧手裁天长，白云落剪出芬芳。

měi nǔ yīng kāi xīn huā yàng，hǎo gè yī rén huàn chūn zhuāng。
美女樱开新花样，好个伊人换春装。

诗中，“清风巧手裁天长”，彰显出自然神奇的创造力；“白云落剪出芬芳”，给人们带来了一片花香四溢的美丽景象。美女樱娇艳动人，以不同的姿态呈现在世人面前，犹如更换上多彩的春装。通过诗人的描绘，我们仿佛置身于缤纷绽放的花海中，感受到了春天的温暖和生机。美女樱，原产于南美洲，中国引进栽培。开花时，如锦绣铺地，极为壮观。为良好的地被植物。全草可入药，具有清热、凉血等功效。物语：互相包容，和睦家风。

měi rén jiāo
美人蕉

qīng fēng dé zhī yǎn jiè gāo　gù jiào yǔ zhòu wèn shēng hǎo
清风得知眼界高，故叫宇宙问声好。

shí guāng chuān yuè huā rè nao　xì xì xīn shǎng měi rén jiāo
时光穿越花热闹，细细欣赏美人蕉。

清风宛如一个聪明的旁观者，深知世间的繁华与浮躁。美人蕉象征着具有高眼界和格局的人，他们不屑于沉陷在凡尘俗世，向往天人合一的高尚境界。时光往来穿梭，大地再次呈现出繁花似锦的热闹景象，美人蕉却依然淡泊宁静，显得独树一帜。诗人所塑造的这个艺术形象寄托了她超乎于物质表象，对精神境界的追求。美人蕉，中国南北各地常有栽培。叶片碧绿如蕉，花冠大多红色，具有净化空气的作用。物语：春来秋往，自由绽放。

美洲茶
(měi zhōu chá)

kuài lè fēng jǐng dōng lí chā，táo jīn cǎi méi huā sè yǎ。
快乐风景东篱插，淘金彩梅花色雅。
bēn fàng zhī měi rú dòu dà，pū tiān gài dì yù dāng jiā。
奔放之美如豆大，铺天盖地欲当家。

中国传统诗歌中，“东篱”有着特定的含义，常被用来指代避世隐居生活。诗人开篇用这个语汇营造出悠然自得的氛围。而美洲茶淡雅的蓝色，也与这种情境十分符合。美洲茶的花朵虽然渺小，但簇拥起来也能形成澎湃的气势。正如我们生活中无处不在的小确幸，汇聚在一起就能构建美妙的生活。美洲茶，原产于北美洲，中国引进栽培观赏。枝繁叶茂，生命力旺盛。夏末至秋，绽放海量蓝色小花，花香浓郁。物语：生命之便，尽情撒欢。

mǐ zǐ lán
米仔兰

yī mǒ tuō sú liàng rén yǎn, fēng huá zhèng mào mǐ zǐ lán.
一抹脱俗亮人眼，风华正茂米仔兰。

zhēn zhū wán zi cóng bù huàn, yǒu xiàn fāng xiāng wú xiàn yuǎn.
珍珠丸子从不换，有限芳香无限远。

这首诗开篇便赞颂了米仔兰超凡脱俗的气质。接着，诗人进一步展现了它的青春与繁盛。“珍珠丸子从不换”这句诗凸显了米仔兰花粒虽小，却如珍珠般名贵。虽然它的香气只能传播到有限的距离，但凡是闻到它馥郁芳香的人都久久不能忘怀。米仔兰，产于中国广东、广西、福建、四川等地。黄色花朵多至百朵，着生于树端叶腋。香味浓郁。因花朵很小，只有米粒大，故被称为米仔兰。物语：由小见大，天地惜花。

mì méng huā
密蒙花

wǔ cǎi chén xiāng qiū cuō tuó jǐn xiù duī qì huāng liáng pō
五彩沉香秋蹉跎，锦绣堆砌荒凉坡。

mì méng huā kāi èr sān yuè zhì liáo yǎn jí yòng chù duō
密蒙花开二三月，治疗眼疾用处多。

秋风萧瑟，百花争艳的盛景已经消失不见，昔日遍布锦绣的山坡如今一派荒凉。诗人先是营造了冷清寂寞的场景，接着笔锋一转，密蒙花活力四射地登场了。它盛开在万物尚未萌发的早春时节，为大地带来生机。这些花朵不仅仅是春的使者，更能治疗患者的眼疾。密蒙花，产于中国南北各地区，不丹、缅甸、越南等国家有分布。可以摘取新鲜花朵泡水，当茶饮用。全株供药用，可治疗眼疾，根有清热解毒的功效。物语：文明进程，始于眼睛。

mò pán cǎo

磨盘草

fèi téng suì yuè yǒu róng diǎn， rú jīn zài wú rén wéi guān。

沸腾岁月有熔点，如今再无人围观。

mò pán cǎo huā kàn bù kàn， zhēn yào fàng qì fēng zūn yán？

磨盘草花看不看，真要放弃风尊严？

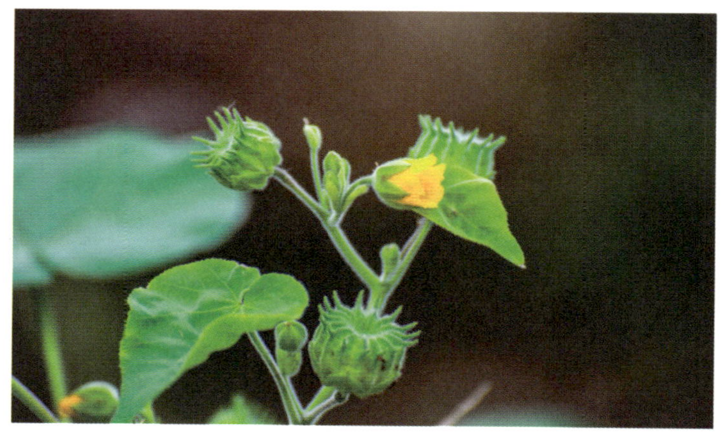

这是一首讽喻诗。诗人借磨盘草阐释了一个关于尊严的主题。它曾经备受瞩目，享受过高光时刻的荣耀。但沸腾的岁月过去，如今的它备受冷落。诗中的“风”象征着自由，意思是在进入人生低谷之时，是否要为获得追捧而放弃自由和尊严呢？诗人虽是发问，答案却是显而易见的。磨盘草，产于中国台湾、福建、广东等地。常逸生于田间地头、旷野路旁。早期，中国北方农村多成片种植，用其茎皮加工制作绳子。物语：源起逸生，心想事成。

茉莉花
mò lì huā

lǎng lǎng qián kūn ruì qì cháng　zhāo zhāo rì yuè tiān wèi yāng
朗朗乾坤瑞气长，昭昭日月天未央。
qiū hán jiǎn yuè bǎi huā làng　mò lì hé xū shì hóng zhuāng
秋寒检阅百花浪，茉莉何须试红妆。

诗人沉浸在闲适的时光里，抛弃了浮世的纷繁喧嚣，只专注于品味清茶的芳香。秋寒时节，百花灿烂，诗人徘徊在花丛之中，最爱的依旧是茉莉花。它洁白胜雪，素雅至极，又何须与其他艳丽的花朵一争短长？诗人通过此诗，传达出珍爱素雅的审美品位。人生亦如此，繁华落尽，只余本真。茉莉花，原产于印度和中国南方，现世界各地广泛栽培。双瓣茉莉簇生花朵洁白如雪，芳香四溢，是花茶、香精的重要原料。物语：人有感慨，花有精彩。

mǔ dān

牡丹

huā yù jīng hóng rì yè máng, tiān xià mǔ dān yàn wú shuāng.

花欲惊鸿日夜忙，天下牡丹艳无双。

nèi liǎn bù shì chūn mú yàng, xiān shēng duó rén dì yī xiāng.

内敛不是春模样，先声夺人第一香。

在万花国里，牡丹是当之无愧的国色天香。它曾出现在《簪花仕女图》中美人的发髻顶端；是刘禹锡笔下的“唯有牡丹真国色，花开时节动京城”。它以雍容华贵的姿态立于世间，张扬得夺人心魄，正如春日的骄阳，毫不收敛它的光芒。它的美不仅仅是外在的闪耀，更彰显着泱泱中华辉煌的历史和如今的盛世繁华。牡丹，原产于中国。被誉为“花中之王”，又因其花朵硕大、香气四溢，故有国色天香的赞誉。物语：皎月出水，百花之最。

mù fú róng
木芙蓉

shuǐ bīn zhòng zhí wǎn qiū fēng, bō guāng huǎng de huā yǐng hóng.
水滨种植晚秋风，波光晃得花影红。
jù shuāng wú chù bù yǒu yòng, jìng huà xuān nào dà qì céng.
拒霜无处不有用，净化喧闹大气层。

柔和的微风轻拂着脸庞，水滨仿佛宁静的天堂。湖面上的波光粼粼，映照着夕阳，笼罩一片花影。木芙蓉内外兼修，全身是宝，可治疗人们的病痛，亦可净化环境。它所在之处，便是一片绿色净土。这首诗中景色如画，带给人由内而外的舒适安宁。木芙蓉，别名：拒霜花。原产于中国湖南，日本和东南亚各国也有栽培。春可瞧水葱绿变的嫩芽苞，夏可观流翠叶子遮云蔽日，秋可看枝头花团灿烂，冬可赏扶疏风雅枝干。物语：芙蓉祥瑞，花姿妩媚。

木荷

mù hé

chéng zhōng hé huā chí shuǐ qiǎn, tiān jì chuī kāi jǐ shù lán.
城中荷花池水浅，天际吹开几树兰。

wú biān sēn lín fàng yǎn kàn, gāo shù bù guò yī shū qiān.
无边森林放眼看，高树不过一书签。

城市中的庭院虽然别致华美，但荷花只能局促地生长在小池浅塘。木荷傲然耸立在广袤的森林原野，拥有宽广无边的天地。诗人立于山峦之上，放眼木荷林像海浪汹涌，壮观的景象令人心旷神怡。如果将大地比作一本深奥的书，那么昂然挺立的木荷就是一枚枚精美的书签。木荷，产于中国浙江、福建、江西、湖南等地。是营造生物防火林带的理想树种。四季常青，簇生花朵洁白如玉，芳香四溢。因似荷花，故名木荷。物语：千变万化，次第开花。

木槿
mù jǐn

xià chán kāi chàng xià rì gē, měi de lǜ lí dǎ huā jié.
夏蝉开唱夏日歌，美得绿篱打花结。

hū rán qiū lái fēng jì mò, shǐ zhī míng yuè yǒu yuán quē.
忽然秋来风寂寞，始知明月有圆缺。

夏蝉鸣唱，给人们带来盛夏的欢乐和活力。绿篱间点缀着绚丽的木槿，如同打成无数个如意结。秋天的风悄然而至，让人感受到了一丝寂寞，意识到韶华难长久，正如明月有圆缺。这首诗以自然景物为基调，通过描绘夏蝉、绿篱、秋风和明月，展示了四季的交替和变化，发人深省。木槿，产于中国南北方多个地区。朝开暮落。每朵花只开放一天，却每日持续更新，连续绽放数月。绚丽多姿，气味芳香。物语：花韵无穷，引人入胜。

mù mián
木棉

ruò shuō xuàn měi bù jìn rán, mù mián wú yì xiù tiān yǎn
若说炫美不尽然，木棉无意秀天眼。
jīn yǔ míng yuè cháng xiāng bàn, fēng lái kě fǒu sòng chūn huán
今与明月长相伴，风来可否送春还？

木棉花生而炫丽，朱红色的花朵如珊瑚散发着华贵的光彩。诗人借木棉塑造了一位美人，她眉目秾丽，烈焰红唇，美得令人不能忽视。但她却从来无意与群芳争艳，不会炫耀自己的姿色。原本应当彰显在世界面前的她却甘心与明月相伴，将自己一身光华收敛，只为静静地等候心上人归来。木棉，产于中国云南、贵州、广东、广西等地。春季，木棉树上的红色或橙红色花朵尽数绽放，花瓣硕大丰腴，色彩鲜艳，炫人眼目。物语：岁月蹉跎，珍惜快乐。

mù xī
木樨

chá bēi lǐ miàn chūn shuǐ tián hē shàng jǐ kǒu dāng shén xiān
茶杯里面春水甜，喝上几口当神仙。
guì huā zhé dié fēng gāo jiàn yín hé zhī wài guà yún fān
桂花折叠风高见，银河之外挂云帆。

愿借人间三分甜，描尽丹桂玉露颜。珍珠般的花朵漂浮在茶杯之中，恍如春水韵无边。每当桂花绽开花蕾，人间便迎来清秋时节。阵阵浓香化作风儿，将诗人托举到云霄之上。只见银河浩瀚，繁星璀璨。她乘坐着云舟，徜徉在宇宙之间。诗人展开想象的双翼，捧出这首充满浪漫主义风格的佳作，令人心驰神往。木樨，别名：丹桂。原产于中国西南部，现各地广泛栽培。质地丰腴，雍容华贵。盛开时香味浓郁，随风四散。物语：时光荏苒，花香满天。

niǎo luó sōng

茑萝松

fēng xíng qiān lǐ rén wèi mián jǐ fēn qīng lěng mí hán tiān

风行千里人未眠，几分清冷弥寒天。

niǎo luó huā kāi qī yuè bàn huǒ hóng jīng yóu xià diǎn rán

茑萝花开七月半，火红经由夏点燃。

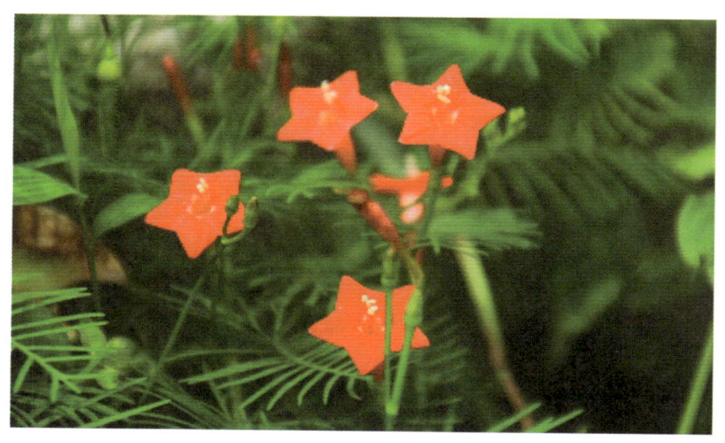

风行千里，人未入眠，寂寞的夜与寒凉的风衬托得人们更加忧思难解。茑萝花在盛夏开放，五星花瓣如同一盏盏烛火，将思念点燃。据悉，茑萝擅长攀援，寄生于其他树木。《诗经》中有云：茑与女萝，施于松柏。因此常被用来形容新婚夫妇。诗人代入这个意象，让诗中的相思之情更加缠绵悱恻。茑萝松，原产于热带美洲，现广布于全球温带及热带，中国广泛栽培。攀缘力强，红色五星花向天而歌，风姿绰约，极尽雅致。物语：任意更替，开放准时。

niú bàng

牛蒡

liù yuè fēng suǒ yǔ bù chóu, chuān shí zhī shuǐ kě zài zhōu.

六月风锁雨不愁，穿石之水可载舟。

liáng yào kǔ kǒu ruò cān tòu, niú bàng huā měi bái fà tóu.

良药苦口若参透，牛蒡花美白发头。

这首诗中蕴含了朴素且深刻的哲理。诗人代入了“水滴石穿”“水可载舟”“良药苦口”等典故，阐释出择善固执的道理。看似微不足道的事物中往往蕴含着神奇的力量，就像狂风看似强横，却无法消弭雨水；牛蒡出身微末，却能治病救人。人类如果能参透这个道理，就能从中汲取智慧。牛蒡，中国各地普遍分布，欧亚大陆广布。七月开粉紫色小花，花蒂如同刺猬果，果实称为牛蒡子。果实、根可入药。物语：三尺土下，灵药之家。

niú zhì
牛至

shuí zhī yǒng yuǎn yǒu duō yuǎn， zhǐ dào rì yuè yǒu kāi guān
谁知永远有多远，只道日月有开关。
fēng yún xún huán jǐn guǎn biàn， niú zhì kàng lǎo bù jiǎn dān
风云循环尽管变，牛至抗老不简单。

永远有多远，没有人能知道。因为我们有限的生命无法抵达时光的终点。日落月升，风云循环，这是亘古不变的规则，对于渺小的人类来说，无力与之抗衡。诗人借用牛至能够延缓衰老以抒发感想：人类当然不能寄望于药物而长生不老，但可以从大自然中探寻到生命的价值与奥义。牛至，分布于欧洲、亚洲、非洲。植株芳香，花冠紫红色至白色。为欧美传统日常香料。全草可提取芳香油，干叶子具有抗氧化作用。全草入药。物语：如花似玉，中药宝库。

糯米条

nuò mǐ tiáo

míng mèi fēng guāng tiān qì hǎo， nuò mǐ tiáo shàng liàn chén cāo

明媚风光天气好，糯米条上练晨操。

bái yún yǎn jiàn qiū jià dào， fēi jìn lǜ làng zhǎo huā niǎo

白云眼见秋驾到，飞进绿浪找花鸟。

明媚的阳光在枝头跳跃，仿佛是在练晨操。诗人开篇便将美好的晨景铺陈开来。悠闲的白云察觉到秋天逐渐临近，它急匆匆地飞进绿树荫中找寻花鸟，似乎这样就能将美好的时光无限延长。这首诗风格灵动，颇有情趣，虽然没有一个“愁”字，但字里行间都流露出对于时光流逝的担忧。糯米条，中国长江以南各地区广泛分布，长江以北多在庭院、植物园和温室中栽培。白色小花密布枝头，香味四溢，如白云出岫，雪花飘落。物语：秋风掩面，不忍摧残。

ōu zhōu yín lián huā

欧洲银莲花

dōng xuě suī fēi fù guì huā, què kě mí zhù tiān zhī yá

冬雪虽非富贵花，却可迷住天之涯。

jué měi shèng kāi yī chà nà, lì jiàn zhòng fāng làng táo shā

绝美盛开一刹那，立见众芳浪淘沙。

冬雪之美不需华丽的衬托，它皎洁晶莹，自身就足以令人心醉神迷。当雪花纷纷扬扬地飘落在大地，一派银装素裹。欧洲银莲花也是如此，它素雅的颜色没有其他花朵娇艳，但凭借超凡脱俗的气质脱颖而出。当它绽放的一刹那，仿佛天地初开，其他所有的花色都如尘土。欧洲银莲花，原产于欧洲南部和亚洲，主要生长于地中海，从西班牙到加拉利的山坡上。花朵硕大，色彩艳丽，随着种子的散落占地为营，优美和谐。物语：海角之花，阔别天涯。

pào dàn shù
炮弹树

cháng kōng yún tuán sè rú xuě　　píng jìng qià sì dà hú pō
长空云团色如雪，平静恰似大湖泊。
pào dàn huā kāi bàn míng yuè　　měi hǎo yuán yú xīn chún jié
炮弹花开伴明月，美好源于心纯洁。

长空万里，云团如雪，它们静静悬浮在苍穹，似湖泊般宁静祥和，人们的心灵也随之舒展。炮弹花层层叠叠绽放的花景，与明月遥相呼应，令时光凝滞。世上的美景数不胜数，只有心灵纯洁无瑕的人，才能体会花与月相伴之美。我们从诗中能够体会到心灵的净化和返璞归真的意义。炮弹树，原产于南美洲圭亚那、巴西和加勒比海地区。2002年，中国和马来西亚联合发行《珍稀花卉》特种邮票，其中一枚以炮弹花为主要元素。物语：居于花城，何其有幸。

pào zhang huā
炮仗花

shān cháng shuǐ yuǎn chūn cháo qǐ, huā de xīn shì lǜ yè zhī

山长水远春潮起，花的心事绿叶知。

jīn jiāng fēng yún dāng dǐ qì, kāi tā yī gè zhèng féng shí

今将风云当底气，开它一个正逢时。

诗人以山水、春潮起兴，将花的心事烘托得深情而富有诗意。绿叶默默承载着花的情感，显得温馨动人。诗人借助炮仗花喜庆、热烈的吉祥寓意，以积极的格调构建了一种生机勃勃的氛围。风云际会，意味着机遇来临。我们应当把握时机，在生命的舞台上绚烂绽放。炮仗花，原产于南美洲巴西，在热带亚洲广泛种植，中国广东、海南等地均有栽培。初夏，绿叶婆娑，大片橙红色的炮仗花任性绽放，状如鞭炮，故得名。物语：喜气洋洋，幸福健康。

枇杷花

pí pa huā

cáng hóng yǎn lǜ kàn tiān shí，kě zī xiāo fèi xuǎn jǐ zhī。
藏红掩绿看天时，可资消费选几枝。
jīn qiū suī wú liú chūn yì，què yǔ pí pa liǎng xiāng sī。
金秋虽无留春意，却与枇杷两相思。

诗中，“藏红掩绿看天时”形象地描述了树木随着季节而变化，呈现出金秋成熟的风韵。而“可资消费选几枝”则暗示着人们在这美好的季节里可以尽情享受大自然的馈赠。诗的下半部，“金秋虽无留春意，却与枇杷两相思”寓意秋天原本并不会因任何人或事物停留，但它眷恋枇杷花久久不愿离去。枇杷，分布于中国甘肃、陕西、河南、江苏、广东、福建等地，秋末冬初，开黄白色小花，气味清香。枇杷花有止咳的功效。物语：春寒秋暮，从未辜负。

啤酒花
pí jiǔ huā

pí jiǔ huā kāi yǔ zhòu qián，kāi fàng yín hé kāi fàng tiān。
啤酒花开宇宙前，开放银河开放天。
zhí zhì dà dì shuǐ dào guàn，gāo shān yǎng zhǐ rì yè huān。
直至大地水倒灌，高山仰止日夜欢。

诗人以啤酒花绽放的景象作为开篇，将我们的想象力引向宇宙的起源。天地玄黄，宇宙洪荒，无限时空令人敬畏。接着，诗人以“大地水倒灌”的景象表达了大自然的神奇力量。诗中提到的“高山仰止”本义是赞颂品行才学像高山一样，要人仰视。诗人借各种自然现象以烘托高尚品格的珍贵。啤酒花，中国新疆、四川北部有分布，亚洲北部和东北部、美洲东部也有。雌性啤酒花芳香味苦，主要用于平衡中和麦芽的甜味。物语：天下无双，冷艳寒江。

苹果花
píng guǒ huā

fēng yuè zhí bǐ liú chūn hén, yān sè fēng luán yòu gēng xīn。
风月执笔留春痕，烟色峰峦又更新。
píng guǒ huā kāi wǔ yuè fèn, zhī níng fēi hóng wàn duǒ yún。
苹果花开五月份，枝凝飞鸿万朵云。

风月用妙笔勾描出春的韵味，深棕色的山峦起伏，覆盖着成片的花树，呈现出清新的气象。苹果花开，蔚然成海，白中透粉的花瓣宛如半月，影影绰绰，娇嫩可人。走进五月，苹果花簇拥在枝头，仿佛飞鸿归乡，又好似白云挂枝，给天地增添了无限的魅力。这首诗风格淡雅，具有古典诗歌的美感。苹果，原产于欧洲及亚洲中部。花朵含苞待放时微带红晕，色泽鲜艳，风姿绰约，且具有独特清香。有生津开胃、补血等功效。物语：花美果甜，岁岁平安。

pú tao fēng xìn zǐ
葡萄风信子

kōng xīn pú tao fēng xìn zǐ　wú yì zhēng yán zǎo chūn shí
空心葡萄风信子，无意争妍早春时。
yǔ wèi xuě huā dāng gēng tì　liú zhù xuàn lì liú zhù nǐ
雨为雪花当更替，留住绚丽留住你。

早春时节，葡萄风信子在料峭春风中轻轻摇曳，仿佛在与世界轻柔地对话。它们婀娜多姿，却无意与群芳争奇斗艳。犹如纯洁的精灵，为人们带来一份清新和愉悦。雨水送走雪花，滋润着大地，它含情脉脉地注视着风信子，祈愿留住这片绚丽的时光，也留住人们对美好生活的向往。葡萄风信子，原产于欧洲南部，中国引进栽培。盛开时，密生成葡萄串状的紫色小花紧紧环绕花茎，低眉垂首，恬静典雅，宜家宜室。物语：童趣盎然，充满动感。

蒲公英

pú gōng yīng

jīng miào jué lún fēng chuán qíng　huà méi fàng gē gāo zhī tīng
精妙绝伦风传情，画眉放歌高枝听。

pú gōng yīng huā zuì jìn xìng　fú yáo wàn lǐ rèn fēi xíng
蒲公英花最尽兴，扶摇万里任飞行。

在现代都市社会，人们被各种羁绊束缚在某一块土地，无可奈何，无从挣脱。他们从各种电子设备中鉴赏山川，透过大厦的窗户向往春光。蒲公英生而自由，它不拘出身，也不故步自封，随风飘逝，落地生根，然后再开启下一场自由的轮回。不知道有多少人期待能像它那样，永远拥有自由的灵魂。蒲公英，中国各地均有分布。生性强健，不择环境，随风飘落，就地生长。种子上有白色冠毛结成的绒球。全草可供药用。物语：与天约定，天养天生。

qī yè shù
七叶树

yún hǎi xǐ huan xià rì cháng　qī yè shù xià pǐn huā xiāng
云海喜欢夏日长，七叶树下品花香。
chōng mǎn zì xìn jiào lì liàng　fēng yǔ wèi ài yòu qǐ háng
充满自信叫力量，风雨为爱又起航。

这首诗中的“云海”和“夏日”交织在一起，构成疏阔晴朗的底色。七叶树下，花香四溢，人们可以享受到安详的午后时光。七叶树雄浑有力的枝干如同人们内心坚定的信念，无论遇到何种困难和挑战，我们都有自信能迎难而上，追求自己的爱情与梦想。七叶树，中国黄河流域及东部各地有栽培，仅秦岭有野生。树冠饱满，盛花时，满树白色花朵如雪似玉，优雅圣洁。种子可入药，榨油后制造肥皂。物语：草木有情，各自珍重。

qī yè yī zhī huā

七叶一枝花

shuǐ qīng yún qǐ yào sǎo mǎ, gāo qù dī huí wèn wǎn xiá

水清云起要扫码，高去低回问晚霞。

xiāng jū shēng huó ruò qiān guà, qù kàn qī yè yī zhī huā

乡居生活若牵挂，去看七叶一枝花。

日新月异的现代生活中，人们受益于各种科技，但不可避免地也被裹挟其中。诗人诙谐地用“水清云起要扫码”营造出一种令人错乱的观感，暗示着人们在生活中本末倒置，忘记了生命最本真的意义。如果内心向往乡居生活，不妨去看看美丽的七叶一枝花，重回自然，放弃内卷。七叶一枝花，产于中国西藏的东南部、云南、贵州、四川等地。株形奇特，顶端蒴果裂开后，果实如石榴籽般簇拥呈现，多浆汁。物语：独特美感，源自经典。

qī zǐ mèi
七姊妹

yuè liang xīng xing wú jiàn gé，yǒu diǎn jù lí cóng róng xiē。
月亮星星无间隔，有点距离从容些。
kāi huā qiáng wēi wú shù gè，qīng fēng bái yún mò fù yuē。
开花蔷薇无数个，清风白云莫负约。

夜空之中，明月与繁星簇拥在一起，就像七姊妹绽放时花团锦簇的模样。虽然缤纷热闹，但也令人失去独处的空间。诗人直白地表示“有点距离从容些”，寓意适当的社交距离可以减少不必要的矛盾和烦恼，也给自己留下冷静思考的空间，或者悠然地去赴清风白云的邀约。七姊妹，原产地中国，主要生长于长江以北黄河流域。野蔷薇变种，花朵粉红色，具芳香，7~10朵簇生在一起，故得名七姊妹，也称十姐妹。物语：风月未眠，出行结伴。

千里光
qiān lǐ guāng

qiān lǐ guāng huā xīn qì gāo, wú xiàn yǔ zhòu zhuāng de liǎo。
千里光花心气高，无限宇宙装得了。
yín hé xì lǐ còu rè nao, wài xīng rén chēng zhǎng zhōng bǎo。
银河系里凑热闹，外星人称掌中宝。

这首诗乍一看很具有科幻色彩，其实是中国古典文学中常见的艺术构思。小巧的千里光花瓣能包裹住整个宇宙，而它又被外星人托举在掌心。这种“小”和“大”的切换非常符合中国人对于空间的哲学探索。大和小源于相对，正如我们应当脱离表象而探求事物本质。千里光，产于中国吉林东部、安徽、山西东北部、江苏等地，印度、尼泊尔等国也有分布。枝繁叶茂，细茎顶端盛开黄色小花，一簇簇、一片片，格外艳丽。物语：外出闯荡，见花思乡。

千日红

qiān rì hóng

xià jì lái lín yǔ qīng pén shī bù tòu de shì rén xīn
夏季来临雨倾盆，湿不透的是人心。
qiān rì hóng huā zuì xìng yùn suǒ dào zhī chù jiē shì chūn
千日红花最幸运，所到之处皆是春。

这首诗的前两句颇有振聋发聩的力量。大雨如瀑，能润泽万物，却无法浇透人心。令读者联想到在现实生活中，人们经历各种磋磨之后，逐渐变得越来越冷漠。相比之下，千日红是幸运的，它所处的大自然对万物一视同仁，所有坚持最终都能收获硕果，因此它能始终保留火热的情怀去看待世界。千日红，原产于美洲热带，中国南北各地均有栽培。花色鲜红、艳丽，有光泽，花干后不凋零，颜色经久不褪，因此得名千日红。物语：祥瑞花卉，收入心扉。

qié huā
茄花

qié zi huā kāi bù zhāng yáng, dàn dàn zǐ sè tǔ fēn fāng

茄子花开不张扬，淡淡紫色吐芬芳。

dào guà zhī tóu yě xīng wàng, píng fán zhī zhōng yǒu jiān qiáng

倒挂枝头也兴旺，平凡之中有坚强。

茄子花如紫色的绫罗，散发着清幽的芬芳。“倒挂枝头也兴旺”这句寓意丰富，似乎是在暗示遭遇挫折，或者进入低谷之时，它依旧展示出顽强的生命力。诗中的茄子花被赋予了平凡的个性，却蕴含着坚强的力量。它不需要夸张的颜色或繁复的外表来吸引人们的注意，而是以平凡淡雅的美丽，衬托出坚韧内敛的姿态。茄花，原产于亚洲热带，全世界均有分布。中国栽培历史悠久，品种繁多。花朵有紫绫罗之美，绚丽多姿。物语：乡间别致，芳香四溢。

qióng huā
琼花

qióng huā yù dì sī chūn qíng　xiān jiāng yí tài fù qīng fēng
琼花欲递思春情，先将仪态付清风。
mǎn tiān fán xīng nán qǔ shèng　zhǐ yǔ jiǎo yuè xié shǒu xíng
满天繁星难取胜，只与皎月携手行。

相传，隋炀帝曾经为看琼花而三下扬州，但琼花因不喜这位暴虐的皇帝而提前枯萎。这个民间传说充分赞美了琼花高洁的品质。诗人笔下的琼花，花心似蚌珠，瓣如蝶合围，不仅曼妙如仙，还只与清风明月相伴。即使坠入情网，依旧气质典雅，仪态万方。如果将花儿比作仕女，琼花一定是花中的大家闺秀吧。琼花，产于中国江苏南部、安徽西部等地。寿命300余年。盛花时，花冠铺张，洁白如玉，美胜雪团，清爽悦目。物语：魅力无限，知性浪漫。

秋海棠

qiū hǎi táng

fán huá shēn chù yǒu bó liáng，suì yuè jí yù niàng guǒ xiāng。
繁华深处有薄凉，岁月急欲酿果香。

fēng yún ruò jì liú shuǐ zhàng，xū kàn yōu yǎ qiū hǎi táng。
风云若记流水账，须看优雅秋海棠。

这首诗展现出时间的流转和生命变迁，赞美了淡泊从容的生活态度。人们无法抵挡岁月的力量，急于尽早收获硕果。诗人显然是不赞同这种急功近利的态度，她歌颂秋海棠优雅的气度，劝勉人们以高贵、从容的面貌去迎接生命中的苦乐忧欢，唤起人们对时间流逝的思考。秋海棠，产于中国河北、河南、湖南、江苏等地，周边国家有分布。茎叶绿如翡翠，花朵淡红色，优雅别致，宜家宜室。为著名的观赏花卉。物语：千姿百态，人人喜爱。

qiū shuǐ xiān

秋水仙

yuè liang dào guà yù fēng gān zhí jiāng dì qiú dāng dàn wán

月亮倒挂欲风干，直将地球当弹丸。

shèng xià shōu huò chūn suì piàn rú cǐ lì zhì zěn xiāo qiǎn

盛夏收获春碎片，如此丽质怎消遣？

月亮像是倒挂在檐下等待风干，巨大的地球变成弹丸。我们可以理解成天地被诗人想象得无限缩小，这种手法是为了反衬她所强调的意象。秋水仙收集春色，幻化成唯美的姿态，它的魅力令人惊喜又有些不知所措。诗人以独特的视角和形象化的描写，敦促读者追求生命中的美好。秋水仙，原产于地中海沿岸，中国引进栽培。喜欢将花朵藏在自己的叶子里，直到叶子一片一片凋谢之后，才渐渐地露出美丽的花朵。物语：窈窕登场，景艳众芳。

qiū yīng
秋英

zuó yè fēng yún zuó yè xīn，jīn rì róu qíng jīn xiāo hún。
昨夜风云昨夜新，今日柔情今销魂。
bō sī jú huā liè chéng zhèn，nǎ duǒ bù shì chūn zhī shén。
波斯菊花列成阵，哪朵不是春之神。

昨夜雨疏风骤，风云荡涤天地，呈现出清新的景象。今晨晴空万里，草木招摇，婉转多情。波斯菊花列成阵，气势磅礴，仿佛一曲春天的交响乐。每一朵花都娇艳动人，好似春之神漫步在人间。读者可以从诗中感受到诗人对美好事物的欣赏，同时也引发了我们对生活中易被忽视的细节的思考。秋英，别名：波斯菊。原产于北美洲墨西哥，中国各地广泛栽培。多为大片种植形成花海，有一种美叫美到骨子里，便是如此。物语：田野风味，如痴如醉。

楸（qiū）

dīng níng fēng yuè wèi měi huó，shǎng xīn yuè mù jiǔ yuǎn xiē。
叮咛风月为美活，赏心悦目久远些。
yuē dìng sú chéng qīng chéng sè，jiǎo de gāo shù yǎ shì duō。
约定俗成倾城色，搅得高树雅事多。

宋代文人梅尧臣曾赞美楸树，“图出帝宫树，耸向白玉墀。高绝不近俗，直许天人窥。”而诗人笔下的楸树同样美得超凡脱俗，具有倾城之色。这首诗明为赞楸树之美，实则传递出的是人们应当对于所有美好事物永葆热爱和追求之心，正如首句所言，“叮咛风月为美活”。楸，产于中国河北、山东、陕西、湖南等地。簇生花朵似一个个绯红色的水晶杯，令人充满遐想。正是若可解倒悬，醉倒香艳天。物语：楸树至上，财丁兴旺。

球兰

qiú lán

yù wàng hǎo bǐ chūn xuán wō，huā měi zuì pà fēng dǎ jié。

欲望好比春旋涡，花美最怕风打劫。

tiān biān bái yún níng xuě sè，wéi yǒu zhī fěn liú bù dé。

天边白云凝雪色，唯有脂粉留不得。

人的欲望好比春天的旋涡，无穷无尽。花朵的美丽最怕风的侵袭，正如我们在人生道路上，因为各种坎坷而逐渐泯灭了初心。球兰之美仿佛天边白云凝雪，无需任何人为的脂粉，只有最本真之美才弥足珍贵。整首诗描述了欲望对美的摧残，表达出诗人崇尚天然，坚守内心纯净的理念。球兰，产于中国云南、广西、广东等地。花以白色最美。盛开时，数朵小花聚成伞状，洁白无瑕的花瓣托着小小的红色花心，秀丽怡人。物语：大小无惧，令人炫目。

球尾花
qiú wěi huā

dōng qù chūn lái xià qǐ háng, yuè yuán yuè quē jiē gù xiāng
冬去春来夏启航，月圆月缺皆故乡。
qiú wěi huā kāi bù yī yàng, xuǎn zài shī dì bàn xié yáng
球尾花开不一样，选在湿地伴斜阳。

冬去春来，万物复苏。夏天即将启航，带来温暖的阳光和绚丽的色彩。无论月圆月缺，时光流转，只要留在故乡，就能汲取源源不断的力量，足以应对岁月中的各种风霜。球尾花静静地开放，陪伴我们度过每一轮朝晖斜阳。这首诗热情地赞美了家乡，展现出人们的故土情思。球尾花，北半球温带广泛种植，俄罗斯、朝鲜、日本、北美和欧洲均有分布。叶片翠绿，盛开时小花密集形成黄色花球，尽显乡田湿地间的野趣。物语：无须思量，源头难忘。

屈曲花

qū qū huā

xià yǔ fēn luàn rǎo xīn qíng　qū qū huā zì cǎo cóng shēng

夏雨纷乱扰心情，屈曲花自草丛生。

bù shì nóng xiāng bù wěn zhòng　zhǐ yīn yù shàng liú xíng fēng

不是浓香不稳重，只因遇上流行风。

夏雨纷纷，扰乱心情。屈曲花却由草丛中盎然地舒展开来，喜悦中甚至带着几分兴奋。自古以来，文人们一向推崇清幽淡雅的芳香，屈曲花的浓香显得有些俗气，但它却不以为然。因为眼下正流行这种风潮，它要把握时机，让世人注意到它的美丽。这首诗立意新颖，从一个别致的角度凸显出机遇和成功的关系。屈曲花，原产于西欧，中国各地引进栽培。花瓣白色或淡紫色，形成一个个美丽的小花球，味道芳香浓郁。物语：娇小玲珑，另有作用。

忍冬
rěn dōng

lù téng jià shàng rěn dōng huā fēi lái lù chū xiǎo hǔ yá
绿藤架上忍冬花，飞来露出小虎牙。
xǐ huan cóng chūn kāi dào xià lè kàn wá ér chī xī guā
喜欢从春开到夏，乐看娃儿吃西瓜。

忍冬花在绿藤架上绽放可爱的笑颜，精美的花瓣像孩童露出小虎牙，我们的耳畔仿佛响起清脆的笑声。花儿陪伴着他们从春到夏，见证着他们茁壮成长。尤其动人的是，诗人将目光转向了娃儿吃西瓜的场景，这是一幅情趣盎然的画面，使人感受到了无限的纯真和快乐，思绪随之飘回到遥远的童年。忍冬，中国多地区有栽培。因开放时间不同，色泽有黄白两色，故得名金银花。南方农家多种植于遮阴篷架下，作茶饮用。物语：碎银扶香，洒金颐养。

ruǎn zhī huáng chán

软枝黄蝉

jìng guān tiān xià shí qīng fēng lǜ bō xié yáng gè yǒu chéng

静观天下识清风，绿波斜阳各有成。

ruǎn zhī huáng chán xīn luò dìng xìn shǒu duī dié chūn yì nóng

软枝黄蝉心落定，信手堆叠春意浓。

软枝黄蝉花如其名，不仅婉转含蓄，还具有蝉的隐士风范。诗人将它塑造成一位静观世事的智者，它能敏锐地觉察到时代的机缘，同时也以博大的胸襟，冷静客观地看待周边环境中的各种现象。尤其是“绿波斜阳各有成”这句，将自然景色与人生相结合，展现出与时俱进的态度和对人生的思考。软枝黄蝉，原产于巴西，热带地区分布广泛，中国广西、广东、福建等地引进栽培。黄色喇叭花透出嫣红，鲜艳、明亮、灿烂。物语：热爱光明，忠贞一生。

瑞香

ruì xiāng

fēng liú shù xià wǔ shuì cháng，mèng lǐ jǐ jīng bái tóu shuāng。
风流树下午睡长，梦里几经白头霜。

qiě jiāng chóu sī guà tiān shàng，chuī tiáo chuán ér huí gù xiāng。
且将愁丝挂天上，吹条船儿回故乡。

我在瑞香树下小憩，睡醒时才发现不知何时已泪湿双目。梦中的我已经两鬓如雪，依稀回到阔别已久的故乡。街巷里传来炊香袅袅，天真的孩童在欢快地嬉闹。瑞香树长长的丝绦，就像我斩不断的乡愁。我多希望将它们编成一条小船，再借几许清风，送我回到生命开始的故乡。这首诗缠绵悱恻，使读者感受到了浓郁的乡愁，动人心扉。瑞香，原产于中国，分布于各地和中南半岛。枝条细长，盛开时色美韵佳，风姿绰约。物语：祥瑞之花，吉利万家。

sān sè jǐn
三色堇

tiān xià duō shǎo hǎo wù zhǒng, chén sī bù yǔ dài chūn fēng
天下多少好物种，沉思不语待春风。

sān sè jǐn huā yǒu líng xìng, tiáo pí zhǐ zài fēn cùn zhōng
三色堇花有灵性，调皮只在分寸中。

古往今来，世间怀才不遇的例子比比皆是，“可怜夜半虚前席，不问苍生问鬼神”。因此诗人发出慨叹，“天下多少好物种，沉思不语待春风”。三色堇显然不愿意沉默地等待被发掘，它调皮地折腾出声响以吸引目光。但它又很有分寸，期待能够早日登上属于自己的舞台。三色堇，原产于欧洲，中国各地引进栽培观赏，为冰岛国花。欧洲常见的野花物种，常用于美化园林庭院。因为每朵花上都有三种颜色，故得名三色堇。物语：清热解毒，地有天无。

sāo sī huā
缫丝花

jiǔ pàn bù guī qiào wǎn xiá　zěn kě tóu dài sāo sī huā
久盼不归俏晚霞，怎可头戴缫丝花。

rú jīn měi de chéng le huà　shuí děng shuí shì dà shǎ guā
如今美得成了画，谁等谁是大傻瓜。

诗中的“久盼不归俏晚霞”表达了对美丽事物的期待，同时暗示了时间的流逝和遗憾。缫丝花又名送春归，诗人显然不愿时光匆匆流逝，希望美好常驻人间。最后一句“谁等谁是大傻瓜”则以幽默的方式表达了对那些一味等待而不行动的人的调侃。整首诗传递出诗人对美的向往和珍视，以及对被动等待的批判。缫丝花，产于中国南北方多个地区，分布于日本。枝条张扬，花生于短枝上，呈淡粉色或粉红色，有淡淡的芳香。物语：雨露滋润，枝条苍劲。

山茶

shān chá

jǐ jīng fēng liú bù shē huá, zuì shì chū cǎi shān chá huā.
几经风流不奢华，最是出彩山茶花。

háo fàng bù zài xū méi xià, què hái bǎo chí jǐ fēn yǎ.
豪放不在须眉下，却还保持几分雅。

这首诗令人联想到中国宋代著名女词人李清照。她出身名门，却不慕奢华，以一手风流的宋词享誉文坛。她既有“帘卷西风，人比黄花瘦”的低回婉转，也有“至今思项羽，不肯过江东”的豪放，堪称“豪放不在须眉下”。其实中国历史上巾帼不让须眉的女中豪杰不胜枚举，她们如山茶一样流芳千古，令后人追缅崇仰。山茶，中国台湾、四川、山东、江西等地有野生种，国内各地广泛栽培。冰肌玉骨，风姿绰约，独占群芳。物语：凝云万点，风月无边。

山丹

shān dān

tiān qíng nán fēng dé yì chuī　　rě de shān dān lǐ wài měi
天晴南风得意吹，　惹得山丹里外美。
xīn qín huā cóng bù wǔ shuì　　hū huàn fēng ér kuài huí guī
辛勤花丛不午睡，　呼唤蜂儿快回归。

　　这首诗以天气晴朗、微风徐徐为开端，描绘了山丹花的优雅姿态。诗人通过"辛勤花丛不午睡"，表达了对美好自然的热爱和对时光的珍惜。山丹急切地呼唤蜂儿快回归，暗示了人们守时惜阴，希望展现精彩人生的期待。这首诗以轻盈的语言和优美的节奏，给予人们启迪。山丹，主要产于中国北方地区。形似百合，叶细长，故又名细叶百合。花瓣反卷，花冠低垂，花丝较长，香气浓郁，好似一个个美丽的花钟，娇艳欲滴。物语：团结共事，花开绚丽。

shān hé huā
山荷花

ài shì xīn zhōng dān gēn xián　sì tán fēi tán yòu yī tiān
爱是心中单根弦，似弹非弹又一天。
shān hé huā kāi zhēn hǎo kàn　qī fēn tòu míng sān fēn xiān
山荷花开真好看，七分透明三分仙。

愿借花心数根弦，勾云捻月度华年。再植山荷两三盆，沐风酌酒伴花仙。诗人笔下的山荷花凌然于尘俗之外，水晶为体，冰雪为魂，象征着诗人对于纯洁情感和高尚情操的珍视。通过这首诗，我们能油然而生出世之感，让人心生欢喜，不知不觉间浑然忘忧。山荷花，分布于东亚和北美东部地区。当花瓣遇到水时会变成透明状，甚至能看到花瓣上的纹路，所以又名骨架花。透明的山荷花冰肌玉骨，好似水晶。物语：明庭芳华，唯美花家。

shān qiān niú
山牵牛

luó màn dì kè zuó rì huí tiáo kǎn dà huā lǎo yā zuǐ
罗曼蒂克昨日回，调侃大花老鸦嘴。
ruò huàn fāng míng chéng xīn guì shì fǒu jīn yè qǐ chì fēi
若换芳名成新贵，是否今夜起翅飞？

在一般认知中，花朵往往具有浪漫的象征，而山牵牛却有个土气的绰号——大花老鸦嘴。诗人借罗曼蒂克之口调侃它：如果换个名字就能改变命运，跻身新贵，是否它今夜就能展翅高飞呢？这首诗风格诙谐，字字皆有深意，讽喻了社会中注重浮华表象，甚至以名窃世的不良现象。山牵牛，产于中国广西、广东等地，印度及中南半岛也有分布，广植于世界热带地区。花朵喇叭状，因蒴果开裂时形似乌鸦嘴，故又名大花老鸦嘴。物语：印象深刻，花开愉悦。

shān táo
山 桃

chūn yì nóng shí chuī hǎo fēng, wú shù zhī tóu táo huā hóng.
春意浓时吹好风，无数枝头桃花红。
tiān dì wén xiāng àn zào dòng, tōu sòng wàn qiān yǎng mù qíng.
天地闻香暗躁动，偷送万千仰慕情。

和风拂面，春意盎然，仿佛是大地的温柔问候。无数盛开的桃花如红霞绚丽，芬芳的香气弥漫在天地之间，让人心神荡漾。世界陶醉在这芳香之中，禁不住春情涌动，偷偷传送对山桃花的仰慕之情。这首诗以典雅而富有力量的笔触，将春天的美景娓娓道来，让我们在城市的喧嚣中品味自然的恩赐。山桃，产于中国山东、河北、河南、山西等地。山桃花之美，近乎完美，满树的山桃花如跌入胭脂水粉之中的仙子，娇艳妩媚。物语：蓦然回首，花满枝头。

shān táo cǎo
山桃草

cóng nán zhì běi dào tiān biān， jìn shì fēng guāng hǎo jiā yuán
从南至北到天边，尽是风光好家园。

shān táo cǎo huā liàng cuǐ càn， suì yuè shēn chù shì qīng huān
山桃草花亮璀璨，岁月深处是清欢。

从南到北，一路风景如画。山峦起伏，桃花草的盛开更是将神州大地点缀得绚丽多姿。走过千万山水，邂逅无数风景，丰富的阅历令我们的人生不再遗憾。繁华过后，归于平静，我们终于重回家园，领悟到岁月的深处，是浅淡的欢愉。正所谓，“人间至味是清欢”。山桃草，原产于北美，中国北京、山东、浙江等地引进栽培，常逸为野生。花近拂晓开放，花瓣白色，后变粉红色，颇有梨花的琼枝玉骨，婀娜多姿。物语：殷殷天语，问归何处。

shān zhū yú
山茱萸

mǎn tiān yuè guāng jiàn xī shū, hé shí càn làn shān zhū yú.
满天月光渐稀疏，何时灿烂山茱萸。

chén yáng ruò zài gé bì zhù, kě fǒu gěi hú hóng bǎo zhū.
晨阳若在隔壁住，可否给斛红宝珠。

“一斛珠”原是唐代教坊曲名，取自唐代梅妃因唐玄宗别恋杨贵妃而失宠的故事。诗人将这个典故代入到此诗中，借其原意赞美山茱萸果实如红色宝珠，华贵迷人。而诗中“晨阳若在隔壁住”中的晨阳又暗喻美好时光。梅妃失宠后郁郁不欢，在后宫虚度华年，令人感慨爱情的短暂和时光的流逝。山茱萸，产于山西、陕西、安徽等地。果实如同一簇簇红宝石，晶莹剔透。中医认为，一味山茱萸胜过人参和当归。物语：花木声色，四时不谢。

珊瑚藤
shān hú téng

hán liáng wēi fēng pū hú dié，qīng yǎ huā xiāng pǔ chéng gē。
寒凉微风扑蝴蝶，清雅花香谱成歌。

zhǐ yào tài yáng yǒng bù luò，liú jīn tǎng yín nài tiān hé。
只要太阳永不落，流金淌银奈天何。

寒凉微风中，蝴蝶翩翩起舞，清雅的花香在空气中弥漫，如同大自然谱成的乐章。眼前的景象如梦似幻，不似人间所有。只要时光凝滞在这一刻，那么我们就能长久拥有这份唯美，就连上天也无可奈何吧。实际上，诗人运用的是一种类似"反语"的手法，因为太阳不可能永恒不落，因此美景也不可能永久保存。诗人其实想要表达的恰恰是时光不可留，美景难长久的主题。珊瑚藤，原产于墨西哥，中国广东、广西引进栽培。物语：驻足花间，感悟温暖。

陕西卫矛

shǎn xī wèi máo

zhù zú jīn sī diào hú dié, zhuāng zhòng sì bǐ bié huā duō.
驻足金丝吊蝴蝶，庄重似比别花多。
kàn wán rì chū dài rì luò, gèng yǒu zhí zhuó hóng shèng huǒ.
看完日出待日落，更有执着红胜火。

陕西卫矛的姿态优雅，仿佛比其他花朵更添几分庄重。诗人驻足花丛，沉浸在花色之中，从日出到日落，只为等待在黄昏时刻，花儿呈现出更加火红的姿态。这首诗所传达出的是诗人对于美的不懈追求。任何事物都会有美到巅峰的那一刻，需要人们耐心地守候。陕西卫矛，别名：金丝吊蝴蝶。产于中国陕西，甘肃南部、四川、湖北等地。春天开悬垂细梗簇生小花，花朵很小很单薄，却能结出漂亮的红色金钱吊。物语：剪风裁月，傲然自得。

芍药

香飞高天起云涛，柔波沉水落海潮。
悬壶济世名芍药，绝色花中第一宝。

以自身的谦逊姿态，默默地远离尘嚣。悬壶济世是它的使命，无论离开与否，它都无法割舍对世间众生的关怀。这样一位仁者以身践行，对社会贡献良多。诗人笔下的芍药象征着高雅与纯洁，它的美丽不仅仅体现在外表，更蕴含着拯救人类于病痛的高尚情操。芍药，分布于中国、朝鲜、日本等。盛开时美艳绝伦，风姿绰约，深红色、浅红色，魅力天成。根药用，称“白芍”，为重要的中药材之一，故得名芍药。物语：红妆美人，唯美清纯。

sháo lán
杓兰

fēng chuī cǎo dòng dào píng chuān　huā qián tíng hòu rì yuè xián
风吹草动到平川，花前亭后日月闲。
sháo lán chū rù zǐ xiāng yuàn　sì kāi fēi kāi tīng píng tán
杓兰初入紫香苑，似开非开听评弹。

这首诗将自然景色和音乐相结合，营造出宁静宜人的氛围。诗人用“风吹草动到平川”来描绘大地的生动，清风吹拂草木，天地一派祥和。而“花前亭后日月闲”则展现了时光的自由自在。美丽的杓兰刚刚进入紫香苑，仿佛一位美人沉醉在优美的音乐之中。它妙目半阖，神游天外。杓兰，产于中国黑龙江、吉林东部、辽宁和内蒙古东北部，日本、朝鲜半岛、西伯利亚至欧洲也有分布。花朵形态如仙子之履，造型极为别致。物语：名花倾国，悠然自得。

石斑木

shí bān mù

zhī tóu chūn hén fēng xiāo mó　shí guāng chóng dié huā bù quē
枝头春痕风消磨，时光重叠花不缺。
qiè wù yǔ ài cā jiān guò　wàn bān zī wèi shuō bù dé
切勿与爱擦肩过，万般滋味说不得。

春天的美丽瞬息即逝，如同春花的痕迹被风轻轻吹散。时光循环往复，花开花落，有离别就有重逢，因此无需伤感。但是爱情却不能与之类比，一旦错过就是一生。诗人在反复叮咛，提醒我们珍惜爱情的到来，不要让它擦肩而过。诗人精确地捕捉了情感的微妙和缘分的不定，给人以启迪。石斑木，产于中国安徽、浙江、江西、福建等地，周边国家有分布。植株直立，枝头花朵簇生，细长花梗上的小花白里透红，花团锦簇。物语：花开飞扬，水美荡漾。

石斛
shí hú

gāo shēng yí sì yuè zhē yún, dī méi què jiàn yī mǒ xīn.
高声疑似月遮云，低眉却见一抹新。
yōu yōu suì yuè chéng shī yùn, chù chù dōu shì shǎng huā rén.
悠悠岁月成诗韵，处处都是赏花人。

石斛翘望的样子犹如一位神女在吟唱，它的风韵似月遮云一般淡雅；低眉之时却又面带娇羞，仿如处子安静娴雅。岁月悠悠而过，转瞬青丝变白头。精彩绝伦的人生已成过往，只留淡淡的余韵在岁月的长河里浮金闪耀。赏花之人处处有，但能从中获得感悟的又有几人呢？石斛，产于中国湖北南部、广西西部至东北部、西藏东南部等地。附生于山林地中的树干上或山谷岩石上，是世界上少有的没有土壤依然可以生长的植物。物语：风不寂寞，花开空阔。

石榴

shí liu

qí zhēn yì bǎo jīn yín wō, huān tiān xǐ dì kāi xīn dié.
奇珍异宝金银窝，欢天喜地开心叠。
dān ruò dié chū jiāng shān sè, fēng yún jiē chéng shí liu guǒ.
丹若叠出江山色，风云结成石榴果。

诗人以奇幻瑰丽的手法塑造了个神秘的金银窝。里面堆叠着奇珍异宝，散发出五彩斑斓的光芒。其中，朱砂般的红色宝石降落到中华大地，将万里江山渲染得如诗如画。风云也前来凑趣，幻化成红彤彤的石榴果。这首诗以独特的语言和意象，打开了读者的想象之门。石榴，原产于巴尔干半岛至伊朗及其邻近地区。中国栽培石榴的历史可上溯至汉代。初夏，枝头缀满红色、黄色或白色的花朵。果皮、茎皮、根皮、叶均可入药。物语：深度契合，天造地设。

shí suàn

石 蒜

làng huā gòng míng wàn shuǐ jiān　chūn huá qiū shí yòu shū juǎn
浪花共鸣万水间，春华秋实又舒卷。
jiāo yáng míng zhī fēng yún luàn　yī rán tuī chū xīn jǐng guān
骄阳明知风云乱，依然推出新景观。

　　浪花在海湖溪流中汹涌共鸣，春华秋实，四季更迭。生机勃勃的春天和硕果累累的秋天让人感受到大自然的丰盈与神奇。"骄阳明知风云乱，依然推出新景观"，这两句诗寓意明确，即使面对困难和挑战，我们也要勇敢前行。就像骄阳明知风云会遮挡光芒，依旧不遗余力地释放能量。石蒜，分布于中国山东、河南、四川等地。盛开时，火红色的花瓣努力反卷，吐出长长的花蕊，给人一种极强烈的视觉冲击。物语：怀揣热烈，创意之作。

矢车菊

shǐ chē jú

rén jiān ài kàn yún fēi yáng, shǐ chē jú kāi piāo yì xiāng.
人间爱看云飞扬，矢车菊开飘逸香。

zǎo chén xīn qíng zuì shū chàng, yáng qǐ liǎn lái yíng tài yáng.
早晨心情最舒畅，扬起脸来迎太阳。

飘逸变幻的云朵总能令人心情舒畅，矢车菊香气四溢，为晨景更添几分淡雅清新。诗人愉悦的心情也得到了充分的展现。最后一句“扬起脸来迎太阳”既是描写矢车菊迎着朝阳绽放的美景，同时也表达出诗人对于新一天到来的期待。这首诗不仅传递出对自然、生活的热爱，也唤醒人们去珍惜每一个美好的日夜。矢车菊，原产于欧洲，中国新疆、青海、甘肃、西藏、陕西等地普遍栽培。蓝色花朵优雅别致，如蓝色宝石。物语：无声绽放，尽散芳香。

shǐ jūn zǐ
使君子

jié bái piāo xuě zhàn fú xiǎo tài yáng huǒ hóng lè xiāo yáo
洁白飘雪占拂晓，太阳火红乐逍遥。
shǐ jūn zǐ huā zuì jùn qiào yùn rǎn jì jié zhì méi shāo
使君子花最俊俏，晕染季节至眉梢。

这首诗以华丽的辞藻和优美的韵律描绘了一幅美景。清晨白雪纷飞，温柔地覆盖大地，仿佛给世界披上了一层圣洁之袍。彤红的太阳照亮天地，给人们带来了温暖的希望和愉悦。使君子花是这首诗中的亮点，它们娇媚明艳，以绚丽的色彩点缀了整个季节，成为花丛中最引人注目的存在。使君子，产于中国，分布于印度、缅甸至菲律宾。花蕾在长长的花梗上争相绽放，倒挂下垂，盛开之初为白色，后变成淡红色。物语：丝丝牵挂，芳心融化。

shǔ kuí
蜀葵

èr yuè fēi yáng chū chūn jǐng，shǔ kuí dàn mǒ bàn fēn hóng。
二月飞扬初春景，蜀葵淡抹半分红。
yě huā měi de rén rù shèng，wǎn yuē chū luò shān gǔ zhōng。
野花美得人入胜，婉约出落山谷中。

初春时节，蜀葵犹如娇俏的少女，淡抹胭脂，楚楚动人。它们虽然是山野之花，但在春风的吹拂下，宛如精灵般美丽，吸引着人们长途跋涉，到山谷中寻芳观赏。这些野花不需要铺排和修剪，却自然而然地吸引着人们的目光。它们以婉约的姿态在山谷中盛开，仿佛在诉说着生命的美妙。蜀葵，原产于中国西南地区，全国各地广泛栽培。叶子碧绿，花朵硕大，颜色丰富，轻盈飘逸。茎皮含纤维可代麻用，全草可入药。物语：最美开篇，尽在眼前。

鼠尾草

shǔ wěi cǎo

tài kōng yuán sù hé qí qīng, hú zhōng zhǔ chū huí chūn qíng

太空元素何其轻，壶中煮出回春情。

zhǐ yīn huā cǎo yǒu shēng mìng, gù ér wú chù bù xiāng nóng

只因花草有生命，故而无处不香浓。

头顶的星空过于深奥，有时反而不如眼前的花草醒目。诗中的鼠尾草被赋予了“无处不香浓”的特性，这是因为诗人认识到花草的魅力，它们不仅静静地存在于世间，更能以自己的生命救治人类的病痛。它们的无私奉献使我们感受到大自然的恩赐和人与自然和谐共存的重要。鼠尾草，原产于欧洲南部和地中海沿岸地区，中国有分布。香气四溢，具观赏价值。叶片可食用，茎叶和花可泡茶饮用，花、叶为中药材。物语：芳香过往，魅力序章。

shuǐ xiān
水仙

àn tóu yī pén sān dōng xuě, jǐ lǚ huā xiāng zhàn fàng duō.
案头一盆三冬雪，几缕花香绽放多。
kāi de tài yáng yǒng bù luò, měi wán é tóu měi xīn wō.
开得太阳永不落，美完额头美心窝。

诗人开门见山地以“三冬雪”描述水仙的姿态和洁白纯净的美感，颇有几分气势；“开得太阳永不落”这句诗暗示了此番美景足以令时光驻足，永恒地停留在这唯美一刻。这种极其夸张的修辞手法给读者造成强烈的视觉冲击；“美完额头美心窝”这句则强调了美不仅在于表象，更来自内心。水仙，原产于亚洲东部的海滨温暖地区，中国浙江、福建沿海岛屿自生。水仙在中国已经有一千多年栽培历史。袅袅婷婷，芳香四溢。物语：坠露凝香，遥遥神往。

睡莲（shuì lián）

清风一袭绿云流（qīng fēng yī xí lǜ yún liú），凌波无意解兰舟（líng bō wú yì jiě lán zhōu）。
睡莲花开好时候（shuì lián huā kāi hǎo shí hou），引得蜻蜓落红楼（yǐn de qīng tíng luò hóng lóu）。

清风从田田的莲叶间拂过，仿佛披上一袭碧绿的轻纱。兰舟系在岸边，随着涟漪轻轻摆动，唯恐惊扰了睡莲的甜梦。粉嫩洁白的莲花莹润如玉，皎洁胜雪，透着粉红的色泽，恰似美人的笑靥。蜻蜓袅袅婷婷地飞来，轻盈地落在花蕊之上，令天地间平添一抹灵动的神采。睡莲，中国广泛分布，朝鲜、日本、越南等国亦有。多生于池沼或湖泊等静水中，被称为水中女神。尽管白天开放，晚间闭合，却也足以令百花失色。物语：飘然若仙，纤尘不染。

sì zhào huā
四照花

sì zhào huā běn tiān jì zāi　fēng yún rèn qí dāng zhǔ zǎi
四照花本天际栽，风云任其当主宰。
shén cǎi fēi yáng wú jiāng jiè　ruò yǒu běn shi jìn xìng kāi
神采飞扬无疆界，若有本事尽兴开。

诗人在开篇便气势磅礴地展现了花朵的壮丽与自由，将其与风云相比，突显了它们在自然界中无比强大的力量。“神采飞扬无疆界，若有本事尽兴开”，将这种强烈的气势层层推进，暗示只有具备真才实学的人才能散发光芒，这是诗人对于人们追求自由与创造力的鼓励与赞美。四照花，产于中国陕西、山西、四川、甘肃等地。开花时，枝头缀满乳白色的花朵。花谢后，绯红色的果子悬挂于细长梗上，悠来晃去，好似荔枝。物语：水墨浓烈，洁白清绝。

sōng guǒ jú
松果菊

liù yuè róu qíng yǔ méng méng　dié guāng fēng yǐng qù wú zōng
六月柔情雨蒙蒙，蝶光蜂影去无踪。
sōng guǒ jú kāi huā dǐ mèng　dǎ zào yī piàn xià fēng jǐng
松果菊开花底梦，打造一片夏风景。

烟雨迷蒙，让盛夏的阳光暂避，天地笼罩在柔情的雨雾当中。喧闹的蜂蝶不见踪影，松果菊暗自期待，这场风雨也许能令人们意识到花瓣的脆弱，看似平庸无奇的自己其实更具有顽强的生命力。其实，我们又何尝不像松果菊一样，期盼能有个机遇来临，让世界看见我们的实力。松果菊，原产于北美洲。初开时花瓣完全伸展，随着开放程度花瓣向下收拢。花谢后，留下酷似松果的花絮，变化过程趣味十足，颇具慵懒之美。物语：圆缺相伴，清晖无限。

sōng hóng méi
松红梅

kuān dài hǎi jiǎo lián tiān yá　tài yáng yuè liang yě qí pā
宽带海角连天涯，太阳月亮也奇葩。
shí lì zhì shàng bù shuō huà　sōng hóng méi huā pěng huí jiā
实力至上不说话，松红梅花捧回家。

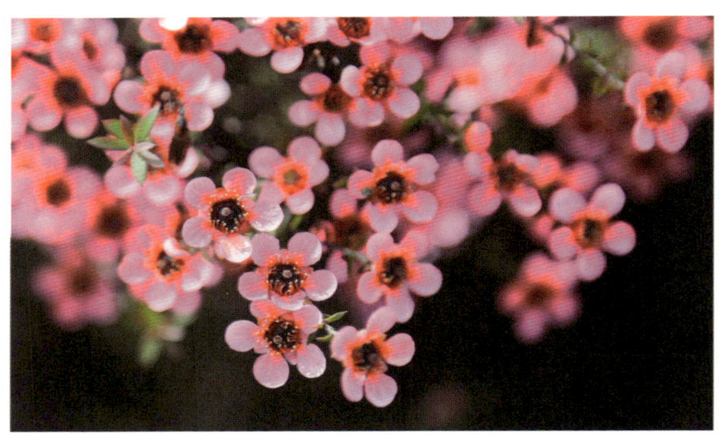

网络将世界紧密相连，天涯变咫尺，神奇的科技力量就连太阳月亮也啧啧赞叹。松红梅的美丽在网络时代得到最大限度的展示，人们发觉这种“开花机器”不仅夺目，还具有强大的生命力，于是将它捧回家中作伴，令原本不受关注的神奇生灵焕发新生。松红梅，原产于澳大利亚和新西兰等地，中国引进栽培。浓绿的针状叶子像松，花朵如梅，被称为开花机器。先开的花为白色继而变成粉红色，再变成大红色。物语：开天辟地，运行不息。

sù xīn huā
素馨花

chūn fēng chūn yǔ chūn yīn qín　mò fù sháo huá mò fù chūn
春风春雨春殷勤，莫负韶华莫负春。
sù xīn huā kāi zhī fāng cùn　fāng xiāng liú gěi yǒu qíng rén
素馨花开知方寸，芳香留给有情人。

素馨花是春天的使者，它的绽放唤起了人们内心深处的感慨和思考。在沁人心脾的芳香中，我们领悟到应当珍惜时光，把美好的情感留给有情人。这首诗用富有古典美的语言和婉转的诗韵，将春天的美景与人们内心的感受相结合，既赞美了春天的生机盎然，又呼唤人们珍惜光阴，传递爱与关怀。素馨花，产于中国云南、四川、西藏及喜马拉雅地区。花朵洁白如雪，清香宜人，盛开时缀满枝头。常被挂在胸前或者簪在头发上。物语：销魂时节，花开融月。

suān jiāng
酸浆

chūn guī mèng duàn qiū yè cháng　jīn dēng chū zhào hóng gū niang
春闺梦断秋夜长，金灯初照红姑娘。
ruò fēng wèi jí qǐ huā làng　shì jué shèng yàn yòu tiān xiāng
弱风未及起花浪，视觉盛宴又添香。

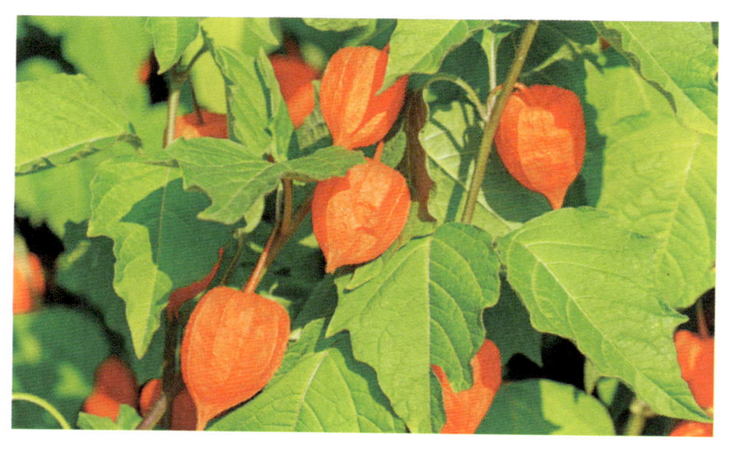

这首诗以婉约、唯美的语言描绘了一幅春闺图。微风轻拂花海，将读者带入一个绚丽多彩的梦境。诗人以“春闺梦断秋夜长”开篇，展现了女性渴望爱情，期盼与心爱之人相聚的情愫。随后，在一簇金灯的照耀下，粉红佳人姗姗而来。这金灯的光芒，不仅照亮了春闺，也照亮了佳人婉转多情的心事。酸浆，别名：红姑娘。产于中国多个地区，欧亚大陆也有分布。花朵白色，浆果球状，橙红色。营养丰富，可供药用。物语：化身太阳，自由奔放。

蒜香藤

suàn xiāng téng

惊艳不输水芙蓉，柔美只为悦己生。

jīng yàn bù shū shuǐ fú róng, róu měi zhǐ wèi yuè jǐ shēng.

无意搅得春心动，秋风独爱花萼红。

wú yì jiǎo de chūn xīn dòng, qiū fēng dú ài huā è hóng.

嫋嫋的秋风之中，走来一位清丽柔美的佳人。她的风姿不逊莲花，冰清玉洁的气质在万花丛中脱颖而出。她悠然地伫立在天地之间，无意间散发的清冷气质反而令她显得格外动人。这样一位倾城丽人即使默默无语，也会令世界为之惊艳。蒜香藤，原产于南美洲的圭亚那和巴西，中国华南地区引种栽培。初开时花朵颜色较深，之后变淡，凋落时变为白色。花、叶揉搓后有大蒜的气味，因此得名。物语：叶展花静，美了心情。

塔黄

tǎ huáng

jì mò yún hǎi huāng shān yuǎn, tǎ huáng zhǎng yú luàn shí tān.
寂寞云海荒山远，塔黄长于乱石滩。
zhí miàn hán liú huā yíng zhàn, dǔ xìn chūn tiān zhǐ rì huán.
直面寒流花迎战，笃信春天指日还。

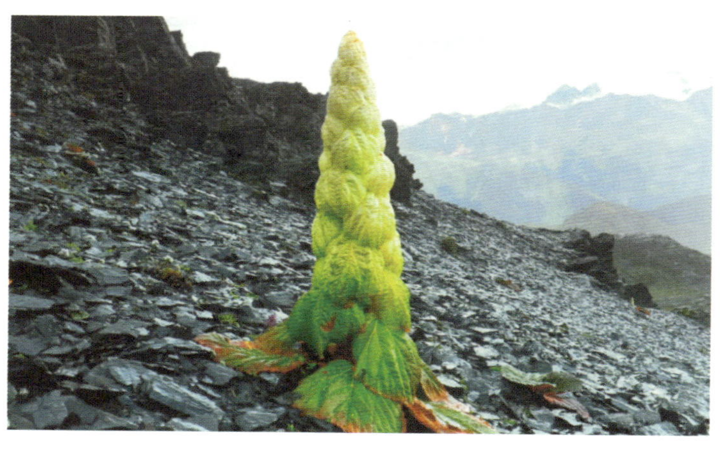

鸿蒙初开之时，荒山云海间便诞生出一座座精巧绝伦的宝塔。它们是天地的灵根，即使经历亿万年的孤寂，依旧傲然于风霜雨雪。日月盈昃，沧海变桑田，它们看尽宇宙的变化，迎来送往无数春秋。纵然开花之后就会枯萎，它们的心中也始终没有泯灭绽放一次的信念。塔黄，产于中国西藏喜马拉雅山麓及云南西北部。花序外面层层包裹着大型半透明的奶黄色苞片，远远望去好似一座宝塔，故得名“塔黄”。一生只开一次花。物语：高山景观，自由陪伴。

台湾相思

tái wān xiāng sī

sān yuè chū kāi yáng guì huā， xiǎo xiǎo jīng líng néng gàn shá。
三月初开洋桂花，小小精灵能干啥。
xiān zài dà dì xué huì huà， zài shàng lán tiān shì dāng jiā。
先在大地学绘画，再上蓝天试当家。

诗人以看待幼童的视角，将自己对台湾相思的喜爱娓娓道来。看它们毛茸茸的样子，可不就像一个个稚嫩软萌的小精灵吗？诗人先是调侃它们“小小精灵能干啥”，又建议它们“先在大地学绘画”。等到技艺学成后，再飞向蓝天当个画家。这首诗读来朗朗上口，趣味横生，宛如童谣。台湾相思，产于中国台湾。树形美观大方，叶子翠绿色，细长如柳，枝条张扬，金黄色花朵如一个个美丽的小绒球。是大自然美丽的馈赠。物语：中秋月圆，相约观看。

tài píng huā
太平花

shí cháng yù shàng qiān fēng xuě　shān shuǐ xiāng gé rén bù gé
时常遇上千峰雪，山水相隔人不隔。

qiě shǎng wǔ yuè xīn jǐng sè　xīn kuān zì rán kuài lè duō
且赏五月新景色，心宽自然快乐多。

雪峰高耸入云天，宛如银装素裹的仙境。无论距离有多远，心与心始终相连。五月的景色如画卷，绚丽多彩令人陶醉。花开芳香满山谷，鸟儿歌唱唤醒大地。走进这五月的新景色，每个人被桎梏已久的精神都会得到解脱。让我们珍惜这美好时刻，感受生活的美妙，让心灵如花般悄然绽放。太平花，主产于中国四川西部、辽宁、河北等地，朝鲜也有分布。绿叶之上，点点白花似瑞雪挂枝头。宋仁宗赐名为“太平瑞圣花”。物语：平安顺畅，家宅兴旺。

táng chāng pú
唐菖蒲

lǜ yè rú jiàn táng chāng pú, zhuāng chéng bàn zhǎn chá gōng fu
绿叶如剑唐菖蒲，妆成半盏茶功夫。

qīng qīng chuān guò yún pò chù, yī fēng chūn xìn cóng tóu dú
轻轻穿过云破处，一封春信从头读。

唐菖蒲犹如一位英姿飒爽的女将军，她身穿绿玉轻铠，腰佩春水宝剑。不事雕琢，素面朝天，须臾之间就能打扮齐整。她看似没有深闺女儿的娇柔，其实内心也蕴含柔情。只见她纵身一跃便飞上天际，从云破之处拈取一封春信。谁也不知这封信来自何方？也许是天上的仙人寄托相思，也许是鸿雁自远方衔来。唐菖蒲，中国各地广泛栽培，贵州及云南一些地方常逸为半野生。叶细长如剑，花色丰富。物语：明月轻坠，燕燕于飞。

唐松草

táng sōng cǎo

suí xīn suǒ yù rèn xìng kāi, yáng guāng nán yǐ jǐ jìn lái

随心所欲任性开，阳光难以挤进来。

mò guài shěn měi pí láo kuài, ruò bù gēng xīn wú huā hǎi

莫怪审美疲劳快，若不更新无花海。

这首诗以简洁的文字表达了一种自由自在、无拘无束的生活状态。唐松草生来瘦小纤细，但它拥有强大的灵魂，敢于突破束缚，恣意地生长。当枝叶茂密，花朵紧紧簇拥，就连阳光都难以穿透进来。诗人更进一步地表示：只有拥有这样的心态，才能与时俱进，令整个族群更加繁荣昌盛。唐松草，主产于中国东北部、山西、山东等地，周边国家也有分布。花梗细得足以穿进耳环洞，摘下两朵就成为一对精致的花耳环。物语：星光璀璨，如梦如幻。

桃金娘

táo jīn niáng

shān fēng fú dòng míng yuè guāng, zuì měi ér shí táo jīn niáng.
山风拂动明月光，最美儿时桃金娘。
bù rěn dēng gāo yuǎn tiào wàng, wéi kǒng lèi yǎn shī gù xiāng.
不忍登高远眺望，唯恐泪眼湿故乡。

山风轻轻拂动明月光，犹如乡愁般无边无际。诗人此时回忆起童年记忆中艳丽的桃金娘。这首诗以深沉的情感描绘了诗人对故乡的深深眷恋。在这美好的山水之间，她不忍登高远眺，因为害怕泪水会湿润她的眼眶，无法看清故乡的方向。这首诗中蕴含的情感能够引起读者深切的共鸣，感人至深。桃金娘，产于中国福建、广东等地。株型紧凑，四季常青。与众不同的是，桃金娘可以边开花边结果，花果皆有极高观赏价值。物语：风景如画，灿若云霞。

téng màn yuè jì
藤蔓月季

xìng qíng wǎn xiá xiū hóng liǎn zhǐ yīn yù shàng měi róng yán
性情晚霞羞红脸，只因遇上美容颜。

děng xián qiū fēng chuī gè biàn chuī de tián yuán huā mǎn tiān
等闲秋风吹个遍，吹得田园花满天。

诗人以秋风为画笔，晚霞为水彩，描绘出一幅美轮美奂的田园画卷。她以情感丰富的晚霞的视角，凝视风中摇曳的藤蔓月季，赞美它们的花瓣纷纷扬扬，如漫天花雨。这样的景象，也许只在敦煌壁画中才得以看见。这种将生物与自然融为一体的描写方式，体现了中国文人的审美情趣和沉浸自然的传统。藤蔓月季，原产于中国，现世界各地已广泛栽培。藤蔓长而有韧性。可作为花墙、隔离带等使用。盛开时开成一片花海。物语：春芳尽凋，唯我安好。

天蓝绣球

天蓝绣球花影长，饱满六月太阳光。
热烈之中抢开放，却又渴望透心凉。

天蓝绣球花绽放成硕大的花球，饱满圆润得好似六月正午的阳光。花影长长地拖曳在地面，仿佛舞女绮丽的裙摆。花儿不惧炽热，争相开放，仿佛将整个世界都点亮。然而，它们同样也期待清凉，这是对内心宁静的渴求。诗人通过对自然景观的描绘，展示出人们在浮躁的世界中依旧不放弃对精神的修炼。天蓝绣球，原产于北美洲东部，中国各地庭院常见栽培。数朵小花组成大的抱序，粗壮的花茎骄傲地支撑着硕大的花球。物语：风中独立，月下相思。

天门冬

tiān mén dōng

流翠有意化雄风，任由药力动地行。

细花如雪图清净，优雅名唤天门冬。

绿叶如流翠，细花如雪瀑，天门冬以豪放的姿态，肩负起拯救人类于病痛的使命。但它的风采又婉约如诗，静静地伫立在大地。我们只需默默观赏，便能感受到她的优雅和柔美。它的名字更是给予了它一种神秘而高贵的气质。它仿佛是天门的守护者，令世人崇拜、敬仰。天门冬，从河北、山西、陕西、甘肃等省的南部至华东、中南、西南各省区都有分布。叶子细小，绿如流翠。花朵优雅精致。物语：花团岁月，唯美白色。

天人菊

tiān rén jú

yuè yuán yuè quē shuí gǎn tiāo, bà qì zhǐ zài huā zhōng liǎo.
月圆月缺谁敢挑，霸气只在花中了。

fáng fēng gù shā yǒu yī tào, tiān rén jú huā dì wèi gāo.
防风固沙有一套，天人菊花地位高。

“月圆月缺谁敢挑”，这句诗气势十足。月亮的圆缺是大自然的律动，象征着变化和轮回。然而，只有勇敢者才能勇往直前，面对挑战，不畏困难。这种勇气和决心在天人菊身上体现得淋漓尽致。它是大自然最美的艺术品，更具有防风固沙的能力。它们以自己的生命守护着大地和人类的福祉。天人菊，原产于热带美洲，中国各地广泛栽培。花姿优美，颜色艳丽，风姿绰约，且有淡淡芳香。是良好的防风固沙植物。物语：秀色成群，明艳可人。

天竺葵

tiān zhú kuí

wǔ zhì qī yuè fēng bù tóng，chuī fú dān qīng xià yè zhōng。
五至七月风不同，吹幅丹青夏夜中。
tiān zhú kuí huā zuì gāo xìng，jiào lái cù zhī dāng wèi bīng。
天竺葵花最高兴，叫来促织当卫兵。

五至七月的风与其他季节不同，它们吹拂着花朵，仿佛大自然将一幅巨画呈现在夏夜之中。天竺葵在这个时候开放得最美，散发出迷人的芳香，恣意地向世界展示美丽和自信。而蛐蛐则担任卫士，高唱着歌曲，日夜守护着天竺葵。这首诗赞美了夏季的美好和宁静，以及大自然中各种生命的和谐共存。天竺葵，原产于非洲南部，中国各地普遍栽培。花色丰富多彩，球状花大而鲜艳，气味香甜浓郁，有点像玫瑰，又像薄荷。物语：赤地风流，再添锦绣。

tián xuán huā
田旋花

fēng sòng yún lái yǔ jǐ hé，kōng zhōng yǎn lián zhē shì yě
风送云来雨几何，空中眼帘遮视野。

tián xuán huā ài xià liù yuè，kāi huái chàng yǐn huà bù duō
田旋花爱夏六月，开怀畅饮话不多。

这首诗以优美的语言描绘了美妙景色，展现了诗人对自然的热爱和对生活的豁达心态。“风送云来雨几何，空中眼帘遮视野”，细腻地展现风云变幻，空旷的视野被阻挡的情景，给人以诗意的想象空间。而“田旋花爱夏六月，开怀畅饮话不多”则展现了诗人呼朋引伴的畅快心情。全诗没有过多的修饰，直白动人。田旋花，产于中国吉林、黑龙江、山西、新疆等地。花瓣白色、粉红色，或粉白相间，温婉柔美又不失野趣。物语：岁序交替，不改心意。

铁海棠

tiě hǎi táng

hóng yán shēng yú jīng tiān shí， fāng cùn mèi lì rén jìn zhī。
红颜生于惊天时，方寸魅力人尽知。

xián shí mò jiāng hǔ cì xì， zhuān zhā yī gè bù liú yì。
闲时莫将虎刺戏，专扎一个不留意。

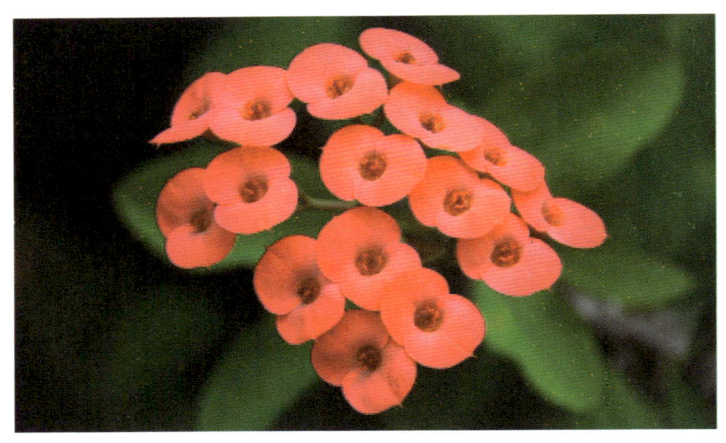

这首诗以华丽的辞藻和独特的意象，歌颂了铁海棠之美。它的诞生震撼人心，方寸之间魅力四射。诗人还诙谐地表示，闲暇时莫要调戏“红颜”，因为它暗藏锋芒，需要小心应对。这首诗深层次的意思是劝告世人对于美丽的事物不要抱有戏谑之心，应给予充分的尊重。铁海棠，别名：虎刺。原产于非洲马达加斯加，中国南北方均有栽培。枝条刚劲带刺，配以小小绿叶，优雅大气，威风可见。红色小花，鲜艳如火。物语：勇猛精进，花开和顺。

铁线莲

tiě xiàn lián

fēng yún bié guài xié yáng yuǎn　gěi diǎn shí jiān dào yǎn qián
风云别怪斜阳远，给点时间到眼前。
tiě xiàn lián huā zhèng xiān yàn　shèng zhuāng dǎ ban èr yuè tiān
铁线莲花正鲜艳，盛妆打扮二月天。

　　斜阳徐徐西下，微风轻拂，给大地带来了温暖与宁静。时间仿佛停滞，让人们感受到了生命的美好与无限可能。铁线莲花在二月绽放，宛如一朵朵绚丽的彩云。它们鲜艳夺目，给整个世界注入了生机和活力。诗人赋予了斜阳、铁线莲和二月天以独特的诗意，让人们从中感受到生命的美好和时光的瞬息即逝。铁线莲，分布于中国广西、广东、湖南、江西，日本有栽培。花朵如同紫苑仙子，正值豆蔻年华，高贵典雅。物语：生活之外，最美药材。

tóu ruǐ lán
头蕊兰

háng hǎi wú xū dēng shān tī， qīng yún zǒng yǒu bì rì shí。
航海无须登山梯，青云总有蔽日时。
tóu ruǐ lán huā hǎo zhì dì， chéng fēng pò làng píng kōng qǐ。
头蕊兰花好质地，乘风破浪凭空起。

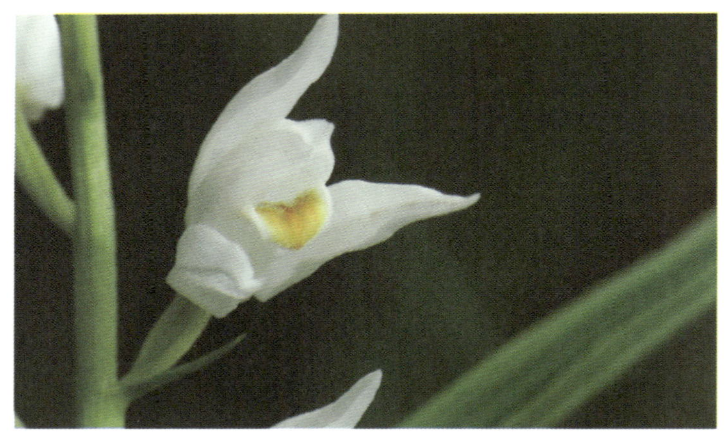

这首诗将航海与人生相比，赞美了勇往直前、迎接挑战的精神。“航海无须登山梯”，意味着我们可以选择不同的道路实现目标；“青云总有蔽日时”，则暗示在追逐梦想的过程中会遇到挫折，但只要坚持，总会迎来乘风破浪的一天。我们应学习头蕊兰坚强的品格，对未来抱有积极乐观的信念。头蕊兰，产于中国山西南部、陕西南部、甘肃南部等地。白色长梗小花如雪似玉，清香沁人，是为数不多的直接生长于地面的兰花。物语：天赐高雅，出身名家。

晚香玉

wǎn xiāng yù

nóng xiāng jiàn dǐ rú zhǐ shuǐ， jí jìn yǎ zhì líng kōng fēi。
浓香见底如止水，极尽雅致凌空飞。
mì fēng zhuàng lái hē gè zuì， zuì sǐ huā zhōng shuō bù huǐ。
蜜蜂撞来喝个醉，醉死花中说不悔。

晚香玉亭亭玉立，风姿绰约，心如止水。恍如神仙玉女，雅到极致，仿佛不属于这个凡尘俗世。蜜蜂沉醉其中，虽九死而不悔。这种醉意，是一种对美的追求，也是对生命的热爱和亲近。诗人终其一生体验美的极致，达到了无悔的境地。这首诗的微妙之处在于用生命烘托自然之美，对于某些人来说，追求美就是生命最本真的意义。晚香玉，原产于墨西哥。叶子细长如韭，挺拔美观。盛开时，洁净之美潋滟而出，如雪似玉。物语：绽放迷惑，席卷凌波。

wàn shòu jú 万寿菊

rén shēng zhī lù qiān shǒu zǒu, zǒu de cháng jiāng shuǐ dào liú.
人生之路牵手走，走得长江水倒流。

wàn shòu jú huā cháo tiān xiù, fāng míng jiù shì hǎo cǎi tóu.
万寿菊花朝天秀，芳名就是好彩头。

弱水三千，只取一瓢饮，浮世三千，只为一人留。自古以来，吟诵爱情的诗歌如繁星，如雪霰，总以天长地久为最终极的祈愿。诗人用“人生之路牵手走，走得长江水倒流”来描绘相爱之人的誓言，颇有“山无陵，江水为竭”的震撼力。她以无限的热情歌颂爱情的美好，对其寄托了深切的期许。万寿菊，原产于墨西哥，中国引进栽培。生命力旺盛，植株健壮，花繁叶茂，花朵有黄色或暗橙色，为常见的园林绿化花卉。物语：春之生命，秋天丰盈。

王莲

wáng lián

美在水上打个盹，生成惊艳翠玉盆。

měi zài shuǐ shàng dǎ gè dǔn, shēng chéng jīng yàn cuì yù pén.

五湖四海花开尽，不及一朵银麒麟。

wǔ hú sì hǎi huā kāi jìn, bù jí yī duǒ yín qí lín.

这首诗令人仿佛置身于神话之中。掌管美的神祇在凌波之间休憩，妙手一挥，幻化出翡翠雕琢的玉盆。它同时变身为一头银麒麟，慵懒地俯首蜷尾，安卧其中。五湖四海之中的花朵何止亿万，却没有一朵能与之媲美，这种王者的气概正应了王莲之名。王莲，分布于南美洲热带地区，中国南方引进栽培。是水生有花植物中叶片最大的，圆盘状巨型叶片直径可达2米，花初开为白色，后变为淡红色至深红色。物语：形象夸张，荡气回肠。

wǎng qiú huā
网球花

yáng guāng xiāo qiǎn shuǐ zhōng bō fēi shàng yún céng biàn chéng xuě
阳光消遣水中波，飞上云层变成雪。
suì yuè xuán wō xí juàn guò pāo gè huǒ tuán jiào fēng jiē
岁月旋涡席卷过，抛个火团叫风接。

波光潋滟，幻化成雪。这首诗开篇描绘了阳光和水的美妙交融，极富想象力，展现了自然界的无限魅力。诗人借网球花其名，将它们在风中跃动的姿态比喻成网球运动，一颗颗火红的火团在空中往复，形成了一幅动态的画面，充满了生活的情趣之美。网球花，原产于非洲热带，中国引进栽培观赏。花茎直立，多花且缤纷。花朵密集，四射如球，极具特色。南方室外丛植成片，盛花期景观别具一格。物语：夏日风景，灼灼花境。

wèi shí

蝟实

dōng lái xuě huā shùn fēng qǐ wēn róu yǐ dòng tiān dì zhī

冬来雪花顺风起，温柔以动天地知。

chūn wèn hé shí rú rén yì dá yuē wèi shí kāi fàng shí

春问何时如人意，答曰蝟实开放时。

冬天飘雪，仿佛在天地间传递着温柔的信息。接着，诗人以盼春为话题，问及何时春天能如人们所愿般归来？而回答却是蝟实开放时。这种出乎意料的答案展现出人们对于不确定且无法预知的未来所表现出的焦灼心理。这种以有形的事物如蝟实开放，来限定无形的未知的艺术手法，为中国古典文学所常用。蝟实，产于中国陕西、山西、河南、甘肃等地，为中国特有的单种属。果实密被黄色刺刚毛，形似刺猬，因此得名。物语：印象鲜明，开放心胸。

文冠果

wén guān guǒ

wàn wù zhī líng wú cháng duǎn, yī yè wēn róu luò méi shān.
万物之灵无长短，一叶温柔落眉山。

wén guān zhí xū yíng fēng zhàn, bǐ cǐ bāo róng yǒu hé nán.
文冠直须迎风站，彼此包容有何难。

万物生灵并无优劣之分，彰显出宇宙间万物平等共存的伟大智慧。无论是高大的山峰还是柔美的一叶，都在自然中找到了各自的存在意义。而“文冠直须迎风站，彼此包容有何难”这两句是诗的主题，表达出宽容的理念。诗人借此诗唤醒人类以积极的心态面对世界，建立和谐的人际关系，共同创造一个温暖、包容的社会。文冠果，产于中国北部和东北部，枝条招展，叶子翠绿色。花瓣白色，基部微见紫红色或黄色。物语：时光久远，纯情于天。

文殊兰

wén shū lán

yān yún fēng jǐng guī běn yuán，lí chén jué sú yù fēi tiān。
烟云风景归本源，离尘绝俗欲飞天。
zòng shǐ qīng chún huā càn làn，jīn shēng yòu yǒu jǐ huí xián。
纵使清纯花灿烂，今生又有几回闲。

天地间的万物都回归本源，恍如初生。离尘绝俗，追求卓越，是无数人内心深处的向往。在日复一日的纷繁喧嚣中，我们渴望飞翔，徜徉在虚无缥缈的天空。清纯的文殊兰象征着我们最珍视的事物。然而，我们短暂的一生中又能有几回闲暇，能够静静品味这份美丽？文殊兰，分布于中国福建、广东、广西等地。花茎直立，花朵雪白优雅，傍晚时散发出迷人的芳香。花叶并美，具有较高的观赏价值。物语：无以渲染，烟火人间。

wén xīn lán
文心兰

wén xīn lán kāi yàn yáng qián　tiān rú huā sè huā rú tiān
文心兰开艳阳前，天如花色花如天。
dì píng xiàn shàng cháng xiāng bàn　yuè liang guāng xià shǒu cháng qiān
地平线上长相伴，月亮光下手常牵。

盛开的文心兰宛如天空中飘扬的云朵，五彩斑斓，如梦如幻。天与花一色，分不出边际，整个世界都像是一幕神话中的场景，耳畔似乎传来花儿的私语。当太阳跃升地平线，文心兰便与我们相伴；夜晚降临，它们依旧散发着迷人的芬芳，仿佛手牵着手与月亮共舞。这首诗让读者体会到浪漫、纯净的美好，同时也传递出陪伴的意义。文心兰，原产于美国、墨西哥、圭亚那和秘鲁。轻巧优雅，花形好似飞翔的蝴蝶，栩栩如生。物语：快乐无忧，山水不愁。

文竹

wén zhú

唯美百花逐日欢，绽放过后任风旋。

wéi měi bǎi huā zhú rì huān, zhàn fàng guò hòu rèn fēng xuán.

只有文竹不肯变，绿了一年又一年。

zhǐ yǒu wén zhú bù kěn biàn, lǜ le yī nián yòu yī nián.

百花绽放，随风而去，就像生命的无常。唯有文竹能够年复一年地保持翠绿，虽然没有花的撩人，但其优雅的形态与清幽的气质，也足以捕获人们的芳心。它更像是一位坚强的战士，经历了岁月的沧桑，依然保持着青春的朝气。在百花凋谢之后，文竹以其对生命的执着和坚守，展示出一种超越时空的美丽。文竹，原产于非洲南部，中国各地广泛栽培。盆栽文竹枝条纤细，叶子青翠，白色小花点缀于翠绿的枝叶间，清雅秀气。物语：枝头之上，充满希望。

wǔ xīng huā
五星花

chū chūn shèng xià gè yǒu jǐng　fán xīng huā kāi yě qīng chéng
初春盛夏各有景，繁星花开也倾城。
huó sè shēng xiāng tiān nǐ dìng　dà dì fā chū jīng tàn shēng
活色生香天拟定，大地发出惊叹声。

初春时节，万物复苏，花开满园，融融暖意扑面而来。及至盛夏，银河如织，花朵绽放，仿佛是大自然为我们点缀的亿万珍珠，如此美景实在令人叹为观止。诗人用“倾城”与“活色生香”来形容五星花的娇艳，不无夸张之处。但也由此可见诗人对于自然生物一视同仁的态度，且善于发现生命之美。五星花，原产于非洲热带和阿拉伯地区，中国南部有栽培。花无梗，花柱异长，星状花簇拥聚生成花球，花团锦簇，美轮美奂。物语：美丽长久，名利双收。

舞鹤草
wǔ hè cǎo

tiān dì kōng kuò rèn shuǐ xǐ, měi dào shēn chù bù zì zhī.
天地空阔任水洗，美到深处不自知。
wǔ hè cǎo huā suī xiān xì, què yīn jié bái shèng xiān zǐ.
舞鹤草花虽纤细，却因洁白胜仙子。

清水洗涤神州，洁净如镜。在这广袤的天地间，存在着一种神奇的生灵——舞鹤草。它美到极致，自己却毫无知觉，达到一种忘我的境界。舞鹤草看似脆弱，却因其洁白如玉而胜过仙子。诗人令我们意识到，在生活中人们往往因为某件事物的缺陷而忽视其美好的一面。舞鹤草，产于中国黑龙江、吉林、辽宁、内蒙古、陕西等地。叶子恰似白鹤展翅欲飞而得名。抱茎开出无数洁白无瑕、如珠似玉的小小白花，仙气满满。物语：水光山色，陡然开阔。

舞草（wǔ cǎo）

不忍青山一夜白，五颜六色相对开。
（bù rěn qīng shān yī yè bái，wǔ yán liù sè xiāng duì kāi。）

跳舞草进演艺界，伴随音乐转起来。
（tiào wǔ cǎo jìn yǎn yì jiè，bàn suí yīn yuè zhuàn qǐ lái。）

绿水无忧，因风皱面，青山不老，为雪白头。但在大自然这个充满爱的大花园中，唯美的生灵们不忍心看到山水被岁月摧残。它们呼朋唤友般纷纷绽放，犹如花海覆盖了整个天地。没有娇艳花朵的跳舞草也轻快地踏出舞步，为这幅画卷增添灵动的魅力。我们从中仿佛能感受到大自然中生命的蓬勃与美好，深深体会到生命的奇妙。舞草，产于中国福建、广东、四川等地。罕见的趣味观赏植物，其叶片具有自然舞动的特性。物语：万物有灵，妩媚通行。

夕雾

秋色出自八月初，夕雾花韵天下无。
日影西斜望归处，晚霞因美而驻足。

秋色如梦，自八月初便悄然涌现。夕雾绽放，将大地装点得如诗如画。当太阳的日影向西倾斜，诗人远眺着温暖的归处，心中充满了期待。夜幕降临，晚霞红艳，慢慢地渗透整个天空。它的步履是如此轻缓，仿佛被夕雾吸引而停驻在了那里。这首诗歌恰如其分地将自然的景色和人们的情感完美地融合在一起。夕雾，原产于阿尔及利亚、摩洛哥、葡萄牙、西班牙及意大利的西西里等地，中国引进栽培。花朵小而多，细长成簇。物语：云如轻纱，爱意萌发。

xī fǔ hǎi táng

西府海棠

zhī tóu hóng lěi yóu shèng chūn, hán xiū mù xià měi duàn hún

枝头红蕾犹胜春，含羞目下美断魂。

xī fǔ hǎi táng kāi huā jìn, zhí jiē mí dǎo tiān xià rén

西府海棠开花禁，直接迷倒天下人。

近年来，西府海棠流行于中国网络文学中，被文艺青年赋予了缱绻的情感，常用来赞美具有温润气质的花样少年。诗人笔下的西府海棠盛开的红蕾，胜过了其他花朵，含羞的姿态更是让人心驰神往。当它们冲开天地的束缚，绽放出光彩夺目的生机，天下人无不为之沉迷，赞美它们青春的姿态。西府海棠，产于中国辽宁、河北、陕西等地。树姿直立，花朵密集。盛开前，花蕾胭脂色，盛开后，花朵粉红，叶子翠绿，香味浓郁。物语：寒江清韵，唯美袭人。

物语集

花卉类

M

梅花草　物语：逸生无多，美不可折。

美丽马兜铃　物语：无尽思念，终生随缘。

美丽异木棉　物语：秋冬风光，此时可赏。

美女樱　物语：互相包容，和睦家风。

美人蕉　物语：春来秋往，自由绽放。

美洲茶　物语：生命之便，尽情撒欢。

米仔兰　物语：由小见大，天地惜花。

密蒙花　物语：文明进程，始于眼睛。

磨盘草　物语：源起逸生，心想事成。

茉莉花　物语：人有感慨，花有精彩。

牡丹　物语：皎月出水，百花之最。

木芙蓉　物语：芙蓉祥瑞，花姿妩媚。

木荷　物语：千变万化，次第开花。

木槿　物语：花韵无穷，引人入胜。

木棉　物语：岁月蹉跎，珍惜快乐。

木樨　物语：时光荏苒，花香满天。

N

茑萝松　物语：任意更替，开放准时。

牛蒡　物语：三尺土下，灵药之家。

牛至　物语：如花似玉，中药宝库。

糯米条　物语：秋风掩面，不忍摧残。

O

欧洲银莲花　物语：海角之花，阔别天涯。

P

炮弹树　物语：居于花城，何其有幸。

炮仗花　物语：喜气洋洋，幸福健康。

枇杷花　物语：春寒秋暮，从未辜负。

啤酒花　　物语：天下无双，冷艳寒江。
苹果花　　物语：花美果甜，岁岁平安。
葡萄风信子　　物语：童趣盎然，充满动感。
蒲公英　　物语：与天约定，天养天生。

Q

七叶树　　物语：草木有情，各自珍重。
七叶一枝花　　物语：独特美感，源自经典。
七姊妹　　物语：风月未眠，出行结伴。
千里光　　物语：外出闯荡，见花思乡。
千日红　　物语：祥瑞花卉，收入心扉。
茄花　　物语：乡间别致，芳香四溢。
琼花　　物语：魅力无限，知性浪漫。
秋海棠　　物语：千姿百态，人人喜爱。
秋水仙　　物语：窈窕登场，景艳众芳。
秋英　　物语：田野风味，如痴如醉。
楸　　物语：楸树至上，财丁兴旺。
球兰　　物语：大小无惧，令人炫目。
球尾花　　物语：无须思量，源头难忘。
屈曲花　　物语：娇小玲珑，另有作用。

R

忍冬　　物语：碎银扶香，洒金颐养。
软枝黄蝉　　物语：热爱光明，忠贞一生。
瑞香　　物语：祥瑞之花，吉利万家。

S

三色堇　　物语：清热解毒，地有天无。
缫丝花　　物语：雨露滋润，枝条苍劲。
山茶　　物语：凝云万点，风月无边。
山丹　　物语：团结共事，花开绚丽。
山荷花　　物语：明庭芳华，唯美花家。

山牵牛　　物语：印象深刻，花开愉悦。
山桃　　物语：蓦然回首，花满枝头。
山桃草　　物语：般般天语，问归何处。
山茱萸　　物语：花木声色，四时不谢。
珊瑚藤　　物语：驻足花间，感悟温暖。
陕西卫矛　　物语：剪风裁月，傲然自得。
芍药　　物语：红妆美人，唯美清纯。
杓兰　　物语：名花倾国，悠然自得。
石斑木　　物语：花开飞扬，水美荡漾。
石斛　　物语：风不寂寞，花开空阔。
石榴　　物语：深度契合，天造地设。
石蒜　　物语：怀揣热烈，创意之作。
矢车菊　　物语：无声绽放，尽散芳香。
使君子　　物语：丝丝牵挂，芳心融化。
蜀葵　　物语：最美开篇，尽在眼前。
鼠尾草　　物语：芳香过往，魅力序章。
水仙　　物语：坠露凝香，遥遥神往。
睡莲　　物语：飘然若仙，纤尘不染。
四照花　　物语：水墨浓烈，洁白清绝。
松果菊　　物语：圆缺相伴，清晖无限。
松红梅　　物语：开天辟地，运行不息。
素馨花　　物语：销魂时节，花开融月。
酸浆　　物语：化身太阳，自由奔放。
蒜香藤　　物语：叶展花静，美了心情。

T

塔黄　　物语：高山景观，自由陪伴。
台湾相思　　物语：中秋月圆，相约观看。
太平花　　物语：平安顺畅，家宅兴旺。
唐菖蒲　　物语：明月轻坠，燕燕于飞。

唐松草　　物语：星光璀璨，如梦如幻。
桃金娘　　物语：风景如画，灿若云霞。
藤蔓月季　　物语：春芳尽凋，唯我安好。
天蓝绣球　　物语：风中独立，月下相思。
天门冬　　物语：花团岁月，唯美白色。
天人菊　　物语：秀色成群，明艳可人。
天竺葵　　物语：赤地风流，再添锦绣。
田旋花　　物语：岁序交替，不改心意。
铁海棠　　物语：勇猛精进，花开和顺。
铁线莲　　物语：生活之外，最美药材。
头蕊兰　　物语：天赐高雅，出身名家。

W

晚香玉　　物语：绽放迷惑，席卷凌波。
万寿菊　　物语：春之生命，秋天丰盈。
王莲　　物语：形象夸张，荡气回肠。
网球花　　物语：夏日风景，灼灼花境。
蝟实　　物语：印象鲜明，开放心胸。
文冠果　　物语：时光久远，纯情于天。
文殊兰　　物语：无以渲染，烟火人间。
文心兰　　物语：快乐无忧，山水不愁。
文竹　　物语：枝头之上，充满希望。
五星花　　物语：美丽长久，名利双收。
舞鹤草　　物语：水光山色，陡然开阔。
舞草　　物语：万物有灵，妩媚通行。

X

夕雾　　物语：云如轻纱，爱意萌发。
西府海棠　　物语：寒江清韵，唯美袭人。

花间物语

新韵诗歌（珍藏版）

美月冷霜　著

第四辑

中国财富出版社有限公司

图书在版编目（CIP）数据

花间物语：新韵诗歌：珍藏版．第四辑 / 美月冷霜著．—北京：中国财富出版社有限公司，2024.9

ISBN 978-7-5047-8033-1

Ⅰ．①花…　Ⅱ．①美…　Ⅲ．①诗集－中国－当代　Ⅳ．① I227

中国国家版本馆 CIP 数据核字（2023）第 252091 号

策划编辑	朱亚宁	责任编辑	贾紫轩　蔡　莹	版权编辑	李　洋
责任印制	梁　凡	责任校对	张营营	责任发行	杨恩磊

出版发行	中国财富出版社有限公司		
社　　址	北京市丰台区南四环西路 188 号 5 区 20 楼	邮政编码	100070
电　　话	010-52227588 转 2098（发行部）		010-52227588 转 321（总编室）
	010-52227566（24 小时读者服务）		010-52227588 转 305（质检部）
网　　址	http://www.cfpress.com.cn	排　　版	河北佳莹文化发展有限公司
经　　销	新华书店	印　　刷	三河市天润建兴印务有限公司
书　　号	ISBN 978-7-5047-8033-1/I・0370		
开　　本	710mm × 1000mm　1/16	版　　次	2024 年 9 月第 1 版
印　　张	38.75	印　　次	2024 年 9 月第 1 次印刷
字　　数	521 千字	定　　价	188.00 元（全 5 辑）

诗人的话

我在花间等你来，让我们一起倾听大自然。
我在花间等你来，说着只有我们自己明白的语言。
我在花间等你来，品味我们灵魂深处最美的浪漫。
诗和远方，且行且伴。时光云轩，阳光灿烂。
让我们拥有花间物语，明媚人生每一天……

阳光雨露洗碧空
樱草盛开香正浓
花摇皓月风呼应
天边可闻思念声

层出不穷迷望眼
春色妆点绿云轩
炮仗花开冲霄汉
美得月亮弯成船

岁月流淌众芳娇
蔓马缨丹妩媚少
独有神韵不可道
美至心头刚刚好

清香浓香郁金香
富贵田里蜂蝶抢
相思花开围屏上
太阳月亮为之忙

序 言

周 敏

花卉，是自然赐予人类最美丽的礼物。它们以其缤纷的色彩、娇艳的形态和迷人的芳香，为我们的生活增添无尽美好。花卉，是天地间的精灵。它们以自己独特的方式与人类无声地交流，带给我们欢乐和宁静，抚慰我们或躁动、或忧伤的心灵。

千百年来，中国文坛以花为题或者风格如花般绮丽婉约的诗作浩如繁星。就艺术价值而言，《花间物语》是一部新古典风格的诗集。诗人以七言诗体融合或瑰丽、或典雅、或疏阔、或直白的笔墨，将中国式浪漫挥洒得淋漓尽致。就思想性而言，《花间物语》既是一部大自然的颂歌，也是人类反躬自省的内心剖白。诗人热情地歌颂自然的伟力，花卉的唯美；真挚地描绘包含亲情、友情、爱情在内的种种情感；深切地反省人类作为万物之灵长的傲慢、对天地间看似微末的美好事物的忽视。尤为重要的是，诗人始终怀揣积极乐观的心态，殷殷劝勉，春风化雨。

跟随诗人的笔触，读者将走进色彩斑斓的花海之中。每一种花卉都彰显出独特的个性和魅力，挥洒着神奇的能量和无穷的生命力。我们仿佛看到花儿招摇在风中的绝美姿态；面对严苛自然条件时凛然伫立的风采；不为世俗侵染、洁身自好的气节；向往自由纯洁境界的灵魂。诗集中的每一朵花、每一行字，都呼唤着我们对大自然的尊重和保护，提醒我们感恩天地的馈赠，启迪我们发掘生活中点滴之美。为我们构建丰沃澄澈的精神家园，鼓舞我们不畏艰险，勇敢前行。

诗集中每一首诗歌，都辅以图片、诗评、注解、物语供读者鉴赏。它们汇聚成充满魔力的手掌，为我们轻轻推开万花国神秘的大门。我们能以花为镜，汲取智慧；我们能执花为炬，探索真理。

谨以此书，献给所有沉醉于花之灵魂的朋友。愿每一个读者都能够在这个喧嚣的世界中找到一片安宁的净土。愿风霜永不能消磨我们对美的信仰。愿花儿绵延万里，生生不息。

目录
contents

新韵七言话百花

xī yáng dù juān
西洋杜鹃

zhuǎn yǎn qīng míng jié bù yuǎn， fāng zhī chūn zài bó zhòng jiān。
转眼清明节不远，方知春在伯仲间。
hóng chén sì yuè yǔ tiān luàn， huā xiāng zhí luò fèng huáng shān。
红尘四月雨添乱，花香直落凤凰山。

四月又重归大地，人间处处是春色，诗人方才发现虽然地域不同，但各处美景都相差不大。细雨洗净了尘世的污垢，给大地带来了清新温柔的气息。诗人笔下的凤凰山光芒四射，而花香如同一道道清香的瀑布，从山巅垂挂而下。这种美丽的景象让人仿佛置身于仙境，感受到大自然的神奇和美好。西洋杜鹃，在荷兰、比利时育成，温带、亚热带广布，在中国多为盆栽。枝形美观，花朵鲜艳美丽，四季均可开花。物语：天下花木，和睦相处。

喜荫花

xī fēng xiāng yuē xià qiū qián，qíng sī jìn zài lián ǒu duān。
西风相约夏秋前，情丝尽在莲藕端。
xǐ yīn huā kāi yǒu dǐ xiàn，chūn guāng qiè wù kàn zǒu yǎn。
喜荫花开有底线，春光切勿看走眼。

这首诗先是描绘了一幅美好的春景。清风习习，预示着象征希望的季节到来，人们萌发出对爱情的向往。诗中的“莲藕”常被用来比拟细腻的情思。喜荫花恰如一个情窦初开的少女，它虽然渴望爱情，却有底线。没有资格追求它的人还是不要来招惹。这首诗风趣地传递出对“恋爱脑”少女的劝诫：爱情虽然美妙，但没底线的恋爱最终会伤害自己。喜荫花，原产于南美洲。深绿色的叶腋间吐出亮红色的花朵，俏皮可爱。物语：冰碎玉壶，超然之物。

xì yè shuǐ tuán huā
细叶水团花

fēng yáo xì yè shuǐ tuán huā qiān sī wàn lǚ yuè guāng huá
风摇细叶水团花，千丝万缕月光华。
zhǎng zhì xià rì yī bān dà jiù cǐ zhí rù xuán hú jiā
长至夏日一般大，就此直入悬壶家。

细叶水团花犹如清晨的初露，圆润可爱。它们静静地绽放，细丝般纤长的花蕊仿佛是无限愁思。它虽然并不是眼下最流行的品种，却也广受关注。但它无意与百花争艳，毅然投身到济世救人的行列中。它就像一位气质娴雅的仕女，不留恋花丛的繁华，以自己的天赋特长成为人们心中的瑰宝。细叶水团花，产于中国广东、广西、云南、海南、湖南、浙江等地，朝鲜有分布。全株入药，花球清热解毒。物语：早种晚植，风月深思。

xiā jǐ lán
虾脊兰

shí guāng chén diàn fēng yún jiān　dú shǐ tōng tòu xiā jǐ lán
时光沉淀风云间，读史通透虾脊兰。

miào bù kě yán rù huà juàn　yān huǒ zhī qì wú bàn diǎn
妙不可言入画卷，烟火之气无半点。

诗人以四季变幻来比喻容颜易老，继而引申到命运的变幻无常。她将虾脊兰塑造成一位通读史书而洞察世事的文学形象，这种艺术构思把历史融入自然之中，妙不可言。虾脊兰的通透令其散发出高雅脱俗的气质，对尘世的浮华表象、物欲的追求不屑一顾，只追求内心的宁静和纯洁。虾脊兰，产于中国浙江、福建北部、广东北部等地，分布于日本。花朵抱茎而生，错落有致，奇特美丽，花蒂紫红色，花朵洁白无瑕。物语：空谷幽兰，芳香百年。

虾子花

风若有意春有福，怀中柔情三千缕。

虾子花开细回顾，朝阳之色也无语。

在最美妙的韶华时光，如果能和所爱之人心意相通，不让满怀柔情空付，这也许是人生中最幸福的事。虾子花细嫩的花蕊，就像少女微妙的心事，娇羞又怯懦，楚楚可怜。就连它自己也没有察觉，其实它盛开之时美轮美奂，就连朝阳也要逊色三分。所以，不妨大胆地吐露心迹，也许它爱慕之人也正期盼得到它的垂青。虾子花，产于中国广东、广西、云南，分布于印度、越南等国家。盛花时满枝都是颜色鲜红的花朵。物语：饱食大餐，无须花钱。

xiá yè bái dié lán
狭叶白蝶兰

yín hé qīng dǎo bái lù huā měi de yuè liang ài yún xiá
银河倾倒白鹭花，美得月亮爱云霞。
bì luó yù jǐn dōu kāi guà yě nán chéng wéi dà yíng jiā
碧罗玉锦都开挂，也难成为大赢家。

白鹭兰之美，能使银河倾倒，星子坠落如雨。又像彩云遮月，如梦如幻。诗人用银河、月亮、云霞等美丽的自然意象，将白鹭兰的魅力烘托到极致。犹如一幅唯美的画卷，给人们带来巨大的震撼。诗中提到的碧罗玉锦是人间珍贵华美的丝织品，诗人用它们难以与白鹭兰相媲美的表述，进一步凸显了花儿的倾城之姿。狭叶白蝶兰，别名：白鹭兰。产于中国河南。优雅知性，纤细飘逸。果真是销魂不用多，仅须几片雪。物语：如若罕见，必会惊艳。

夏蜡梅

xià là méi

yún cai xǐ huan tiān shàng shuǐ　cháng jiè dà fēng kōng zhōng fēi
云彩喜欢天上水，常借大风空中飞。

liè rì zhī xià yòu xiāng duì　bù qī yù shàng xià là méi
烈日之下又相对，不期遇上夏蜡梅。

云彩就像一个神采飞扬的少年，它恋慕天上的银河，常常凭借飓风飞到九天之上，穿梭在繁星之间。不料，它在烈日下邂逅了正盛开的夏蜡梅，那皎洁的花瓣，娇嫩的花蕊，宛如神女翩翩而来。在这一刻，少年才幡然醒悟，之前的梦中情人只是虚幻，眼前才是它的命定之人。夏蜡梅，主要生长于清凉峰国家级自然保护区。是中国特有的孑遗植物，浙江省重点野生保护植物。叶片翠绿有光泽，枝头绿叶婆娑，梅花含羞绽放。物语：清新脱俗，赏心悦目。

仙客来

xiān kè lái

chūn fēng rú sī yún tōu huān　gēng dié yuè liang quē huò yuán

春风如丝云偷欢，更迭月亮缺或圆。

xiān kè lái huā xì xì kàn　dǔ xìn yě kě měi shàng tiān

仙客来花细细看，笃信也可美上天。

春雨细如丝，绵绵不绝，轻轻地柔化了大地的寒冷。月亮在天空中时圆时缺，宛如一个迷人的梦境。仙客来痴迷地仰望夜空，体会着每一缕月光的风情。它细细打量自己纤弱的枝条和刚刚萌发的稚嫩花瓣，坚信假以时日，自己也能出脱得曼妙迷人。仙客来，原产于希腊、叙利亚、黎巴嫩等地。花形别致、状似兔子耳朵，趣致可爱。色泽丰富艳丽，多以红色、粉色、紫色、红白相间或复色为主。物语：美若胭脂，从不缺席。

xiān yǔ màn lǜ róng
仙羽蔓绿绒

zhēn xī xìn niàn hé shí jiān，lián mèi jiē xí lǜ zhāo zhǎn。
珍惜信念和时间，连袂接席绿招展。
liáng chén měi jǐng qiān bǎi wàn，wéi dú méi yǒu bù yè tiān。
良辰美景千百万，唯独没有不夜天。

这首诗阐释出一个重要的主题：时光如水，一去不可留。我们要珍惜信念和时间，不让韶华虚度。世间良辰美景如此丰富多彩，令人陶醉其中，而“唯独没有不夜天”这句诗让读者感受到任何美景都抵御不了时光的侵蚀，正如白昼不会永恒。这是一首充满智慧和启迪的诗歌，提醒我们要珍惜时光，努力追求自己的梦想。仙羽蔓绿绒，原产于巴西。叶子油绿，形态漂亮，生机勃勃，绿意盎然。可以美化环境，净化室内空气。物语：自然物种，来去随风。

xiàn

苋

pǐn tóu lùn zú yàn lái hóng　tiān dì wàn wù zhuī zhú zhōng
品头论足雁来红，天地万物追逐中。

lǜ yè bìng fēi bù zhēn zhòng　ǒu ěr shài shài huā fēng qíng
绿叶并非不珍重，偶尔晒晒花风情。

自然万物生来就要面对各种竞争，没有谁能逃脱“物竞天择”的规则。正如人类社会中，每个人也都要经历各种评判。雁来红作为观叶植物，本就不以花朵鲜艳而见长。但它并不沉溺于对自己天生“短板”的哀怨之中，而是竭力令叶子焕发出不逊于花朵的娇艳姿态。苋，别名：雁来红。原产于印度，分布于亚洲南部、中亚、日本等地。叶子越嫩色泽越艳丽，花朵极小，唯有把最美丽的颜色置于叶子顶端，吸引蜂蝶授粉。物语：紫芝散淡，专美于前。

xiāng cǎi què
香彩雀

yuán yuè gāo guà shuǐ bō zhōng　liú yún wàn zhàng xiāng bàn xíng
圆月高挂水波中，流云万丈相伴行。

tiān shǐ huā kāi dài fēng jìng　děng nǐ guī lái kàn xīng xing
天使花开待风静，等你归来看星星。

圆月高挂夜空，皎洁的身影倒映在湖面，散发着柔和的光芒。流云如同锦缎，延伸到无尽的天际，它伴随着月光，不离不弃。在这样一个浪漫的夜晚，天使花悄然绽放，任微风拂过，仿佛在等候你的归来。当你归来时，将会看到繁星点点，闪烁着微弱而坚定的光芒，正如我们对爱情的梦想。香彩雀，别名：蓝天使。原产于墨西哥和西印度群岛，世界各地广泛栽培。叶片条状似柳，花形小巧，成串开放，花色淡雅，花量大。物语：记忆河里，心如赤子。

xiāng huā huái
香花槐

kuài lè fàng fēi wǔ yuè chū，fēng lái cuī shēng huā huái yǔ。
快乐放飞五月初，风来催生花槐雨。
jí mù àn biān huáng jīn shù，fāng xiāng fēng cún yǒu shì wú？
极目岸边黄金树，芳香封存有是无？

这首诗以清新欢快的语调描绘了五月初的生机。诗人运用富有节奏感的韵律，使读者仿佛能置身于花槐雨的美妙之中。极目望去，岸边的黄金树如此璀璨夺目，仿佛展示着大自然的奇妙。而这些香花槐的芳香则被诗人封存在了诗中，永不凋零。香花槐，原产于西班牙皇家园林，中国近年自韩国引进，已经有多地栽培。树形美观，叶子油绿色，花朵粉红色或者淡紫色，有浓郁芳香。盛开如蝶，栩栩如生。物语：宁静淡泊，简约生活。

xiāng qīng lán
香青兰

fēng liú diē luò tiān bù zhī，què wén fāng xiāng chōng tiān qǐ。
风流跌落天不知，却闻芳香冲天起。
yún fān ruò zhī qiū xīn yì，bù jiāng dì qiú fēn dōng xī。
云帆若知秋心意，不将地球分东西。

风云流动，月影婉转，我们仿佛置身于仙境之中，感受到了大自然的美好与宁静。香青兰的馥郁芳香直冲天际，经久不散。云帆如果能洞悉金秋的真实心意，一定会将秋的美景布满整个天地，不分东西。读到这首诗，我们能感受到诗人对于自然之美的热爱。但愿地球村的人们能和谐共处，一同分享自然之美。香青兰，分布于中国东北、华北及西北，自亚洲北部至欧洲广布。花冠淡蓝紫色，雅致奇特。全株含芳香油。物语：视之不同，皆因野生。

香石竹
xiāng shí zhú

pǔ shí wú huá zuì nài hán　mǔ ài cóng lái dà yú tiān
朴实无华最耐寒，母爱从来大于天。
qiān guà zhī xīn gé bù duàn　xiāng shí zhú huā zài shēn biān
牵挂之心隔不断，香石竹花在身边。

这首诗以简洁朴实的语言赞颂了母爱的伟大和坚韧。正如诗中所言，“朴实无华最耐寒，母爱从来大于天”。香石竹花作为母爱的象征，散发出淡雅的花香，就像妈妈的怀抱，总能给我们送上最温暖的慰藉。它的存在提醒着我们，无论经历严寒还是酷暑，母亲永远是我们最可靠的港湾。香石竹，欧亚温带有分布，中国广泛栽培供观赏。因其花朵色彩丰富，形态多变，成为世界著名的四大切花之一。物语：母爱于天，报答无限。

xiāng wān dòu
香豌豆

qún fāng yì shí yǒu jué zhāo zhè huā wàng zhe nà huā xiǎo
群芳意识有绝招，这花望着那花小。
céng chū bù qióng wān wān rào jù lí zhī měi wǎng shàng qiáo
层出不穷弯弯绕，距离之美往上瞧。

诗中的“群芳意识有绝招”展示了自然界之中百花争艳的盛况。要想脱颖而出，就一定要具有独特的美感。有趣的是，每一朵花都坚信自己才是最出类拔萃的王者。但只要抬头向高处眺望，就会发现美丽的事物层出不穷，正所谓“一山更有一山高”。诗人借这首小诗劝诫世人要放开怀抱，以谦逊的态度看待世界。香豌豆，原产于意大利，中国各地栽培。枝条细长柔软。花朵蝶形，花色丰富，优雅美丽，香味浓郁。物语：同名同姓，各有作用。

香雪兰
xiāng xuě lán

yè shēn rén jìng chūn nòng wǎn, róu qíng bù jí xiāng xuě lán
夜深人静春弄晚，柔情不及香雪兰。
fēng liú ruò fēi huǒ zhī liàn, zěn dé jué sè luò rén jiān
风流若非火之恋，怎得绝色落人间。

夜幕低垂，春光熹微，宁静的夜晚弥漫着淡淡的芳香，而香雪兰的柔情远胜于春色。幸亏它只是短暂地沉醉于一日风流之中，要不然，世间就不会有这样的美色常驻在人们身边。这首诗以优美的辞章，描绘了一种柔情脉脉的感觉。就如诗人所言，风流之美不能永恒，长久的相伴才最珍贵。香雪兰，原产于非洲南部，中国南方各地多露天栽培，北方多盆栽。盛开时，火红热烈，花蕊撒金，绚丽娇艳，美不胜收。物语：各负其责，活跃生活。

xiāng xuě qiú
香雪球

xīn yuè shēng qǐ yè wēi liáng fán xīng sòng chū zhèn zhèn xiāng
新月升起夜微凉，繁星送出阵阵香。

xiāng xuě qiú huā dà zhèn zhàng qǐng lái chūn fēng dāng xiù niáng
香雪球花大阵仗，请来春风当绣娘。

新月初升，夜凉如水，繁星闪耀，仿佛散发出阵阵芬芳，给人们带来了无限的想象空间。而香雪球花的盛开更是像举行一场盛大的仪式，吸引着春风前来当绣娘，将它们优雅迷人的模样永远刺绣在云绢之上。诗人巧妙地运用夜晚、新月、繁星等自然元素，将人们引入一个宁静而祥和的境界。香雪球，产于地中海沿岸，中国引进栽培供观赏。盛开时，数十朵小花以高洁之姿、出尘之势，抱团而出，幽香宜人。物语：花有清香，天无沧桑。

向日葵

xiàng rì kuí

qì dìng shén xián wàng huī huáng　hé láo qīng fēng míng yuè yǎng
气定神闲望辉煌，何劳清风明月养。
xiàng rì kuí kāi huǒ xīng shàng　lè yǔ tài yáng zhuō mí cáng
向日葵开火星上，乐与太阳捉迷藏。

这首诗以向日葵为题，赞美了淡定从容且乐观豁达的人生态度。无论是面对人生的起伏还是变幻无常的世界，它都能保持坚定的信念与宽广的胸怀。“向日葵开火星上，乐与太阳捉迷藏”这两句诗形象地描绘了向日葵的坚韧与乐观，即使在火星这样荒凉的环境下，仍能欢快地与太阳玩耍。向日葵，原产于北美洲，世界各地广泛栽培。观赏型向日葵，花朵小而艳丽，金光灿烂，开放时间长。食用型向日葵花盘硕大，饱满丰腴。物语：追随阳光，成就梦想。

小丽花（xiǎo lì huā）

山青水绿共春风，光彩照人天促成。
（shān qīng shuǐ lǜ gòng chūn fēng, guāng cǎi zhào rén tiān cù chéng.）

小丽花开情意重，盛放一年四季中。
（xiǎo lì huā kāi qíng yì zhòng, shèng fàng yī nián sì jì zhōng.）

山青水绿，春风旖旎，小丽花光彩照人的形象源于天成，没有任何人为雕琢的痕迹。它虽然并不依靠人类呵护，但却愿意长伴于红尘中，用它浓郁的芳香和深厚情意，满足人们对于爱和美的追求。这首诗通过描绘小丽花的无私之爱，向我们展示了大自然中生灵的单纯和美好。小丽花，原产于南美、墨西哥和美洲中部，中国广泛栽培。是大丽花家族的矮生类品种，花色有深红、紫红、粉红、黄、白等多种颜色。花形富于变化。物语：花样情结，尽醉山河。

杏花
xìng huā

zuó rì fēng guāng jīn yòu huán xián zhī bù lǜ hóng yún rǎn
昨日风光今又还，闲枝不绿红云染。
qīng fēng tīng wén chūn sī niàn kòu mén huàn chū xìng huā tiān
清风听闻春思念，叩门唤出杏花天。

这首诗以华丽的辞藻和优美的意境，展现出春天的生机勃发。诗人以“昨日风光今又还”开篇，表达了春天的回归。接着，又用“闲枝不绿红云染”描绘出枝头纷纷绽放如红云一般艳丽的花朵。此时，清风也前来凑趣。它觉察到人们对于春光的渴望，便唤醒杏花，令它们漫天飞舞，将人间变幻成天堂一般。杏花，原产于中国。花蕾初绽开时，花瓣浅粉色或稍带红晕。满树花团锦簇，蜜蜂绕枝飞舞，极为娇艳。物语：风姿绰约，占尽高洁。

xióng huáng lán
雄黄兰

suì yuè yǔ rén tiān fāng huá，xìn shǒu sòng lái huǒ xīng huā。
岁月予人添芳华，信手送来火星花。

wèi miǎn yǔ zhòu cháng qiān guà，zhāo kāi chén yáng wǎn kāi xiá。
为免宇宙常牵挂，朝开晨阳晚开霞。

岁月如梭，匆匆而过，我们的双鬓不可避免地留下了岁月的痕迹。天地有情，特意送来火星花，抚慰人们沧桑的心灵，给予人们新的希望。也许是离开家乡太久，火星花也难免萌生思乡之情。它们在清晨和傍晚绽放得灿烂如霞，即使在太空之中也能看见它们耀眼的花景。雄黄兰，别名：火星花。原产于非洲南部地区，中国多地栽培观赏。每一朵花都是橙红与金黄的组合，两侧对称，悬垂于细长花柄，优雅漂亮。物语：悬垂之美，绝好风水。

绣球小冠花

xiù qiú xiǎo guān huā

ruò dé fēng yún shǒu biān guān tiān dì jìng hǎo yì wàn nián
若得风云守边关，天地静好亿万年。
xiǎo guān huā sè wèi hé biàn zhǐ yīn gān kǔ zài xīn jiān
小冠花色为何变，只因甘苦在心间。

这首诗以简练而深刻的语言阐释了一则至理名言：每个人若都能守住平凡的生活，世界将获得永恒的安宁。诗中提到的小冠花，绚烂多彩又善于变化，就像世人呈现出的各种表情，都是内心感受的真实写照。这首诗赞美了平凡生活的力量，同时也劝勉人们：人生中的喜乐悲欢都是常态，唯有“平平淡淡才是真”。绣球小冠花，原产于欧洲地中海地区，中国引种栽培。小花聚集成花球，色泽艳丽，花冠紫色、淡红色或白色。物语：绿野葱茏，绝非凡境。

绣球荚蒾

xiù qiú jiá mí

tài kōng pán diǎn dòng liáng cái, xiù qiú yì chū huā xīn hǎi.
太空盘点栋梁才，绣球溢出花心海。
yǎng tiān xīn shǎng chūn fù gài, què jiàn yuè guāng gài dì lái.
仰天欣赏春覆盖，却见月光盖地来。

从苍穹俯视大地，可以看到绣球花星星点点，从花海中涌现出来，犹如繁星璀璨；从大地仰视苍穹，看到的是漫天飞舞的花瓣，它们汇集在一起，稠密得仿佛是被月光覆盖。诗人切换观照自然的视角，是这首诗的别致之处。从中我们可以领悟到自然之美无处不在，因为不同的欣赏角度也会呈现不一样的风采。绣球荚蒾，原产于中国，分布于日本。几十朵小白花凝结成雪团儿悬挂于枝头。恰似香雪满天乱，风情万种花千片。物语：温馨好看，美却两难。

绣球藤

xiù qiú téng

chūn guāng bù luò zuì gāo fēng, yǎ zhì pá shàng xiù qiú téng.
春光不落最高峰，雅致爬上绣球藤。

shēng féng qí shí xīng chén jìng, měi mèi xiāo sǎ bàn kōng zhōng.
生逢其时星辰静，美媚潇洒半空中。

“春光不落最高峰”，意味着它的美丽不仅仅局限于崇山峻岭，而是遍布大地。它爬上绣球藤，为花儿平添几分雅致。微风拂过，花瓣飘舞，它们是如此潇洒，令人感受到了春光的无限灵动。诗人风趣地用“美媚”指代绣球藤上的花朵，风趣之余更增添了几分浪漫气息。绣球藤，别名：三角枫。原产于中国，分布于中国台湾、西藏南部、云贵川、两广和福建等地，喜马拉雅山区西部一直到尼泊尔和印度北部也有分布。物语：时空交错，六月见雪。

须苞石竹

xū bāo shí zhú

wǔ cǎi shí zhú bèi guāng hé，shí nóng shí dàn yù jiě tuō。
五彩石竹被光合，时浓时淡欲解脱。
zǒng suàn zhēng dé yī shēng xiè，shuí zhī yòu féng kāi huā jié。
总算争得一声谢，谁知又逢开花节。

五彩石竹每日进行着光合作用，它时而浓郁，时而淡雅，向世界展示自己独特的美丽。经历了许多努力与奋斗，最终换得一声感谢，正如生活中无数人都在坚持付出，但这样燃烧生命的牺牲也会令人感到身心交瘁。当人们以为可以功成身退之时，却又迎来了新的使命。换作是你，又该如何抉择？须苞石竹，别名：五彩石竹。原产于欧洲，中国各地栽培。茎秆如竹，挺拔秀丽，开花时，更是繁花似锦，一片欣欣向荣的景象。物语：月高风清，缤纷前行。

萱草

xuān cǎo

fēng kǒu dai lǐ zhuāng huā xiāng，xuān cǎo tóu shàng diǎn é huáng。
风口袋里装花香，萱草头上点额黄。

qīng chén zhī qǐ táo jīn zhàng，huí shōu tiān xià tài yáng guāng。
清晨支起淘金帐，回收天下太阳光。

这首诗蕴含了多个典故。萱草是中国的“母亲花”，我们将母亲又称作“萱亲”。诗中“萱草头上点额黄”里提到的“额黄”是中国古代妇女点缀在额头的装饰。诗人用这些典故描绘萱草的优美姿态，表达出人文内涵，别有韵味。清晨，花儿盈露绽放，像是支开一座座淘金帐，将阳光收集其中，大概想将它们留给自己漂泊在外的游子吧。萱草，原产于中国及周边国家。花蕾金黄细幼，花色橙红柄细长，像百合花。物语：沃野丰沛，堆金叠翠。

xuán fù huā
旋覆花

yún shū yún juǎn qǐ bō lán　cháo lái cháo qù yān huǒ tiān
云舒云卷起波澜，潮来潮去烟火天。

xuán fù huā kāi yǒu dǐ xiàn　hòu dé zài wù fāng cháng yuǎn
旋覆花开有底线，厚德载物方长远。

天上的云海舒卷无常，人间的烟火如浪潮奔涌，二者都象征着生命中不可控的种种现象，时光、机缘、命运等都涵盖其中。诗人提到的“厚德载物”本义是指道德高尚者能承担重大任务，也指有德行的君子，应该以深厚的德行来容载世间的万物。因此这首诗的主题也就非常明确：面对生命中的变幻莫测，我们也应坚守道德底线，厚德载物，成就事业。旋覆花，产于中国北部、东北部、中部、东部各地，周边国家也有分布。物语：亮丽底色，前景开阔。

xuě huā lián
雪花莲

hán liú wǔ dòng kāi tiān jiǎn　jiǎn chū nóng dàn bái yún shān
寒流舞动开天剪，剪出浓淡白云山。
qīng fēng bù dǐ xiāng sī luàn　chūn xīn suì chéng xuě huā lián
清风不抵相思乱，春心碎成雪花莲。

寒流凛冽如舞动开天剪，将澎湃的云海裁成或浓或淡的山峦峻岭。诗人在开篇就以瑰丽的想象营造出磅礴的气势，给人以强烈的震撼。随即，她笔锋转为细腻柔和，清风无法抵挡思念之苦，一片深情碎成片片雪花莲。这种表达方式别具一格，给人带来深深的感动，也展现出诗人深厚的诗词功底。雪花莲，原产于欧洲中南部。白色花朵自然下垂似钟形，洁白胜雪，内心点缀绿色花蕊，低头含羞，风姿楚楚，令人怜惜。物语：玉阶雪滴，无可收拾。

xuě lián huā

雪莲花

luàn shí duī zhōng zhǎng tiān xiān chū chén míng zi jiào xuě lián
乱石堆中长天仙，出尘名字叫雪莲。

kāi duǒ huā ér jiù càn làn měi de liú shuǐ rào qīng shān
开朵花儿就灿烂，美得流水绕青山。

寒风无言，天色悠闲，雪莲花如同星子璀璨，散发出迷人的光芒。它的美丽仿佛流水绕过青山，让人为之倾心。沉默博大的自然是雪莲花的舞台，即便雪原空寂，岁月流转，它清澈而纯净的姿态都亘古不变。它让这个世界充满了诗意和浪漫，更让我们意识到生命中总有些珍贵的事物会永恒存在。雪莲花，产于中国新疆，俄罗斯及哈萨克斯坦有分布。微绿雪白的花状苞片轻松内卷，簇拥花蕊，似含苞待放的莲花。物语：天地物语，源自净土。

xuě sōng
雪松

ěr biān xiǎng qǐ sōng tāo shēng, fàng yǎn tiān biān yún shēng chéng

耳边响起松涛声，放眼天边云生成。

suì hán sān yǒu zuì zhī xìng, zhǔ zhàng tán xiào yì jìng zhōng

岁寒三友最知性，拄杖谈笑意境中。

松涛声隐约在耳畔回荡，仿佛携带一股神秘的力量。白云冉冉升起，给人以无限遐想。“岁寒三友”指的是松、竹、梅，它们是中国人所熟知的高尚道德的象征。在严寒的冬季，它们仿佛三位智者，皓首童颜，笑谈古今。这种从容的姿态让我们感受到拥有超凡脱俗的精神境界是何等潇洒快意的事情，也引导人们去追求内心的从容与宁静。雪松，原产于亚洲西部等地区，中国北方多有栽培。是当今世界最著名的庭园观赏树种。物语：不惧寒冷，感悟人生。

勋章菊

风吹云动山不移，只因峰高有根基。
本色若是花真谛，勋章菊披乾坤衣。

这首诗描绘了山峦的稳固和花朵的本真之美，表达出崇高的精神境界和追求纯粹的价值观。山峰高耸入云，不论风吹云动都能坚守自己的位置，寓意人们内心深处坚定的信念。花朵展示自己真实的本色，无需伪装，这种坚守初心的信念如同一枚勋章，是对我们峥嵘岁月的嘉奖。这首诗启发人们追求内心的真正价值，不受外界的干扰和诱惑。勋章菊，原产于南非。花大色艳，绚丽多彩，造型酷似勋章，故得名。物语：风流婉转，日月缠绵。

薰衣草

xūn yī cǎo

xūn yī cǎo xiāng liù yuè shí，tiān dì bèi jìn huā hǎi lǐ。
薰衣草香六月时，天地被浸花海里。

fēng yù jiě yǔ kǒng duō shì，shōu shēng dāng gè rěn jūn zǐ。
风欲解语恐多事，收声当个忍君子。

六月流金，天地仿佛被浸入一片花海。薰衣草的芬芳弥漫在空气中，美得令人窒息。诗中提到的风儿想要解读眼前的美景，却又收声当个忍君子。诗人似乎是在告诫我们：面对大自然的美景，我们应当保持沉默，静静欣赏，不要破坏这片宁静。这种懂得克制的品质，正是君子的美德。薰衣草，原产于地中海沿岸和欧洲各地及大洋洲列岛。色彩丰富，以白色最为名贵。蓝紫色穗状花，芳香四溢，绚丽多姿，美轮美奂。物语：紫韵草地，看见奇迹。

鸭跖草

yā zhí cǎo

wǎn chūn xiù sè luàn rén yǎn，bì chán huā kāi sì yuè tiān。
晚春秀色乱人眼，碧蝉花开四月天。
shuí jiā tián lǐ wú huà juàn，yuè měi yuè hǎo yue xǐ huan。
谁家田里无画卷，越美越好越喜欢。

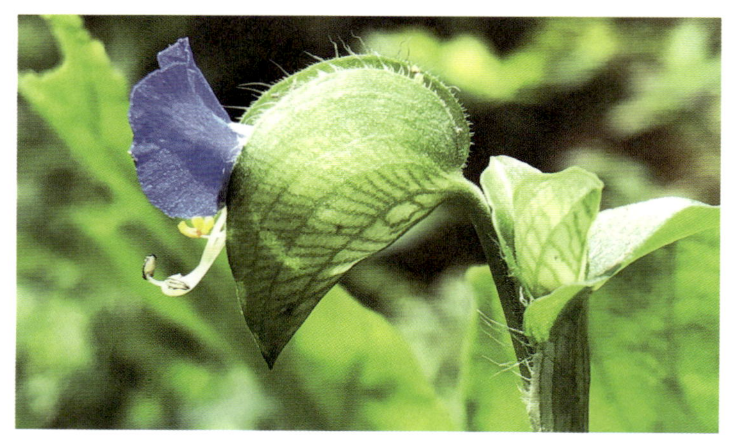

晚春时节，大地披上一层美丽的纱幕，无意间便映入我们的眼帘。碧蝉花盛放在四月天，雅丽如蝉，楚楚动人。田野间的美景无处不在，每一幅都让人心动不已。诗人用“越美越好越喜欢”这句诗，深情地表达了对自然之美的追求与喜爱，这也是全人类都具有的情感。鸭跖草，产于中国云南、四川、甘肃以东的南北各省区，越南、朝鲜、日本、俄罗斯远东地区以及北美也有分布。两叶如蝉翅，因而又名碧蝉草。物语：栉风沐雨，踏变而舞。

yān huǒ shù
烟火树

zhōng qiū míng yuè zhōng qiū yuán　yān huǒ shù shàng mèng zhèng hān
中秋明月中秋圆，烟火树上梦正酣。

qiān bān xiāng sī wàn bān niàn　jìn zài xīn huā nù fàng qián
千般相思万般念，尽在心花怒放前。

“东风夜放花千树，更吹落，星如雨。”辛弃疾笔下的元夕之夜与诗人描绘的月下中秋，同样都具有火树银花的璀璨盛景。这首诗以其优美的语言和含蓄的意境赞美了中秋节的美好，同时意蕴悠长。诗中，“千般相思万般念”有力地表达出人们“每逢佳节倍思亲”的浓厚情感，令读者感同身受。烟火树，产于菲律宾热带地区，全球热带地区有引种栽培。盛开时宛如群星闪烁，淡紫色细长花筒亦似盛放的烟火，极为别致。物语：延展漂亮，努力成长。

yuán huā
芫花

ǒu yù chūn guāng dàn rú shuǐ, jí dài hǎo yǔ wēi fēng chuī
偶遇春光淡如水，急待好雨微风吹。

yuán huā shèng kāi tiān dì zuì, yǐn de míng yuè yè bù guī
芫花盛开天地醉，引得明月夜不归。

春天的美景如一幅淡雅的水墨，令人心旷神怡。芫花急待好雨微风吹来，给它们注入新的生机和活力。待到芫花盛开，仿佛一群仙女舞动，又如一坛美酒，醉了天地，迷倒众生。此番美景引得明月忘记了归期，长久徘徊，不忍离去。诗人通过春光、雨水、微风、花朵和明月等元素展现出春天的曼妙，引人入胜。芫花，产于中国多个地区。早春三月先于叶开花，极为鲜艳美丽。为医书中记载的中药材。物语：花美于心，业精于勤。

yàn zi huā
燕子花

tiān wài zhī yīn suí fēng qǐ，yàn zi fǎn chuān guāng hé yī。
天外之音随风起，燕子反穿光合衣。

yuè liang tàn zhī huā xīn shì，gào zhī jīn shēng bù fēn lí。
月亮探知花心事，告知今生不分离。

天外仙乐随风而来，仿佛大自然在耳畔喃喃低语。“燕子反穿光合衣”这句颇有巧思，意味着燕子花没有吸收阳光，相反却释放出璀璨的光芒，极力渲染出此花的魅力。接下来，诗人又以浪漫的方式表达了大自然中的亲密关系。月亮作为夜空的明灯能够洞察一切，它知晓了燕子花的心事，许下终生不离不弃的誓言。燕子花，产于中国黑龙江、吉林等地，分布于日本、朝鲜和俄罗斯。花形如燕子飞翔，蝴蝶展翅，魅力十足。物语：幸运到来，开个痛快。

洋金花
yáng jīn huā

kuò bié xià tiān qiū fēng shuō　kāi fàng bái huā màn tuó luó
阔别夏天秋风说，开放白花曼陀罗。

shuí liào gāo jié wèn míng yuè　hé gù shēn hóu hán dú duō
谁料高洁问明月，何故深喉含毒多？

夏天即将离去，秋风姗姗而来，呼唤白花曼陀罗绽放姿态，清新纯洁的花朵象征着高尚的品质。然而，诗中提到的“何故深喉含毒多”很耐人寻味，似乎暗示了人们在追求美丽和高洁的同时，也可能会陷入内心的纷争与矛盾。事物的多面性，使得诗人对于美与善的探寻更加深刻。洋金花，别名：白曼陀罗。分布于热带及亚热带地区，温带地区普遍栽培。全株有毒，对中枢神经系统的作用明显，可作麻醉剂。物语：大地开悟，天然物语。

射干

清正之气人欢喜，盛夏迎来花如诗。
月光偶尔也淘气，任由射干绽放急。

这是一首颇有趣味的生活小品，让人读后心生愉悦。盛夏时节，花朵如诗般绽放。月光也偶尔逗趣调皮，它开足马力，将夜空辉映得恍如白昼一般。射干花急不可待地绽放花蕾，生怕错过一生中最炫丽的花季。诗人似乎是在告诉我们，每个人的生命都短暂而珍贵，我们应当像射干花一样，不负春光，闪耀舞台。射干，产于中国吉林、辽宁、河北、山西、山东、河南等地。盛开时，疏影小红见潇洒，碧绿浪漫透风雅。物语：清空如许，自求多福。

野棉花
yě mián huā

shān gǔ cóng lín ài gāo yuǎn, yě mián huā kāi xià qiū tiān.
山谷丛林爱高远，野棉花开夏秋天。

zhāo yáng shēng gāo dì píng xiàn, zhǐ wèi liú xià chūn xǐ huan.
朝阳升高地平线，只为留下春喜欢。

山谷丛林是大自然的宝藏，它们高耸入云，蔚为壮观。远离尘世的喧嚣，它们犹如巍峨的守护者，让人感受到大自然的磅礴力量。在这宏伟的背景下，野棉花绽放出它们独特的美丽。夏秋之际，野棉花如雪纷飞，在阳光的照射下绽放出耀眼的光芒。朝阳抬高了地平线，似乎是想替春天阻拦花儿归去，让花景永驻人间。野棉花，原产于印度和阿拉伯，分布于中国湖南、贵州、云南、四川等地。民间多挖取野棉花根入药。物语：心之幸福，源于知足。

野茉莉

yě mò lì

有限脉搏无限春，莫叫喷香消遣人。

yǒu xiàn mài bó wú xiàn chūn, mò jiào pēn xiāng xiāo qiǎn rén.

不是风流要叫劲，只因天下花如云。

bù shì fēng liú yào jiào jìn, zhǐ yīn tiān xià huā rú yún.

这首诗以明快的语言展现了春天的美好和花朵的繁盛，同时蕴含了深刻的哲理。诗人以“有限脉搏无限春”来形容生命的短暂和美妙；而“莫叫喷香消遣人”，则表达了诗人对浮华世俗的嗤笑。她认为执迷于某一种事物是浅陋的行为，因为天涯处处有芳华，我们应当“风物长宜放眼量”。当我们有诸多不满时，不妨看看远方的目标、想想理想所在。野茉莉，原产于中国，各地分布广泛。枝条招展，花朵洁白优雅。物语：心无旁骛，自我满足。

野蔷薇

yě qiáng wēi

yuè xià huā hǎi wú zhē lán，nǎ duǒ qiáng wēi bù jīng tiān。
月下花海无遮拦，哪朵蔷薇不惊天。

làng màn qià sì cuī lèi dàn，ài měi nuò yán dào yǎn qián。
浪漫恰似催泪弹，爱美诺言到眼前。

月色如水，映照着无边的花海，仿佛没有任何阻隔，让人感受到心灵的自由和宁静。其中的野蔷薇花更是引人注目，它们娇艳欲滴，惊天动地，这样的景象令人联想到爱情。浪漫如同催泪弹般让心灵为之触动，有情人在花丛中许下终生不渝的誓言。诗人借助野蔷薇的无比浪漫，表达了对唯美爱情的赞美，令人期待。野蔷薇，产于中国，分布于大江南北，日本和朝鲜也有分布。多为白色或粉红色或桃红色花朵，清香四溢。物语：爱的思念，崇尚浪漫。

yě wān dòu
野豌豆

yě wān dòu màn rào tiān liáng　yuè yá chuán shàng liú huā xiāng
野豌豆蔓绕天梁，月牙船上留花香。

gé shān yě yǒu fēng pèng zhuàng　yí shì tài yáng shēng chì bǎng
隔山也有风碰撞，疑是太阳生翅膀。

千万条野豌豆的枝蔓扶摇而上，穿过云端，绕过玉桥，攀援到月牙船上。它们将船儿点缀得影影绰绰，香气弥漫。这样的美景惹得天地万物都目眩神迷。远远地，我们仿佛听到风儿撞击山峰的巨响，看到烈日长出翅膀。它们急于奔来，赶赴这场美轮美奂的夜宴。野豌豆，原产于中国，分布于朝鲜、日本、俄罗斯，主要生长于中国西北和西南地区。人工栽培，可作为蔬菜食用。植株秀美，簇生花朵娇艳美丽。物语：万事看淡，内心安然。

野迎春

yě yíng chūn

tiān dì rèn yóu fēng yún chū, qīng xiè ér xià liú jīn yǔ.
天地任由风云出，倾泻而下流金雨。

chū chūn wú xū rén cuī cù, zǎo yǐ bèi hǎo jiāo xiǎng qǔ.
初春无须人催促，早已备好交响曲。

这首诗以自然景观为主题，以鲜花绽放、金雨倾泻为意象，描绘出天地间的奇妙与美丽。花朵恣意绽放，如同大地的主宰。而“倾泻而下流金雨”这句则令人想象到金色的雨水纷纷扬扬，给世界带来无尽的祝福与财富。初春之时，万物复苏，花朵迎来新的轮回，它们如交响乐奏起，彰显着春天无限的生命力。野迎春，产于中国四川西南部、贵州、云南。叶子碧绿色，开鲜黄色小花，阳光下一片金光灿烂，散发出淡淡的香味。物语：天然之景，美由心生。

野芝麻
yě zhī ma

hé chù guāng zhào kěn dān chéng, yě zhī ma huā zhèng dé fēng.
何处光照肯单程，野芝麻花正得风。
bà shū bù xǐ rén yǔ gòng, zhuāng bì piān yào bàn yuè xíng.
罢梳不喜人与共，妆毕偏要伴月行。

平生不行阳关路，踽踽孤影伴月行。诗人借野芝麻塑造的这个艺术形象与众不同，决绝而又坚定，具有极强的艺术感染力。任凭身畔繁花似锦，烈火烹油，他都不为所动。撇开熙熙攘攘的阳关道，对于旁人而言的独木桥在他眼中却独具价值。他不走回头路，一往无前地奔赴自己的理想，这种火热的精神令人崇拜敬仰。野芝麻，分布于中国东北、华北、华东等地区，俄罗斯、朝鲜及日本也有分布。全身是宝，可作蔬菜可入药。物语：搅动心湖，落满春雨。

一串红

yī chuàn hóng

yù yán yòu zhǐ yī chuàn hóng, fǔ yǎng dēng dǐng xiào chūn fēng.
欲言又止一串红，俯仰登顶笑春风。
tiān jiàng dà rèn xū zhēn zhòng, fán huā luò jìn mǎn yǎn kōng.
天降大任须珍重，繁花落尽满眼空。

这首诗笔触细腻，情感丰富。诗人以“欲言又止一串红”形容心中的话语无法言说，借红色作为表达情感的载体。红色象征着热情和炽烈，其中所蕴含的深情为读者带来强烈的触动。接着，“天降大任须珍重”，传递出责任和使命的感召。道阻且长，君须珍重。繁花绽放之后，所剩唯空，呈现出极其豁达的人生态度。一串红，原产于巴西和南美洲，中国引进栽培。盛开时，花朵形成花穗，火红热烈，绚丽夺目。全草入药。物语：托梦日月，向天诉说。

yī pǐn hóng
一品红

chūn fēng nòng yǐng hán qù yuǎn yù dí chuī de liǔ zhī xián
春风弄影寒去远，玉笛吹得柳枝闲。
yī pǐn hóng kāi jiào jīng yàn yòu dào xīn shǎng bǎi huā tiān
一品红开叫惊艳，又到欣赏百花天。

这首诗颇具中国古典诗歌的韵味，文辞优美。春风弄影，轻柔的风吹散了寒意，玉笛声在柳枝间回荡，天地一派悠闲自得。一品红绽放时的盛况令人惊艳，谁又在意它究竟是花是叶？又一年百花盛开，我们欣赏着花海的绚丽景象，正如我们一个个平凡之人努力呈现出的非凡人生。一品红，原产于中美洲，现遍布于热带和亚热带，中国分布广泛。朱红色的苞片形状如花瓣，众星捧月似的环绕着小小花朵，堪称护花使者。物语：大红大绿，风不嫉妒。

yī zhī huáng huā
一枝黄花

shuí shuō bù huì yǒu liáng yuán　yī zhī huáng huā xì tiāo xuǎn
谁说不会有良缘，一枝黄花细挑选。

huā hóng liǔ lǜ tài kōng fàn　tiāo gè jīn sè mí rén yǎn
花红柳绿太空泛，挑个金色迷人眼。

常言道，易求无价宝，难得有情郎。但在诗人看来，只要积极主动地争取，就一定会觅得良缘。诗人借一枝黄花的视角，描述它精心挑选爱人的情景。而“花红柳绿太空泛”这句诗，表现出花儿不仅坚信自己爱情的缘分，还宁缺毋滥，择偶标准颇高。这首诗风格诙谐，言辞直白，主题也很鲜明。一枝黄花，中国南方广泛分布。盛开时，金黄色花朵形成花穗，高挑张扬，十分美丽。为重要中药材，全草入药。物语：生命历练，无须语言。

银旋花
yín xuán huā

nián shào qì shèng qīng bié lí wàn lǐ wú yún dài guī qī
年少气盛轻别离，万里无云待归期。
zhǐ xū yī yǎn jiù míng jì yín xuán huā qíng yǒu shuí zhī
只须一眼就铭记，银旋花情有谁知。

年少时意气风发，相对于儿女情长，更向往远方的天地。但这一去就是浮云缥缈，万里无归期。留在原地的爱人就像银旋花一般，只能默默地凝视他远去的背影。正如古诗所言，“相去日已远，衣带日已缓。浮云蔽白日，游子不顾返。”也许只有当初一见钟情时的悸动，支撑着她无尽的思念。银旋花，原产于欧洲地中海沿岸，分布广泛。日开夜合很有特色，盛开时优雅别致、仙气满满。叶子为银绿色，优雅迷人。物语：相思万缕，任由飞舞。

银芽柳

yín yá liǔ

dōng xuě qián lái xì chūn qiū, xiāng yuē měi fān líng yún tóu.
冬雪前来戏春秋，相约美翻凌云头。

ruò fēi yín yá liǔ zhī shòu, huā jì shào nǚ zěn hào shǒu.
若非银芽柳枝瘦，花季少女怎皓首。

落花飘零，仿佛漫天飞舞的雪球，如梦似幻。它们相约飞到云霄之上，一起畅快地翻筋斗。后面两句“若非银芽柳枝瘦，花季少女怎皓首”很有婉约派诗词的韵味。要不是银芽柳的绿叶纷落，露出干瘦的树枝，我们怎能看到花季少女已经霜雪满头呢？诗人以问句的方式，凸显了对青春凋谢的感叹。银芽柳，原产于日本，中国东北、华北、华东等地区有栽培。花蕾覆盖红色苞片，开后露出绒毛状白色花穗，闪烁银色丝绒光泽。物语：且行且歌，无花可谢。

yín yè láng dé mù

银叶郎德木

tiān dì zhī jiān duō hòu tǔ shēn tíng guǎng yuàn huā shì zú

天地之间多厚土，深庭广院花事足。

yǐn rù yín yè láng dé mù fēng fù huí wèi wú qióng tú

引入银叶郎德木，丰富回味无穷图。

诗中，“天地之间多厚土”，让人们感受到自然母亲的宽厚与慈爱；“深庭广院花事足”，则描绘了庭院中繁花盛开的景象，暗示人类社会的美景其实也仰赖大自然的恩赐。银叶郎德木本是“宁凋不落”的铿锵性子，但为了给人间送去一份美好，也屈身来到庭院之中。银叶郎德木，原产于巴西、南美洲、墨西哥南部。叶片细长如竹，花冠漏斗状，簇拥盛开形成花团，优雅亮丽。特点是花朵即使枯萎也不肯落于地面。物语：形色可设，神韵难得。

樱草

得意高足又如何，冬季遇见风韵多。
樱草花开十一月，开至翌年迎春节。

诗中的“得意高足”本义是指得意弟子，在这里似乎可以理解成花季里绚烂的百花。它们是美好季节的象征，但在诗人看来，严冬中也有盛开的花朵。譬如樱草凌寒傲立，也许它们看似渺小，也不如牡丹、芙蓉典雅娇媚，但它们能在隆冬时节释放出温暖的光华。樱草，产于中国黑龙江、吉林、辽宁和内蒙古东部，分布于日本、朝鲜及俄罗斯。盛开时，簇生花朵细柄高挑，花冠紫色至淡红色，缤纷绽放，美丽娇艳。物语：最高境界，美出天外。

樱花

yīng huā

hóng zhuāng lǜ yī guǒ chūn shí, tiān dì dú měi yīng huā zhī.
红妆绿衣裹春时，天地独美樱花枝。
zuì pà fēng liú yǒu sì jì, jīng yàn guò hòu bù zhēn xī.
最怕风流有四季，惊艳过后不珍惜。

樱花盛开的景象令人陶醉，红妆绿裹，被诗人誉为“天地独美樱花枝”。遗憾的是，人们常常痴迷于芳华最盛之时，等到时过境迁，红颜凋零，就再也不会有丝毫眷恋。这首诗通过深刻的寓意，试图唤起人们对美好事物、记忆的留恋。无奈“喜新厌旧”是人类的通病，因此诗人才会发出樱花之叹吧。樱花，原产于北半球环喜马拉雅山脉地区。中国有50多个野生樱花品种。早春盛开时，美如胭脂初匀就，花外有花万花羞。物语：烟雨深深，岁月无尘。

yīng wǔ yù jīn xiāng
鹦鹉郁金香

hóng xiāo shēn chù chūn xiàng wǎn　bái yún màn yóu fēng yǔ xuān
红绡深处春向晚，白云漫游风雨轩。
shí guāng rú yān rèn biàn huàn　yù jīn níng xiāng huā mǎn yuán
时光如烟任变幻，郁金凝香花满园。

整首诗以婉约细腻的笔调，勾勒出一幅美好画卷。诗人运用红绡、春光、白云、风雨等唯美元素，使读者沉醉于如诗如画的春色之中，同时生出时光易逝，我们应当把握当下的感慨。郁金香是高贵而典雅的花卉，迷人至极；而花香满园的景象，更是渲染出一派热烈祥和的氛围，令整首诗呈现出积极昂扬的格调。鹦鹉郁金香，原产于土耳其，各国广泛栽培。由荷兰人于1999年发现，稀有名贵，因花朵形似鹦鹉的缤纷羽毛而得名。物语：仪态万千，绽放璀璨。

yīng zhǎo huā
鹰爪花

liú yún yǒu yǐng dà dì nuǎn　pò kōng sì jiàn wēn róu tiān
流云有影大地暖，破空似见温柔天。

yàn zi huí shén dìng jīng kàn　yīng zhǎo huā kāi dào rén jiān
燕子回神定睛看，鹰爪花开到人间。

流云飘动，仿佛在天空中留下了柔和的光影。燕子破空，穿梭于温柔的宇宙。它蓦然回首，看到鹰爪花盛开在人间。淡黄色的花瓣恍如雏鹰稚嫩的脚爪，包裹着一个个美好的梦境。这首诗通过细腻的描写和巧妙的比喻，将自然界的美景与人间生活相融合，展示出大自然的神奇与情意。鹰爪花，产于中国浙江、江西、广东等地，印度、越南、泰国等地有栽培或野生。叶子油绿，花朵淡淡黄色，花瓣形如鹰爪，芳香四溢。物语：素色香影，别具风情。

yíng chūn huā
迎春花

dì qiú cūn zhōng tīng pān tán yín hé fēng liú yòu huí nuǎn
地球村中听攀谈，银河风流又回暖。
yíng chūn shèng kāi huā xuàn làn tuī yún tuō yuè shàng bì tiān
迎春盛开花绚烂，推云托月上碧天。

地球村中的人们聚集在一起，欣喜地谈论春回大地，万物复苏的美丽景象。银河中波光粼粼，似乎在推送春天的脚步尽快抵达。迎春花早早地绽放在枝头，仿佛波澜壮阔的花海。它们唤醒沉睡了一冬的云和月，送上天空，布置成绚烂的春景。这首诗的巧妙之处在于用地球村指代了全人类，凸显了所有人对春的渴望。迎春花，产于中国，各地广泛栽培。金黄色花朵先于叶开放，盛开时金黄花瓣内心微见红晕，明艳可人。物语：尽情开放，从不张扬。

yóu chá huā
油茶花

huáng hūn xī yáng ruò xiāo hún　yàn ní dié fěn zěn cí chūn
黄昏夕阳若销魂，燕泥蝶粉怎辞春。
yóu chá huā qiǎn xiāng yù jìn　fēng liú zhé fú yuè měi rén
油茶花浅香欲尽，风流折服月美人。

这首诗以黄昏夕阳开篇，将其形容为销魂的美景。接着，诗人以燕泥蝶粉来表达春天的离去，寓意着时间的流转和生命的短暂。油茶花的浅香即将消逝，但它的余韵却令人回味无穷，甚至折服了风华绝代的月美人。这首诗通过细腻而典雅的文字，展现了黄昏时分的壮丽景色和离别的伤感，唤起了读者对生命的珍惜和思考。油茶花，中国长江流域及以南各省区盛行栽培。洁白色花和绯红色果实，壮观美丽。种子可榨油供食用。物语：红尘驿站，仙子下凡。

yóu chá guǒ

油茶果

jǔ mù fēi xuě rǎn qīng sī, fāng zhī shí guāng tài zháo jí.

举目飞雪染青丝，方知时光太着急。

yóu chá guǒ lǐ yǒu gù shi, dài fēng shuō yǔ qiū tiān zhī.

油茶果里有故事，待风说与秋天知。

青丝渐染飞雪愁，菱花镜里红颜瘦。不知不觉，韶华已经远去，曾经不知愁滋味的少年如今独立斜阳，看暮色苍茫。人生就像油茶果，历经蹉跎，饱满的果实中蕴满一生的故事。但阑干倚遍，又与谁人说？只有等秋天的风如约而至，也许能在盈盈浅笑中，再叙从头。油茶果，即油茶树的果实，可以榨取优质食用油，被称为东方橄榄油。油茶树开花后，需要历经秋、冬、春、夏、秋五季，果实方可成熟。物语：修行沉淀，大爱无言。

油桐

若得飘雪出红尘，眼前何处不是春。
欲开欲合欲花讯，欲远欲近天地新。

这首诗表现出诗人对纷扰尘世的洞察与思考。诗中，“若得飘雪出红尘，眼前何处不是春”，将飘雪与红尘相对立，抒发了诗人的超然情感。无论身处何地，只要心境纯净，处处都是春天的气息。后两句“欲开欲合欲花讯，欲远欲近天地新”，显得潇洒而通透。无论油桐花是开是合，距离是近是远，诗人都能发现其中的美感。油桐，产于中国陕西、河南、湖北、广西等地。簇生花朵洁白如玉，绚丽多姿。花落时，纷飞如雪。物语：温柔以待，随缘而来。

榆叶梅

yú yè méi

shān shuǐ jǐng wù rèn fēng chuī, chuī chū yī shù yú yè méi.

山水景物任风吹，吹出一树榆叶梅。

huā bù zuì rén chūn zì zuì, xǔ gè xīn yuàn mǎn tiān fēi.

花不醉人春自醉，许个心愿满天飞。

风吹过山水之间，榆叶梅迎风摇曳，秀气而妩媚。它的花朵虽不如其他花卉那般艳丽，却自有一种天然风韵。惹得春天都醺醺然，沉醉其中。漫天飞舞的花瓣，仿佛流星雨划过夜空。那是尘世间的人们许下的一个个心愿，寄托着美好的期待，飞向天际。诗人通过榆叶梅的形象，展示出平凡中蕴含的美丽和温暖。榆叶梅，产于中国黑龙江、内蒙古、陕西、江苏等地。因其叶子像榆叶，花朵似梅花，故而得名。物语：艳而不俗，月下解语。

yú měi rén
虞美人

xī yáng fǎn zhào xī liú guāng yú měi rén huā qíng sī cháng
夕阳返照惜流光，虞美人花情丝长。
qiū shì chén jìng chūn mú yàng rú tóng yuè liang zhuī tài yáng
秋是沉静春模样，如同月亮追太阳。

夕阳倒映天空，仿佛归家之前最后看向世界的眷恋目光，人们希望时间被定格，永远停留在最美的时刻。虞美人花款款地绽放，长长的情丝缠绕在心头。它的模样像春天般明媚，气质如深秋般娴雅，心中却涌动着不为人察觉的热情。它盼望能够追随爱人的脚步，“如同月亮追太阳”。虞美人，原产于欧洲，中国各地常见栽培。植株纤秀，花瓣圆形，花朵如绫而有光泽。多作观赏植物，最早盛开于焦土之上，色彩丰富。物语：半抹嫣红，风情万种。

yǔ shàn dòu

羽扇豆

sān yuè fēng jìn wàng tiān chóu　gēn zài tǔ zhōng xiè chūn qiū

三月风尽望天愁，根在土中谢春秋。

lǔ bīng huā míng yǔ shàn dòu　tiān dì zhī jiān yī qīng liú

鲁冰花名羽扇豆，天地之间一清流。

这首诗以细腻而优美的语言描绘了春风拂面、万物复苏的景象。春色无边，唤醒了人们对诗和远方的向往，但总有各种羁绊令人无法成行，就如羽扇豆根植在泥土之中，无从挣脱。不过，既然只能坚守在原地，履行自己的职责和使命，那就以纯净的心灵，坚韧的毅力和不懈努力创造出精彩的人生。羽扇豆，原产于地中海沿岸，中国有栽培。叶形似单瓣睡莲，花朵豆蔻状，由下自上渐次开放，形成花宝塔，极为美丽。物语：他乡故知，两两相依。

yù chán huā
玉蝉花

chū chén yāo yuē lán hǎi xiá biàn chéng hú dié fēi jìn jiā
出尘邀约蓝海霞，变成蝴蝶飞进家。

bì bō lè yuán bù yòng dà shuǐ zhōng wéi měi yù chán huā
碧波乐园不用大，水中唯美玉蝉花。

红尘喧嚣之中，诗人寻觅到一处清净之地，构建了自己的精神乐园。蓝色的海霞应邀前来作伴，幻化为绚丽典雅的蝴蝶翩翩而至，落地变成玉蝉花。诗中的“碧波乐园不用大”一句，表达了诗人对简约生活的向往。她不需要宏伟的景色，只需一池碧水，水上漂浮着唯美的玉蝉花，便已足矣。玉蝉花，产于中国东北地区，生长于沼泽地或河岸的水湿地。植株挺拔，叶子细长翠绿。花茎细高而优雅，花朵别致，风姿绰约。物语：夏日浪漫，美若花仙。

yù lán

玉兰

shuí shuō mù lán wú cháng yuē， líng kōng yòu sòng sān fēn xuě。

谁说木兰无长约，凌空又送三分雪。

bīng jī yù gǔ tiān chūn sè， fēn fāng liú gěi chí jié zhě。

冰肌玉骨添春色，芬芳留给持节者。

是谁说玉兰不会信守约定？当春风乍起，它便如约归来，以冰清玉洁的姿态绽放在树梢，宛如凌空送来三分冰雪。它的冰肌玉骨令大地的春色增添几许皎洁，即使高高在上令人不敢亲近，但没有人会质疑它高洁的品行。它将馥郁的芳香留给同样有操守的人们，庸俗而贪婪的人无法分享。玉兰，产于中国，广泛栽培。花瓣基部常带粉红色，花朵皎洁宛如玉树琼枝。盛开时满树白云飞扬，花瓣丰腴，可食用或熏茶。物语：名贵花卉，色香味美。

玉簪（yù zān）

盛夏吹起万绿风，阳光生成千枝红。
唯有玉簪不冲动，甘心做个白头翁。

shèng xià chuī qǐ wàn lǜ fēng, yáng guāng shēng chéng qiān zhī hóng.
wéi yǒu yù zān bù chōng dòng, gān xīn zuò gè bái tóu wēng.

盛夏带来了炎热的气息，风吹过大地，渲染出一片翠绿。阳光照耀下，花朵争相绽放，如千枝挂红彩，绚丽夺目。然而，在这热情奔放的季节里，唯有玉簪花沉稳淡定，不为外界的喧嚣所扰。它宁愿做一个白头翁，默默地陪伴，任岁月流转。这首诗传递出一种豁达的人生观，我们也应不被纷繁世事动摇，坚守内心的澄净。玉簪，原产于中国及日本，分布于中国四川、广东等地。植株精致，花苞色白如玉，因状似头簪而得名。物语：宽和高雅，纯洁无瑕。

yù jīn
郁金

hào rán zhèng qì rì yuè chǒng jiǎo dé jīng diǎn yě tí shēng
浩然正气日月宠，搅得经典也提升。
yù jīn yǎn yì yǔ zhòu mèng pín jiāng xīn yì sòng zhòng shēng
郁金演绎宇宙梦，频将新意送众生。

具有浩然正气的郁金花，博得了日月的宠爱。这让原本以艳丽姿态为世人瞩目的其他花卉有些忐忑不安。它们领悟到仅凭姿色不足以长久，要想继续成为经典，还需淬炼自己的品性和精神。郁金所呈现出的姿态正是大自然所期待的那样。不仅如此，它还不断提升自己，将新鲜的感悟传递给芸芸众生。郁金，产于中国东南部至西南部各地区。叶片大而油绿，入夏后，苞片美如荷花瓣，芳香浓郁。膨大块根可作中药材。物语：柔胜百花，作用独大。

郁金香

热情奔放郁金香，一寸春光一寸长。
美色长在额头上，冷艳直取太平洋。

诗人通过“一寸春光一寸长”，将春天的美好与郁金香的盛放相联系，二者紧密相连，相得益彰；“美色长在额头上”这句则颇为有趣，形象地描绘出郁金香高贵不容侵犯的凛然之姿。它冷艳的气质仿佛幽香一般，飘浮到太平洋之上，穿越风浪，给人以无尽的遐想。它们以高贵典雅的姿态，向世人展示着美的力量。郁金香，原产于欧洲，中国各地均有引种。花单朵顶生，色彩丰富。盛开时绚丽多姿，美艳绝伦。物语：盛开自我，向天而歌。

鸢尾

yuān wěi

měi cóng tiān jiàng yù hú dié，yuān wěi fēi lái fù huā yuē。
美从天降玉蝴蝶，鸢尾飞来赴花约。

liú bái bù pō dān qīng mò，zhǐ yīn miào qù héng shēng duō。
留白不泼丹青墨，只因妙趣横生多。

鸢尾花如成群的玉蝴蝶，纷纷扬扬，从天而降。接着，诗人以“鸢尾飞来赴花约”一句，形象地描绘出鸢尾花的娇美与真诚；而“留白不泼丹青墨”则是以意境化的手法、留白的绘画构思，展现出诗人对艺术的探索和对妙趣的追寻。这首诗兼具画面感和韵律感，令人感受到大自然的艺术魅力。鸢尾，产于中国山西、浙江、福建、贵州、西藏等地，日本亦有分布。叶子翠绿色，有蒲柳之质，盛开时风姿绰约，香气柔和淡雅。物语：化繁为简，美成三瓣。

yuān yāng mò lì
鸳鸯茉莉

zǐ xiá chū luò chén xiāng fēng，jiǎo yuè zhī tóu yòu bù tóng。
紫霞初落沉香风，皎月枝头又不同。

cí chūn jǐ shí zài shàng jìng，huā xié qiū shuǐ dài yù chéng。
辞春几时再上镜，花携秋水待玉成。

紫色云霞化成花朵，沉香变成它的芬芳，鸳鸯茉莉凭借色香双绝，在这个春季享尽人们的宠爱。但月亮在梢头悄悄移动，时光易逝，转眼已过花季。鸳鸯茉莉恋恋不舍地辞别大地，它不知何时才能重返人间，只得祈愿能够得到大自然的成全，与秋水一起多做盘桓。鸳鸯茉莉，原产于南美洲的巴西，热带地区广为栽培，中国云南、广东、深圳等地有栽培。盛花时至少可以见到两种颜色的花朵同时绽放，故名“鸳鸯茉莉”。物语：晚霞多娇，寓意美好。

yuán zhuī dà qīng
圆锥大青

yǎn shén rè liè yè bù mián　yuán zhuī dà qīng měi fān tiān
眼神热烈夜不眠，圆锥大青美翻天。

qīng qǐ zhū chún fēng zhèn hàn　huā yào yōng bào lǜ shān luán
轻启朱唇风震撼，花要拥抱绿山峦。

这首诗以细腻而富有情感的语言塑造了一个怀有炽热激情的艺术形象。它眼神热烈如夏日的花海；彻夜不眠，只因内心的情感汹涌澎湃。它就像火红的圆锥大青照亮夜空，轻启朱唇，对上苍吐露自己的心愿。最后一句“花要拥抱绿山峦”，是诗人借圆锥大青表达出自己迫切地想要实现理想。圆锥大青，产于中国福建、广东等地，孟加拉国、缅甸、泰国、马来西亚等国也有分布。花簇生抱团，开成橙红色花宝塔，美艳袭人。物语：源自青山，情意深远。

yuán zhuī shí tou huā
圆锥石头花

nèi xīn qiáng dà mǎn tiān xīng   zhuī yún zhú rì yǐ tiān chéng
内心强大满天星，追云逐日倚天成。

céng jīng chuān yuè zhōu gōng mèng   gù ěr bǎi dā wáng zhě fēng
曾经穿越周公梦，故尔百搭王者风。

我们常说“绿叶配红花”，而满天星虽然是花，却只能给别的花卉做陪衬。可是它并不自怨自艾，在诗人的眼中，它内心强大，就像满天繁星一样闪耀。它坚信自己也能够追云逐日，最终实现光辉的梦想。诗中还提到它曾穿越周公的梦境，鼓励周公甘当绿叶，这就是中国历史上著名的周公辅成王的故事。圆锥石头花，别名：满天星。产于中国新疆北部及西部。花小而多，花梗纤细，簇生小花朵似繁星点点，因而得名满天星。物语：轻松自在，开阔胸怀。

月季花

yuè jì huā

fēng xié yún lái jiǎn xì yǔ, jiǎn chū yī piàn xīn shuǐ hú.
风携云来剪细雨，剪出一片心水湖。

xīn yuè shū lǐ chūn tóu xù, fāng zhī yuè jì měi rú chū.
新月梳理春头绪，方知月季美如初。

风与云携手而来，将蒙蒙细雨编织的雨幕剪裁成一片碧波，恍若仙境。春天的脚步正在悄然而至，新月如细心的仙子，将春天的种种美好整理得井井有条。我们才发现，原来月季在春天里是如此美丽，绽放出无与伦比的风姿，即使历经沧桑也毫不褪色，一如初生之时的纯真。月季花，原产于中国，现世界各地已经广泛栽培。被称为花中皇后，四季开花，色彩丰富。盛开时如凌云红透翡玉白，风姿绰约仙子来。物语：自然高贵，熠熠生辉。

芸薹

yún tái

yún fēng jí mù bǐ jià shān，xié yáng qīng zhào tiān gāo yuǎn。

云峰极目笔架山，斜阳清照天高远。

xún cháng měi jǐng xún cháng kàn，huā hǎi wú rén zhī shēn qiǎn。

寻常美景寻常看，花海无人知深浅。

山峦如聚，云涛如怒，极目远眺之处是巍峨耸立的笔架山。伴随斜阳的清照，天空高远无边，眼前的景象让人们心旷神怡，意识到自身的渺小和肤浅。世间的美景随处可见，但在平凡人的眼中，只能看到美丽事物浮华的表象。熟视之后，再不留意。其实那绵延的花海神秘而深奥，无人知晓它的深浅，期待我们去探寻。芸薹，原产于欧洲，中国陕西、江苏等地有栽培。通常大面积种植，形成金黄色花海，浓郁香味随风飘荡。物语：花香芬芳，散金开放。

再力花

zài lì huā

yuè yǐng rù shuǐ fēng zhōu xuán，làng huā dàng de bō ér qiǎn。
月影入水风周旋，浪花荡得波儿浅。

chán mián bù pà tiān qiáo jiàn，zài lì huā yǒu fēng niǎo yuán。
缠绵不怕天瞧见，再力花有蜂鸟缘。

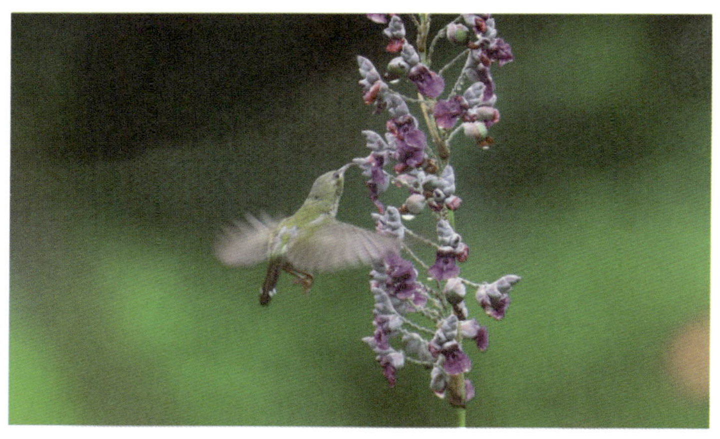

这首诗以月影入水和风周旋的形象描绘了一幅浪花翻腾的热闹画面。诗中表达出一种缠绵悱恻的情感，再力花与蜂鸟两情相悦，毫不在意外界的目光，尽情地沉浸在甜蜜的爱情之中。诗人热情地赞美了爱情，并传递出无畏与坚定的态度。无论外界如何看待，爱情的光芒永恒闪耀。再力花，原产于墨西哥及美国东南部地区，是一种优秀的温室花卉，现各国已经引进。花朵有的似含苞待放；有的如蜂儿吮蜜；有的恰小蝶欲飞。物语：清新可人，源于单纯。

zhēn diàn huā
针垫花

fèng huáng yú fēi qiān bǎi nián，zhēn diàn huā kāi jué jì tiān。
凤凰于飞千百年，针垫花开绝技天。

rì yuè ruò yǒu xīn gài niàn，wǔ zhǐ shān shàng qiāo jiàn pán。
日月若有新概念，五指山上敲键盘。

凤凰于飞，象征着坚韧不拔的精神和不朽的力量。它在苍穹中翱翔，阅尽宇宙变迁。针垫花宛如巧手绣娘的针包，暗示着具有才华之人，他们孜孜不倦地追求精湛的技艺，经过无数次自我突破才绽放出绚丽的光彩。正如时光流转、世事变迁，每个日出和月圆都将带来新的想法和理念，推动着人类社会不断进步。针垫花，原产于南非。花形独一无二，花瓣针状，细长柔美微弯成弧形，绯红中透出橙色，恰似烟花灿烂绽放。物语：说声需要，快递送到。

珍珠梅

依依不舍风撒欢，频频回首云伤感。
珍珠梅花多眷恋，怎没留我到冬天。

这首诗展现出对美好事物的眷恋之情。诗中的“依依不舍风撒欢，频频回首云伤感”两句，描绘了花季已过，珍珠梅离别时的不舍和伤感，让人不禁感叹人生的无常和离别的痛苦。而“怎没留我到冬天”这句更像是一句哀婉的痛诉，反映出诗人对于时机已过，天地无情的不甘，引发了读者的共情。珍珠梅，产于中国辽宁、吉林、黑龙江、内蒙古。花苞绿如翡翠，衬托着一簇簇刚刚绽放的白色小花。花蕾如珍珠，花形似梅花。物语：碧海叠雪，高洁之色。

栀子（zhī zi）

花留痕迹无定时，纵有余香谁人知。
（huā liú hén jì wú dìng shí, zòng yǒu yú xiāng shuí rén zhī）

地球敞开春心事，日月对话风不止。
（dì qiú chǎng kāi chūn xīn shì, rì yuè duì huà fēng bù zhǐ）

落花随风而逝，纵然留下淡淡余香，也无人能察觉其离去的痕迹，体会它离别时的伤感。地球赋予了春天最广阔的舞台，任它恣意地展现自我。日月殷勤地对话，却忽略了风的心事。这首诗将我们引入了一幅奇妙的自然画卷中，让我们在感叹自然伟大之余，也反思人生的短暂与各种失意。栀子，产于中国河南东南部、安徽南部及西部等地，各地广泛栽培。举目皆花香不如，寻常花开寻常家。花做茶之香料，果可提取色素。物语：芳香玉盘，任由舒卷。

蜘蛛抱蛋

zhī zhū bào dàn

jī qíng zǒu mǎ xīn lǐ biān， fēng yún jǐ dù yù shū zhǎn
激情走马心里边，风云几度欲舒展。
yī yè lán huā shèn shǎo jiàn， xì pǐn fāng zhī yǒu kàn diǎn
一叶兰花甚少见，细品方知有看点。

诗人非常擅长小中含大，阅微观宏的创作手法，这首诗也不例外。在她的奇思妙想之中，一叶兰的花心可以激情走马，精致的花瓣仰面向天，好似“风云几度欲舒展”。这种花卉看似普通，细品之下就会发现内含乾坤。其实，诗人是借花朵指代精神世界，无论顺境挫折，前进还是止步，全在一念之间。蜘蛛抱蛋，别名：一叶兰。产于中国台湾，日本也有。花朵贴地开放，形状奇特。叶片油绿，被誉为净化空气的重要花卉之一。物语：走过风霜，安然无恙。

zhí lì shān qiān niú
直立山牵牛

liú shuǐ làng gāo fēng wú yōu, huā měi zhí lì shān qiān niú

流水浪高风无忧，花美直立山牵牛。

hóng zhuān lǜ wǎ bù qiān jiù, tuō jǔ jiàng zǐ shàng yún tóu

红砖绿瓦不迁就，托举绛紫上云头。

春风无忧无虑，流水恣意奔行，眼前呈现出一派悠闲安宁的景象。直立山牵牛绽放娇媚的容颜，心中却涌现着不甘的情绪。它虽然傍依着红砖绿瓦，却不愿就此止步。它的梦想是能够攀援到云霄之上，让绛紫色的花朵在最高处绽放。诗人借山牵牛说出所有不甘于平凡之人的渴念，引发共鸣。直立山牵牛，原产于热带西部非洲，世界各地广泛栽培。白色小苞片裹住颜色各异的花筒，经常边开边谢，新花陆续盛开。物语：不会隐藏，热衷绽放。

zhòu pí mù guā

皱皮木瓜

zǎo bù hóng zhuāng wǎn bù xiāng　　liè yàn gèng bǐ lù làng qiáng
早不红妆晚不香，烈焰更比绿浪强。
jīn rì xiān yào dāng zǎi xiàng　　míng tiān zài zuò huā zhōng wáng
今日先要当宰相，明天再做花中王。

　　这首诗以独特的形象和抒情的语言，赞美了花朵烈焰般的生命力。诗中的"花中王"暗示了皱皮木瓜争强好胜的心态，它不甘于平凡，想要向荣誉的巅峰攀登。最后一句"今日先要当宰相"颇有几分谐趣，意思是即使拥有远大的志向，也得脚踏实地，逐步践行。诗人将花朵的美丽与人生的追求相结合，传递出积极乐观的正能量。皱皮木瓜，产于中国陕西、甘肃、四川等地，缅甸亦有分布。枝条招展飞扬，花瓣艳丽，味芳香。物语：花开无言，风有思念。

zhū dǐng hóng
朱顶红

duì jiē tài yáng shōu huò guāng　shèng xià zhèng wǔ shū yǐng cháng
对接太阳收获光，盛夏正午疏影长。
zhū dǐng hóng kāi huā piào liang　cháng pàn wēi fēng sòng liáng shuǎng
朱顶红开花漂亮，常盼微风送凉爽。

这首诗以自然景观为背景，通过描绘夏日午时的景象，展现了大自然的美丽和宁静。诗中提到的“对接太阳收获光”表达了热情的太阳给予生灵万物能量；接着，诗人又渲染朱顶红绚丽的姿色。不过，火红的花儿令这夏日更显热烈，难怪诗人会幽默地表示，“常盼微风送凉爽”。整首诗将夏日的美好瞬间展现得淋漓尽致。朱顶红，原产于巴西，世界各地广泛栽培。花朵大而优雅，各自逆向绽放，呈大红色或者洋红色。物语：绝代仙子，美得合时。

朱槿

zhū jǐn

yáng yáng dé yì zhuàng yuán hóng huā dǐ shēn chù yòu chūn fēng
洋洋得意状元红，花底深处又春风。

sì jì hán shǔ shuí yǔ gòng shēn biān zǒng yǒu yuè shēn yǐng
四季寒暑谁与共，身边总有月身影。

金榜题名，堪称人生三大乐事之一，正所谓“春风得意马蹄疾，一日看尽长安花。”但繁华过后归于沉寂，人们会发现一直陪伴在自己身旁之人才最为珍贵。“四季寒暑谁与共，身边总有月身影”两句描绘的正是此番情景。诗人借明月指代相守相伴之人，也给予这种长久又深挚的情感以赞美。朱槿，别名：状元红。分布于中国台湾、福建、广东、广西、四川等地。由于花色大多为鲜红色，岭南一带俗称为大红花。物语：浅匀浓红，淡妆成功。

zhū yīng huā
朱缨花

wèi qiū xiě gè bù xiǔ tiān, duō jiā fēng mì shǎo jiā yán
为秋写个不朽天，多加蜂蜜少加盐。

zhū yīng huā kāi měi wú xiàn, yù jiàn fēng liú jiù chéng quán
朱缨花开美无限，遇见风流就成全。

诗人巧妙地运用了比喻和暗示，使得这首诗的韵味更加深远。诗中的蜂蜜指代甜蜜，盐则暗喻泪水，诗人希望在成熟的金秋时节，每个人都能收获到丰硕的成果，多一些幸福，少一些遗憾。最后一句“遇见风流就成全”表达了诗人对爱情的赞美，她就像缠绵热烈的朱缨花般，为相爱之人送上浪漫的祝福。朱缨花，原产于南美洲地区，属于热带花卉，目前在热带和亚热带地区常有栽培。花瓣宛若丝绒绣球，雅致热烈。物语：美如丝玉，恰到好处。

zhū gě cài
诸葛菜

shì wài táo yuán cǎo mù xiān， zhū gě cài jiào èr yuè lán。
世外桃源草木鲜，诸葛菜叫二月兰。

zǐ huā kāi chū měi hú xiàn， zhuāng diǎn liáo kuò mián cháng tiān。
紫花开出美弧线，妆点辽阔绵长天。

首先，诗人运用了“世外桃源”这个意象，将读者带入一个遥远而神秘的世界。它象征着人们渴望的理想国，是一个避世而居的地方。接着，诗人用二月兰妆点这片净土，紫花的盛开点缀着广袤无垠的天地，可供食用的特质暗示衣食无忧。这样的描绘使人沉浸在无限愉悦的想象之中。诸葛菜，产于中国辽宁、河北、山东、浙江等地。花茎高挑优雅，错落有致，花紫色、浅红色或褪成白色，柔美动人，赏心悦目。物语：清秀花容，紫韵天成。

猪牙花

zhū yá huā

zhū yá huā zhī rèn xìng yáo，yǐn de fēng lái yǔ sī gāo。
猪牙花枝任性摇，引得风来雨丝高。
yì wài zhī qù tiān chēng dào，yuè yá wèi cǐ xiào wān yāo。
意外之趣天称道，月牙为此笑弯腰。

这首诗以独特的形象和细腻的描写，展示了自然界的美妙景色。猪牙花枝任性摇摆，吸引风儿和雨丝的关注。它萌萌的样子实在招人喜爱，令天地也为之惊叹，就连月牙也笑得弯下了腰。诗人通过描绘猪牙花的姿态，将大自然的情趣展现得淋漓尽致。猪牙花的摇摆不受拘束，展现出自由而奔放的气质。猪牙花，产于中国吉林南部，日本和朝鲜也有分布。叶子大而碧绿。花朵粉紫色，六片细长花瓣向上反卷起来，别有风韵。物语：夜色阑珊，温柔浪漫。

zhú yè lán
竹 叶 兰

wú fēng zuì yǒu ān quán gǎn　　tuī chū hǎo kàn zhú yè lán
无风最有安全感，推出好看竹叶兰。

xíng dào tiān shǐ huā tǐ·yàn　　gēng xīn dāng xià shěn měi guān
行道天使花体验，更新当下审美观。

　　诗人以独特的视角将我们带入了一个宁静和平的情境之中。竹叶兰美化了环境，堪称"行道天使"。它们招摇于春夏的旭日下，让人们的视觉享受得到满足。这首诗不仅仅是一首赞美自然的诗歌，更是对当下审美观的一种更新和引导。它告诉我们，简单而纯粹的美才最令人心动。竹叶兰，产于中国浙江、江西、福建等地，尼泊尔、不丹、印度等地也有分布。花朵大，白粉玫红相间，如同飞翔初落的蝴蝶，极为雅致。物语：天地喜欢，年年相见。

梓 zǐ

人生最长根情节，有根才有好结果。
（rén shēng zuì cháng gēn qíng jié，yǒu gēn cái yǒu hǎo jié guǒ）

梓定风波云错落，花底心语美成歌。
（zǐ dìng fēng bō yún cuò luò，huā dǐ xīn yǔ měi chéng gē）

　　葱郁的树冠在风中喃喃低语，那是绿叶对根的情意。如果没有根牢牢地扎进泥土，又怎会迎来繁盛的花季？诗中代入的"定风波"原义是一个词牌名，最著名的《定风波》就是苏轼的那首"一蓑烟雨任平生"。诗人在此诗中引用，可谓一语双关。她赞美梓树豁达的人生态度，同时也寄望它永远保持高洁的品质。梓，产于中国长江流域及以北地区，日本也有。梓树高大挺拔，簇生淡黄色或白色钟状花朵，形态别致，有清香。物语：疏影暗香，源远流长。

zǐ dīng xiāng

紫丁香

zǐ dīng xiāng kāi fēng xīn wén，nóng yù sī guī yè yǐ shēn。

紫丁香开风新闻，浓郁思归夜已深。

zhí zhǎng huā shì xū fēn cùn，měi dào hǎo chù dé rén xīn。

执掌花事须分寸，美到好处得人心。

天地间是否真的存在一位掌管花事的神仙，紫丁香在她的召唤下，绽放出浪漫的粉紫色花球。但诗人希望她不要让紫丁香开放得过于绚丽，因为极易被勾起浓郁的思乡之情。这首诗告诉我们，任何人或事物都应当把握分寸，过犹不及，尽量保持一份恰到好处的美丽。紫丁香，产于中国辽宁、内蒙古西部、河北等地。盛开时，几百朵淡紫色或玫红色小花簇拥成团，形成硕大的美丽花穗，香味浓郁，十分壮观。物语：芳香拍肩，安享明天。

紫花地丁

风吹田园繁华景，紫花地丁喜逸生。
天生任性不认命，自由绽放绿野中。

诗人深情描绘了田园风光中紫花地丁的生动形象，展现了其自由奔放、生机盎然的美态。首句“风吹田园繁华景”，先是铺陈出一派繁华景致。接着，诗人凸显出紫花地丁在野外恣意生长的愉悦。它们不受拘束，不屈从于命运的安排，独立而自由。紫花地丁，产于中国多个地区。植株精致叶子翠绿，早春盛开时，花茎由绿叶中伸出顶端绽放紫色小花，花姿优雅别致，端庄秀气，野趣横生。物语：万千回顾，只为相遇。

紫花凤梨

zǐ huā fèng lí

qīng zhuān bái fèng hóng mén tóu sī niàn zhī qíng tiān dì shōu
青砖白缝红门头，思念之情天地收。
tiě lán shēng lái bù qiān jiù huā bù róu ruò míng bù xiǔ
铁兰生来不迁就，花不柔弱名不朽。

紫花凤梨就像是花中的铁娘子，锦衣绣袍之下生就一副铮铮铁骨。虽然时常梦回故乡，记忆中的朱红门头，白缝勾勒、青砖堆砌的庭院没有丝毫岁月的痕迹，炊香袅袅伴随着亲人的笑语。但它强忍思乡情切，坚守着自己的使命。不畏风雨的侵袭，展现出坚强不屈的品质。紫花凤梨，别名：铁兰。原产于厄瓜多尔雨林地区。紫色花瓣从苞片内伸出，好似蝴蝶，有淡淡的香气。因其别致的形态而具有较高的观赏价值。物语：向阳而生，意志坚定。

zǐ jiāo huā
紫娇花

fēng yún chuán dì tiān míng lǎng, fān shài gū dú bù huāng táng.
风云传递天明朗，翻晒孤独不荒唐。

zǐ jiāo měi chéng huā diāo xiàng, jiù wèi dú zhàn xià zhī guāng.
紫娇美成花雕像，就为独占夏之光。

这首诗描绘了一幅令人陶醉的夏日景象。风云传递阳光，碧空万里明朗，宛如一幅壮丽的诗篇展现在我们面前。打开心扉，让阳光照进内心孤独的角落，并不是一件荒唐的事，因为我们每个人都需要被理解和安慰，坦白内心不应觉得羞耻。就像紫娇花如雕像耸立，典雅而高贵，它独自美丽，强势地占据着夏日的光芒。紫娇花，原产于南非。除花色外，其余特征与韭菜极其相似。盛开时大片粉紫色花海随风而动，绚丽夺目。物语：风轻云淡，自知冷暖。

zǐ jīng
紫荆

xián wài zhī yīn fēng chuī tán, xīn ruò wú niàn chūn gū dān。
弦外之音风吹弹，心若无念春孤单。

zhāo lái zǐ jīng zuò gè bàn, xiàng tiān zài jiè wǔ bǎi nián。
招来紫荆作个伴，向天再借五百年。

风儿拂过花丛，如琴弦轻拨，音符随风飘荡，透露出一种隐秘而动人的情感。“心若无念春孤单”这句是以春天的热闹景象反衬出内心的孤独，唤起人们对于情感的思考。紫荆花象征着陪伴与支持，给人以温暖和安慰。诗人畅想如果能拥有紫荆花一样的知音，足以消弭岁月中的无聊与孤独，那么不妨向天再借五百年。紫荆，原产于中国，各地广泛分布。三月伊始，整条枝子都缀满粉雕玉琢的花朵，花团锦绣，紫气东来。物语：缤纷紫锦，迎春风韵。

紫罗兰
zǐ luó lán

fēng xié huā shuō jià zhí guān, dǐ sè zhuàng jī gòng míng gǎn.
风携花说价值观，底色撞击共鸣感。
wàn zǐ qiān hóng wú yí hàn, huí huí yíng dé chūn tiān huán.
万紫千红无遗憾，回回赢得春天还。

这首诗以自然的风与花为载体，将价值观融入其中，传递出深刻而智慧的启示。风轻轻吹过，花儿随之摇曳，它们不仅是美的象征，更因为具有相同的价值观而成为灵魂伴侣。它们以柔和的力量触动我们的内心，唤起我们对精神契合的追求和珍视。诗人告诉我们，只有彼此间产生情感共鸣，才能克服生命中难以消弭的孤寂。紫罗兰，原产于欧洲南部，现世界各地广泛栽培。盛开时，花朵形态各异，有淡淡的桂花香味。物语：安静守候，总有尽头。

zǐ mò lì

紫茉莉

tiān xià zuì duō shì liáng yuán fēng huā xuě yuè xì tiāo xuǎn

天下最多是良缘，风花雪月细挑选。

zǐ mò lì kāi dà mǎn guàn kāi le běi biān kāi nán biān

紫茉莉开大满贯，开了北边开南边。

世间美好的缘分遍布各地，但对于每个人来说，却是可遇不可求的珍宝。风花雪月经过精挑细选，才发现紫茉莉的存在。诗人笔下的紫茉莉盛开得如此绚烂，仿佛彰显着生命的奇迹，以独特的芬芳俘获人心。诗人是想借这首小诗告诉读者，良缘无处不在，我们要坚信它的存在，用一双有爱的眼睛和纯洁的心灵去感受和寻找。紫茉莉，原产于热带美洲。盛开时，花朵呈现高脚杯形状，花团锦簇，鲜艳夺目。可药用。物语：风轻云岫，来去自由。

zǐ mù xu

紫苜蓿

qīng yǎ shàng bǎng xū fàng yǎn sàn dàn bù qù méi jié qián

清雅上榜须放眼，散淡不去眉睫前。

zǐ mù xu huā xiāng duì kàn jīng cǎi kāi fàng měi yī tiān

紫苜蓿花相对看，精彩开放每一天。

雾霭之中，款款走来一位花神。她身穿紫色衣裙，雪白的纤足踏过晨露浸染的绿草。她的面容清秀，气质淡雅，眉目间似乎脉脉含情，又似乎万事万物不萦于心。诗人笔下的紫苜蓿就是这样出尘的唯美存在，令人一见倾心。我们身边随处可见美丽的花草，却鲜少有人能从中领悟到“自在”的真实含义。紫苜蓿，原产于土耳其及周边国家。作为牧草引入中国，栽培历史距今已有2000多年。具有药用功效和生态价值。物语：风落掌心，无迹无痕。

紫瓶子花

zǐ píng zi huā

xià rì jǐng sè chòng tiān gē shōu fàng zì rú fēng jī huó
夏日景色冲天歌，收放自如风激活。
zǐ píng zi huā dà qì pò yù zuò xiāng wèi zhēng fú zhě
紫瓶子花大气魄，欲做香味征服者。

盛夏旖旎，如诗如画。微风轻拂，仿佛自然的音符在耳畔回荡。风儿激活了大地的生机，释放出无尽的能量，亿万花朵争先恐后地绽开花蕾，似乎唯恐错过这个花季。紫瓶子花盛开在广袤的大地，散发着迷人的芬芳。它们看似渺小，却拥有着想要征服世界的理想。紫瓶子花，分布于美国东海岸、大湖区及加拿大东南部，中国引进栽培。叶子翠绿，枝条张扬、细密，簇生花朵似小鞭炮，争先恐后悬垂绽放。物语：各出奇谋，巧思有余。

zǐ téng

紫藤

bù gāo bù dī bù píng fán，lěng yuè yín gōu xì yòu wān。

不高不低不平凡，冷月银钩细又弯。

zǐ téng jià xià yǒu dòng jiàn，bù diào yú ér zhǐ diào tiān。

紫藤架下有洞见，不钓鱼儿只钓天。

冷月仿佛银钩，轻巧地垂挂在钓竿上。花仙坐在紫藤架下，万里银河在她眼中不过是条小溪，她志存高远，“不钓鱼儿只钓天”。诗人以钓鱼为喻，表达了人们对于天地间种种奥妙的探索和追求。这首诗的美在于诗人极其炫丽的想象力，她这种俯仰天地，豪气万丈的精神具有很强的艺术感染力。紫藤，产于中国河北、辽宁、江西、内蒙古等地。盛开时，无数紫色豆蔻状精致花朵形成长花穗，悬垂于花架之下，极为壮观。物语：天性异常，宏观漂亮。

紫菀

独擅其美中秋前，精致只在绿丛间。
柔风软语轻声唤，何故紫菀今无言。

中秋之前，紫菀花在万花国中独擅其美，其他的花卉都黯然失色，诗人此时将紫菀之美烘托到极致。然而，中秋到来之时，紫菀却默默无语，似乎收敛了一切芳华，这样前后迥异的反差又是为什么呢？当然是因为碧空之中显现出无与伦比的中秋月，令紫菀花羞涩地垂下了头。这首诗明为写花，实则写月，呈现出非常巧妙的艺术构思。紫菀，产于中国东北、华北、西北地区。粉紫色细长花瓣，层层叠叠形成圆圆的丰润花朵。物语：为你停留，陪伴左右。

紫薇
zǐ wēi

bā yuè yǔ guò bié yàng jǐng, zǐ wēi huā shén níng bàn kōng.
八月雨过别样景，紫薇花神凝半空。
yù shǒu chù zhī yǐn chōng dòng, xiào shēng yuán yú shù xíng zhōng.
玉手触枝引冲动，笑声源于树形中。

八月雨歇，大自然焕发出别样的景色，美不胜收。紫薇花的神魄显现于半空中，含笑注视着繁花似锦的人间美景。一位佳人款款而来，她的纤纤玉手轻触紫薇花瓣，逗得花枝乱颤，耳边似乎能听到欢快的笑声。诗人以细腻的笔触描绘了雨后花林的秀美景观，紫薇花与人的互动更令这首诗充盈着温馨和情趣。紫薇，原产于亚洲，中国大部分地区有栽培。枝繁叶茂，轻轻触碰枝头花叶乱颤，故叫痒痒树。物语：枝头鸣凤，月落嫣红。

zǐ yù lán

紫玉兰

róng yuè liú guāng yān bō tiān zhī shàng chén shuì zǐ yù lán

溶月流光烟波天，枝上沉睡紫玉兰。

hū wén xì fēng huàn xiāng bàn wèi chūn shèng kāi yī zhěng nián

忽闻细风唤相伴，为春盛开一整年。

海中溶溶月，风吹醒烟波。枝上的花苞犹自酣睡，若有若无的幽香飘荡在空中，沁人心脾。突然，一阵细风吹拂而来，轻轻唤醒了紫玉兰的甜梦。这是春的使者，开启了新一年的花季。紫玉兰慵懒地伸展开来，呈现出倾城的姿态，相伴永年。紫玉兰，别名：辛夷、木笔。产于中国福建、湖北等地。为中国特有观赏植物，有两千多年的历史，现已被多国引种。含苞待放时形态别致，盛开后花朵如莲向天开放。物语：为春添彩，惊艳世界。

zǐ yún yīng
紫云英

zǐ yún xiān jìng zǐ yún yīng kāi chū èr yuè dōng fēng jǐng
紫云仙境紫云英，开出二月冬风景。
nán guài hán shuāng yào chōng dòng yǒu shuí bù ài huā róu qíng
难怪寒霜要冲动，有谁不爱花柔情。

诗人以紫云英灿烂的花景构建出一个仙境。二月春寒料峭，紫云英的花瓣如雪花纷纷扬扬，仿佛冬天的脚步尚未走远。引人赞叹的是，紫云英虽然具有凌霜傲雪的风姿，却也不乏婉转柔情。它们大概是所有男子心中最理想的伴侣，既能在受到创伤时享受最温柔的慰藉，又能在风雨中并肩前行。紫云英，产于长江流域各省区，中国各地栽培。顶端簇生豆蔻花朵，自然形成白里透紫的小花球。嫩梢亦供蔬食。种子可入药。物语：豆蔻美妆，相得益彰。

紫珠
zǐ zhū

xī fēng wú yì tà yuè míng，jù sàn cháng zài fú yún zhōng。
西风无意踏月明，聚散常在浮云中。
jīn yè fēng yǔ bù jìn xìng，zhǐ yīn zǐ zhū tài cháng qíng。
今夜风雨不尽兴，只因紫珠太长情。

这首诗以优美的言辞和独特的意境展现了诗人深沉的情感和对缘分的珍视。西风指代的是秋风，转眼又到秋风萧瑟，洪波涌起的季节，明月与浮云在空中纠缠，似乎在依依惜别。但今夜的风雨显得格外温柔，也许是它们也不忍心看到默默坚守爱情的紫珠被摧残而凋零。人世间的离合与相聚如同浮云，但纯洁的情感自会感动天地。紫珠，产于中国河南、江苏、湖南、广东等地。秋季枝头挂满一簇簇的紫色珍珠。物语：极致境界，装满真爱。

醉蝶花
zuì dié huā

jié bái dié jiā yìng rì hóng zuì dié huā zī yī yè chéng
洁白叠加映日红，醉蝶花姿一夜成，
bù shì fēng liú bù xīn dòng nán shě jìn zài yǎn shén zhōng
不是风流不心动，难舍尽在眼神中。

醉蝶花洁白与热烈的红色交相辉映，仿佛将整个春日都染上了欢愉的色彩。它仿佛是一夜之间破茧而出的蝴蝶，展示出迷人的风姿。风儿专注地凝视着醉蝶花，难舍的情感在眼神之中尽情流转。诗人想将这一刹那的美好永远珍藏在内心深处。这首诗展现了诗人对自然之美的领悟，也传递了人们心中对于美的渴望和眷恋。醉蝶花，原产于热带美洲。粉红色醉蝶花盛开时形成丰满的花球，几十朵小花簇拥起舞，轻盈飘逸。物语：花之形状，天地风光。

zuì yú cǎo
醉鱼草

hú dié mì fēng xié chūn fēng，zuì yú cǎo zhōng tóng lǚ xíng。
蝴蝶蜜蜂携春风，醉鱼草中同旅行。

huā xiāng yuán le shēng tài mèng，měi jǐng xiū fù tiān xīn qíng。
花香圆了生态梦，美景修复天心情。

蝶儿与蜂儿相逢在星夜的海上，它们乘坐醉鱼草编织的小舟，在时光之流中畅游。蝴蝶和蜜蜂的邂逅，象征着自然界中各种生物之间或远或近的关联。它们和谐地相处在同一个世界，共同构建美好的自然生态。诗中还提到了“花香圆了生态梦，美景修复天心情”，表达的是诗人对环境保护的重视与呼吁。花香和美景不仅能修复自然的创伤，同样也能供给人类精神给养。醉鱼草，产于中国江苏、安徽、浙江、江西、湖北等地。物语：若有信仰，幸福绵长。

物语集

花卉类

X

西洋杜鹃　　物语：天下花木，和睦相处。
喜荫花　　物语：冰碎玉壶，超然之物。
细叶水团花　　物语：早种晚植，风月深思。
虾脊兰　　物语：空谷幽兰，芳香百年。
虾子花　　物语：饱食大餐，无须花钱。
狭叶白蝶兰　　物语：如若罕见，必会惊艳。
夏蜡梅　　物语：清新脱俗，赏心悦目。
仙客来　　物语：美若胭脂，从不缺席。
仙羽蔓绿绒　　物语：自然物种，来去随风。
苋　　物语：紫芝散淡，专美于前。
香彩雀　　物语：记忆河里，心如赤子。
香花槐　　物语：宁静淡泊，简约生活。
香青兰　　物语：视之不同，皆因野生。
香石竹　　物语：母爱于天，报答无限。
香豌豆　　物语：同名同姓，各有作用。
香雪兰　　物语：各负其责，活跃生活。
香雪球　　物语：花有清香，天无沧桑。
向日葵　　物语：追随阳光，成就梦想。
小丽花　　物语：花样情结，尽醉山河。
杏花　　物语：风姿绰约，占尽高洁。
雄黄兰　　物语：悬垂之美，绝好风水。
绣球小冠花　　物语：绿野葱茏，绝非凡境。
绣球荚蒾　　物语：温馨好看，美却两难。
绣球藤　　物语：时空交错，六月见雪。
须苞石竹　　物语：月高风清，缤纷前行。
萱草　　物语：沃野丰沛，堆金叠翠。
旋覆花　　物语：亮丽底色，前景开阔。

雪花莲　　物语：玉阶雪滴，无可收拾。
雪莲花　　物语：天地物语，源自净土。
雪松　　物语：不惧寒冷，感悟人生。
勋章菊　　物语：风流婉转，日月缠绵。
薰衣草　　物语：紫韵草地，看见奇迹。

Y

鸭跖草　　物语：栉风沐雨，踏变而舞。
烟火树　　物语：延展漂亮，努力成长。
芫花　　物语：花美于心，业精于勤。
燕子花　　物语：幸运到来，开个痛快。
洋金花　　物语：大地开悟，天然物语。
射干　　物语：清空如许，自求多福。
野棉花　　物语：心之幸福，源于知足。
野茉莉　　物语：心无旁骛，自我满足。
野蔷薇　　物语：爱的思念，崇尚浪漫。
野豌豆　　物语：万事看淡，内心安然。
野迎春　　物语：天然之景，美由心生。
野芝麻　　物语：搅动心湖，落满春雨。
一串红　　物语：托梦日月，向天诉说。
一品红　　物语：大红大绿，风不嫉妒。
一枝黄花　　物语：生命历练，无须语言。
银旋花　　物语：相思万缕，任由飞舞。
银芽柳　　物语：且行且歌，无花可谢。
银叶郎德木　　物语：形色可设，神韵难得。
樱草　　物语：最高境界，美出天外。
樱花　　物语：烟雨深深，岁月无尘。
鹦鹉郁金香　　物语：仪态万千，绽放璀璨。
鹰爪花　　物语：素色香影，别具风情。
迎春花　　物语：尽情开放，从不张扬。

油茶花　物语：红尘驿站，仙子下凡。
油茶果　物语：修行沉淀，大爱无言。
油桐　物语：温柔以待，随缘而来。
榆叶梅　物语：艳而不俗，月下解语。
虞美人　物语：半抹嫣红，风情万种。
羽扇豆　物语：他乡故知，两两相依。
玉蝉花　物语：夏日浪漫，美若花仙。
玉兰　物语：名贵花卉，色香味美。
玉簪　物语：宽和高雅，纯洁无瑕。
郁金　物语：柔胜百花，作用独大。
郁金香　物语：盛开自我，向天而歌。
鸢尾　物语：化繁为简，美成三瓣。
鸳鸯茉莉　物语：晚霞多娇，寓意美好。
圆锥大青　物语：源自青山，情意深远。
圆锥石头花　物语：轻松自在，开阔胸怀。
月季花　物语：自然高贵，熠熠生辉。
芸薹　物语：花香芬芳，散金开放。

Z

再力花　物语：清新可人，源于单纯。
针垫花　物语：说声需要，快递送到。
珍珠梅　物语：碧海叠雪，高洁之色。
栀子　物语：芳香玉盘，任由舒卷。
蜘蛛抱蛋　物语：走过风霜，安然无恙。
直立山牵牛　物语：不会隐藏，热衷绽放。
皱皮木瓜　物语：花开无言，风有思念。
朱顶红　物语：绝代仙子，美得合时。
朱槿　物语：浅匀浓红，淡妆成功。
朱缨花　物语：美如丝玉，恰到好处。
诸葛菜　物语：清秀花容，紫韵天成。

猪牙花　　物语：夜色阑珊，温柔浪漫。
竹叶兰　　物语：天地喜欢，年年相见。
梓　　物语：疏影暗香，源远流长。
紫丁香　　物语：芳香拍肩，安享明天。
紫花地丁　　物语：万千回顾，只为相遇。
紫花凤梨　　物语：向阳而生，意志坚定。
紫娇花　　物语：风轻云淡，自知冷暖。
紫荆　　物语：缤纷紫锦，迎春风韵。
紫罗兰　　物语：安静守候，总有尽头。
紫茉莉　　物语：风轻云岫，来去自由。
紫苜蓿　　物语：风落掌心，无迹无痕。
紫瓶子花　　物语：各出奇谋，巧思有余。
紫藤　　物语：天性异常，宏观漂亮。
紫菀　　物语：为你停留，陪伴左右。
紫薇　　物语：枝头鸣凤，月落嫣红。
紫玉兰　　物语：为春添彩，惊艳世界。
紫云英　　物语：豆蔻美妆，相得益彰。
紫珠　　物语：极致境界，装满真爱。
醉蝶花　　物语：花之形状，天地风光。
醉鱼草　　物语：若有信仰，幸福绵长。

花间物语

新韵诗歌（珍藏版）

美月冷霜　著

第五辑

中国财富出版社有限公司

图书在版编目（CIP）数据

花间物语：新韵诗歌：珍藏版．第五辑 / 美月冷霜著．—北京：中国财富出版社有限公司，2024.9

ISBN 978-7-5047-8033-1

Ⅰ．①花…　Ⅱ．①美…　Ⅲ．①诗集—中国—当代　Ⅳ．① I227

中国国家版本馆 CIP 数据核字（2023）第 252094 号

策划编辑　朱亚宁　　责任编辑　贾紫轩　蔡　莹　　版权编辑　李　洋
责任印制　梁　凡　　责任校对　张营营　　责任发行　杨恩磊

出版发行　中国财富出版社有限公司
社　　址　北京市丰台区南四环西路 188 号 5 区 20 楼　　邮政编码　100070
电　　话　010-52227588 转 2098（发行部）　010-52227588 转 321（总编室）
　　　　　010-52227566（24 小时读者服务）　010-52227588 转 305（质检部）
网　　址　http://www.cfpress.com.cn　　排　　版　河北佳莹文化发展有限公司
经　　销　新华书店　　印　　刷　三河市天润建兴印务有限公司
书　　号　ISBN 978-7-5047-8033-1/I·0370
开　　本　710mm×1000mm　1/16　　版　　次　2024 年 9 月第 1 版
印　　张　38.75　　印　　次　2024 年 9 月第 1 次印刷
字　　数　521 千字　　定　　价　188.00 元（全 5 辑）

诗人的话

我在花间等你来，让我们一起倾听大自然。
我在花间等你来，说着只有我们自己明白的语言。
我在花间等你来，品味我们灵魂深处最美的浪漫。
诗和远方，且行且伴。时光云轩，阳光灿烂。
让我们拥有花间物语，明媚人生每一天……

明月如钩高挂时
好运欲来风先知
山楂若无醉人意
款待天下最相宜

举杯满饮梨花白
垂柳软扫风怀开
醉人醉心叫大麦
天香擎出美酒来

春风吹乱胭脂妆
空中柔情暗飞扬
桃花雨中含羞望
天边可有定惊王

金梭开织几千年
白云出岫风流欢
只有山莓不肯变
意欲红透人间天

序　言

周　敏

花卉，是自然赐予人类最美丽的礼物。它们以其缤纷的色彩、娇艳的形态和迷人的芳香，为我们的生活增添无尽美好。花卉，是天地间的精灵。它们以自己独特的方式与人类无声地交流，带给我们欢乐和宁静，抚慰我们或躁动、或忧伤的心灵。

千百年来，中国文坛以花为题或者风格如花般绮丽婉约的诗作浩如繁星。就艺术价值而言，《花间物语》是一部新古典风格的诗集。诗人以七言诗体融合或瑰丽、或典雅、或疏阔、或直白的笔墨，将中国式浪漫挥洒得淋漓尽致。就思想性而言，《花间物语》既是一部大自然的颂歌，也是人类反躬自省的内心剖白。诗人热情地歌颂自然的伟力，花卉的唯美；真挚地描绘包含亲情、友情、爱情在内的种种情感；深切地反省人类作为万物之灵长的傲慢、对天地间看似微末的美好事物的忽视。尤为重要的是，诗人始终怀揣积极乐观的心态，殷殷劝勉，春风化雨。

跟随诗人的笔触，读者将走进色彩斑斓的花海之中。每一种花卉都彰显出独特的个性和魅力，挥洒着神奇的能量和无穷的生命力。我们仿佛看到花儿招摇在风中的绝美姿态；面对严苛自然条件时凛然伫立的风采；不为世俗侵染、洁身自好的气节；向往自由纯洁境界的灵魂。诗集中的每一朵花、每一行字，都呼唤着我们对大自然的尊重和保护，提醒我们感恩天地的馈赠，启迪我们发掘生活中点滴之美。为我们构建丰沃澄澈的精神家园，鼓舞我们不畏艰险，勇敢前行。

诗集中每一首诗歌，都辅以图片、诗评、注解、物语供读者鉴赏。它们汇聚成充满魔力的手掌，为我们轻轻推开万花国神秘的大门。我们能以花为镜，汲取智慧；我们能执花为炬，探索真理。

谨以此书，献给所有沉醉于花之灵魂的朋友。愿每一个读者都能够在这个喧嚣的世界中找到一片安宁的净土。愿风霜永不能消磨我们对美的信仰。愿花儿绵延万里，生生不息。

目录
contents

新韵七言话百花

bā bǎo
八宝

huā zhī měi sè fēng wú yuán，gù pō qiū yǔ xì jǐng tiān。
花之美色风无缘，故泼秋雨戏景天。
kě xī qíng sī zhǎn bù duàn，zhì jīn huán rào zai xīn jiān。
可惜情丝斩不断，至今环绕在心间。

八宝花绽放之时，天地仿佛都璀璨生辉。风儿得不到花儿的青睐，便喊来秋雨打湿花瓣。这两句诗颇有趣味，让我们联想起少年时爱慕一个人，却总喜欢用戏弄的方式引起对方的注意。当然这样做很容易弄巧成拙。这不，八宝花显然对它爱搭不理，它只得将这份情丝埋藏在心底。八宝，别名：景天。产于中国云南、贵州、江苏、辽宁等地，现已广泛栽培。小花密生，有白色、粉红色、玫红色。为优质观叶观花植物。物语：吉祥植物，带来福禄。

白玉兔

bái yù tù

qiān huā wàn huā dà guān yuán，huā jiān làng màn shí guāng xuān。
千花万花大观园，花间浪漫时光轩。

bái yù tù huā kāi de màn，què yě měi dào rén xīn jiān。
白玉兔花开得慢，却也美到人心尖。

这首诗先是为我们展现了一个花的世界。“轩”做动词是飞翔的意思，诗人是想表达在花的海洋里，因为呈现出的景色无比唯美浪漫，令人感觉时光飞逝。其中，白玉兔就像个发育迟缓的少女，当别的花朵已经婀娜多姿时，它还萌萌的像个小孩。尽管如此，它还是美进了人们的心里。可见世间万物各有美妙之处，无需妄自菲薄。白玉兔，原产于墨西哥中部高原，中国栽培选育。植株圆球形或椭圆形，密布细长白绵刺。物语：包容相悦，互惠团结。

cǎi yún gé
彩云阁

xiàng wǎn shōu qǔ làn yín pán　cǎi yún gé shàng fēng yuè tiān
向晚收取烂银盘，彩云阁上风月天。

shēng lái jiù shì jīn bù huàn　nǎ gè jiàn le dōu xǐ huan
生来就是金不换，哪个见了都喜欢。

黄昏时分，天边一轮明月灿烂如银，但逐渐被彩云掩盖。彩云阁伫立于广袤的大地，在略显阴晦的天色中越发显得碧绿莹润，风姿无边。它生来就是一副华贵的模样，无论谁见了都会心生爱慕。诗人似乎是想告诉我们，这世间总有些事物生来就无法用金钱去衡量。彩云阁，原产于非洲西南部纳米比亚的热带地区，中国引种栽培。挺拔直立，分枝如灌木状。棱形茎秆碧绿色，高低错落，姿态优美，还可根据光照变换颜色。物语：友情相伴，信任久远。

cháng shòu huā
长寿花

táo zuì fāng zhī yùn lǜ gāo　　rù mèng shǐ jué tiān dì xiǎo
陶醉方知韵律高，入梦始觉天地小。
cháng shòu huā kāi qiū rè nao　　xīn xǐ hóng yán bù céng lǎo
长寿花开秋热闹，欣喜红颜不曾老。

当我们真正沉浸在音乐之中，才能领略到旋律的美妙；当我们陷入甜梦乡中，才会发觉现实世界的渺小。这两句诗是在表述：忘我地投入某件事中，会不知不觉摒弃了世俗的干扰，而丰足的精神财富同样会令我们挣脱物质世界的桎梏。盛开的长寿花象征着生命的珍贵和短暂，我们应当珍惜青春年华，致力于创造有价值的人生。长寿花，原产于南欧。全年翠绿，花色丰富。每一花茎顶端盛开几十朵小花，美艳至极。物语：健康平安，福寿双全。

fēi huā yù

绯花玉

tiān dì wàn wù fēng liú zú　shí guāng ǒu sòng chūn shí yǔ

天地万物风流足，时光偶送春时雨。

lìng rén xuàn mù fēi huā yù　róu qíng róu de yuè xiāng fú

令人眩目绯花玉，柔情柔得月相扶。

这首诗以优美的语言描绘了大自然的壮丽景色。天地万物各有风姿，总会有生命最炫丽的时刻，也总会有幸运降临。就像上天普降甘露，春雨滋润万物。绯花玉和月亮相互辉映，它们在最美好的时光里相逢，两情相悦，享受爱情的甜蜜。诗人以优雅的文采和抒情的笔调，引发人们对生命的热爱和对美的追求。绯花玉，原产于阿根廷安第斯山脉，中国栽培选育。长有少量尖刺，整株墨绿色，花朵生于球体顶端，色彩丰富。物语：甜蜜欢歌，饱满温和。

hóng bèi jiāo cǎo
红背椒草

qiān shān wàn shuǐ rèn xiāo mó　rén shēng kǔ duǎn yào qǔ shě
千山万水任消磨，人生苦短要取舍。

hóng bèi jiāo cǎo zhī chāo yuè　dǔ xìn xiāng ài lè qù duō
红背椒草知超越，笃信相爱乐趣多。

这首诗以简洁的语言表达了对人生的思考和对生活的态度。诗人通过“千山万水任消磨”表达了面对人生中的困难和挑战，我们要勇往直前的理念；“人生苦短要取舍”则提醒我们要明智地选择，抓住事物的关键，抛弃无关紧要的琐碎。我们应学习自由生长的红背椒草，勇于超越自我，大胆追求真爱。红背椒草，原产于南美洲热带地区。小巧玲珑，叶面暗绿色，叶底红色或紫红色，为优质观叶植物，精巧别致，独具特色。物语：千红染透，绿了春秋。

hóng qí lín
红麒麟

tiān dì mián yán fēng liú chūn rì yuè shài chū hóng qí lín
天地绵延风流春，日月晒出红麒麟。

hán zhī xiāo sǎ mǎn qiū yùn měi zài tóu dǐng yàn zài xīn
寒枝潇洒满秋韵，美在头顶艳在心。

天地绵延，春意盎然，世界舞动着生动而美妙的韵律。红麒麟沐浴在明媚的阳光和皎洁的月色下，仿佛大自然诞育的神奇生灵。等到深秋的脚步由远及近，枝干变得枯瘦，落英缀满大地，红麒麟依旧茁壮丰盈，展现出强悍的生命力。它的美不仅体现在外表，还存在于纯净而坚强的心灵。红麒麟，原产于南非，中国南方栽培选育。幼株整体翠绿，毛刺鲜红色。成年后，长刺坚硬，呈紫红色，株形优雅。物语：坚定忠诚，个性勇猛。

hóng yuán lián huā zhǎng
红缘莲花掌

liè jiǔ nóng chá hǎo shí guāng　zuì měi hóng yuán lián huā zhǎng
烈酒浓茶好时光，最美红缘莲花掌。

bì shàng yǎn jing xì sī liang　wèi shuí kāi huā wèi shuí máng
闭上眼睛细思量，为谁开花为谁忙。

诗人运用简洁而形象的语言描绘了红缘莲花掌之美，并从中获得感悟。天圆地方象征着宇宙间的规则，严苛而又自然；红缘莲花掌被誉为最美的花卉，它没有经过任何人为的雕琢，一切就像宇宙秩序一样自然而然。但是人类却无法做到没有目的地生活，不问来处，不问归程，我们总要思考生命的意义和价值。红缘莲花掌，原产于大西洋加那利群岛，中国多地有分布。叶片排列成莲花状，镶有红褐色边线，优美耐看。物语：开朗大方，欢快成长。

hóng zhī yù jǐn
虹之玉锦

chūn gēng chūn zhòng chūn huá tiān, qiū fēng qiū shōu qiū sè wǎn.
春耕春种春华天，秋风秋收秋色晚。

hóng zhī yù jǐn jí guāng zhàn, dǎ kāi yǎn jiè kàn de yuǎn.
虹之玉锦极光站，打开眼界看得远。

这首诗暗喻付出与收获之间的密切关联。诗中的“春耕春种春华天”，展示了农民辛勤劳作的景象，同时也寄寓美好的希望；而“秋风秋收秋色晚”，描绘的是秋天的金黄色调和收获的喜悦。诗的后两句“虹之玉锦极光站，打开眼界看得远”内涵丰富，劝诫人们不要一味地埋头苦干，而是要有更广阔的眼界和远大的目标。虹之玉锦，别名：极光。原产于墨西哥，中国栽培选育。叶子如珠似玉，圆润光滑，排列成莲花状。物语：优雅健康，直达理想。

花盛球

huā shèng qiú

huā shèng qiú kāi měi ruò xiān，zhǐ yào yī duǒ jiù wú yán。
花盛球开美若仙，只要一朵就无言。

míng mèi shèng chūn rén chēng zàn，hé bù qián lái kāi kāi yǎn。
明媚胜春人称赞，何不前来开开眼。

在一般人的认知中，花盛球平平无奇，其实它绽放之时，一朵花就能令整个世界都沉醉其中，忘记言语。它的明媚胜过春天，没有见识过的人一定会感觉遗憾。其实现实生活中这样的现象比比皆是，我们眼中平凡的事物也许都蕴藏着巨大的魅力，值得我们去探究和品味。花盛球，又叫仙人球。原产于阿根廷及巴西南部的干旱草原，中国引种普遍栽培。植株圆形或者长圆形，有羊毛状刺。花色丰富多彩，花朵大而艳丽。物语：内柔外刚，自然绽放。

huā yuè yè
花月夜

hóng biān shí liu chū shàng zhuāng huā yuè yè xià màn xīn shǎng
红边石榴初上妆，花月夜下慢欣赏。

shēng gè bǎo bèi líng dang zhuàng lián zuò zhī shàng wén fāng xiāng
生个宝贝铃铛状，莲座之上闻芳香。

相传女皇武则天在感业寺为尼时，曾写下著名的诗篇《如意娘》，中有名句“不信比来长下泪，开箱验取石榴裙”。石榴也一直被用来形容美女的风情。在这首诗中，“红边石榴初上妆，花月夜下慢欣赏”两句将花月夜渲染得娇艳迷人，莲花状的形态也为它平添几分超凡脱俗的气质，引人遐想。花月夜，原产于墨西哥。植株形状酷似莲花，日照充足的情况下叶边会变红。开花时黄绿色细茎上开出一串串铃铛形的小黄花。物语：展望美好，分外娇娆。

huáng máo zhǎng
黄毛掌

léi míng diàn shǎn liù yuè chū　wǔ shí lüè zhèn fēng jǐ xǔ
雷鸣电闪六月初，午时掠阵风几许。
tiān qíng yún sàn yǔ shōu chù　huáng máo zhǎng shàng liàn yàn yú
天晴云散雨收处，黄毛掌上潋滟余。

盛夏时分，雷鸣电闪，狂风席卷而过，仿佛沙场秋点兵，给人们带来无比震撼的视觉感受。待到云散雨收，天空明朗，阳光透过云层照耀下来，刚才风雨肆虐的景象似乎只是一场错觉。黄毛掌茸茸的毛刺上还挂着些许水珠，散发出晶莹的光华。令人联想起平湖潋滟，恍如隔世。黄毛掌，原产于墨西哥北部的高原地区，中国多地栽培选育。翠绿嫩黄色，布满金黄色毛刺。花淡黄边缘带红晕，叶片似兔耳朵形，趣致可爱。物语：掌有冷香，丰富想象。

jī xīng měi rén
姬星美人

tiān shàng luò yǔ shuǐ liú zǒu　liú rù dì xià bù huí tóu
天上落雨水流走，流入地下不回头。
jī xīng měi rén jiào duō ròu　měi dào bào pén cái bà xiū
姬星美人叫多肉，美到爆盆才罢休。

这首诗的开篇两句令人联想起隋炀帝杨广所写的《江陵女歌》，“雨从天上落，水从桥下流。拾得娘裙带，同心结两头。”诗人笔下的姬星美人似乎也情意缱绻。它不仅如小家碧玉娇艳明媚，楚楚可怜，还蕴含着惊人的能量。在遇到心爱之人时便会恣意地绽放，似乎点燃生命一般，令人赞叹不已。姬星美人，原产于西亚和北非的干旱地区。莲花形状，开五片花瓣的淡粉白色小花。叶片圆润，美如碧玉，很容易养到爆盆。物语：旺盛向上，绿色能量。

金枝玉叶

jīn zhī yù yè

tiān dì jī dàng wǔ qiān nián, wàn lǐ jiāng shān rì yuè tiān.
天地激荡五千年，万里江山日月天。

jīn zhī yù yè wú huā bàn, gù yì bǎi kuò qún fāng qián.
金枝玉叶无花瓣，故意摆阔群芳前。

天地激荡五千年，见证着中华民族的辉煌历程。银河春景犹如画卷展开，恰似北宋王希孟所绘的《千里江山图》。金枝玉叶虽然没有花瓣，却拥有艳冠群芳的气势。它睥睨万花国，展现出空前绝后的风采。这首诗充满瑰丽的想象，表达出极其强大的文化自信。金枝玉叶，原产于非洲，中国多有栽培。新枝碧绿色。在阳光照射下，肉质嫩叶会变成粉红色或者紫红色，极为奇特，美艳绝伦，不是花而胜似花。物语：花的温柔，染红枝头。

九轮塔

望月声里别斜阳，秋风过处好风光。
九轮塔上开个唱，是片彩云就着忙。

月兔东升，斜阳话别，秋风所过之处，大地耀金，果香扑鼻。诗人首先铺陈出一幕充满成熟气息的金秋图景，即使离别也不带有丝毫忧伤的痕迹。诗中的“九轮塔上开个唱，是片彩云就着忙”，以幽默的方式表达了九轮塔上欢快轻松的氛围。在诗人的眼中，它哪里是一株植物，俨然是一座灯火辉煌，莺歌燕舞的宝楼华阁。九轮塔，原产于非洲西南部，中国引种栽培。在充足的光照下变成橙红色或紫红色，开簇生小花。物语：随和热情，锦瑟堆成。

jiǔ píng lán
酒瓶兰

rú jiàn cháng yè fēng chuī ruǎn hào dàng ér lái jiǔ píng lán
如剑长叶风吹软，浩荡而来酒瓶兰。

jiù zhe yuè guāng zuì zhōng xuàn shén cǎi shēng dòng chū tiān rán
就着月光醉中炫，神采生动出天然。

修长的叶片仿佛软剑，看似柔若无骨，弹指犹有龙鸣。辛弃疾曾有名句，“醉里挑灯看剑，梦回吹角连营”。诗人笔下的酒瓶兰就兼具沙场点兵的雄浑激荡和月夜醉酒的豪气浪漫。诗人称它“神采生动出天然”，我们仿佛看到一位怀揣拳拳之心的将军，在以青春和热血践行保家卫国的誓言。酒瓶兰，原产于墨西哥，中国引进栽培观赏，北方多作园艺或盆栽。植株奇特，茎秆下部粗大，形状像个大肚子酒瓶，颇具观赏价值。物语：难得一见，美醉天眼。

lì guāng diàn
丽光殿

lì guāng diàn qián zuì hóng yán dàn jiàn huā róng měi shàng tiān
丽光殿前醉红颜，但见花容美上天。

yuè liang wān yāo jìn xìng kàn máng shuō dà dì yě xǐ huan
月亮弯腰尽兴看，忙说大地也喜欢。

这首诗以绮丽的意象和优美的语言表达了对丽光殿的赞美。我们仿佛看到一位美丽的女子在欢宴之上，酒后微醺，面带飞红的万种风情，她的美丽就连月亮都屈尊俯视。只见她裙袂飘飘，直欲飞到云霄之上，引得大地急忙拽住她的裙摆，殷勤挽留。这首诗充满浪漫主义色彩，为我们构建了一个如梦似幻的场景。丽光殿，原产于墨西哥，中国多有栽培。花朵位于近顶部老刺座的腋部，大而艳丽。不容易开花。物语：任意舒卷，阳光灿烂。

liáng tiān chǐ
量天尺

bì bō yān yún wú shēn qiǎn fěi cuì gé shàng yuè guāng huān
碧波烟云无深浅，翡翠阁上月光欢。

chén lù zhēn xī shàng lín yuàn bù jiào fēng shēng jīng huā mián
晨露珍惜上林苑，不教风声惊花眠。

碧波如镜，烟雾渺渺。翡翠阁上的月光欢快地舞动，仿佛婉转的音符在空中流淌。清晨的露珠如同宝石般珍贵，轻轻滑落在上林苑的花朵上，唤醒了沉睡的大地，却不敢打扰花儿的美梦。诗中提到的上林苑本是中国秦汉时期的皇家园林，诗人代入这个典故，也为这首诗增添了华贵典雅的气质。量天尺，分布于中美洲至南美洲北部，中国引进栽培。花漏斗状，洁白如雪，于夜间开放。硕大浆果玫红色，可食，名为火龙果。物语：花美果艳，气势惊天。

令箭荷花

lìng jiàn hé huā

lìng jiàn hé huā mèng nán xǐng，zhǐ yīn měi zài chī shǒu zhōng。
令箭荷花梦难醒，只因美在痴守中。
qíng zhì shēn chù jiē yōu jìng，bù bì wèi yuán dài tiān míng。
情至深处皆幽径，不必为缘待天明。

诗人通过“令箭荷花梦难醒，只因美在痴守中”这两句，开门见山地表达出自己对爱情的态度。如果将爱情比喻为迷人的美景，那么世间有众多沉迷其中而无法自拔的人。他们往往因为“有缘无分”而抱憾终身。但在诗人看来，这些悲剧可以避免。尽管爱情可能带来伤害，但她依然鼓励人们勇于付出真情，而不是等待命运的安排。令箭荷花，原产于美洲热带，中国栽培甚广。枝扁平叶状，形似令箭，花似睡莲，因而得名。物语：含羞瞬间，惊艳千年。

liú lí diàn
琉璃殿

shān qīng shuǐ xiù lǜ chū gé　liú lí diàn zhǔ wán fēng chē
山清水秀绿出阁，琉璃殿主玩风车。

yuè xià xíng zhōu xū zhuǎn duò　tài měi làng huā huì fā huǒ
月下行舟须转舵，太美浪花会发火。

琉璃殿这名字实在太美，诗人由此延伸出丰富的想象。在一个恍如仙境的地方，山峦连绵起伏，清澈的水面波光粼粼，簇拥环抱着飞檐斗拱，金碧辉煌的殿宇。琉璃殿的主人悠闲地把玩风车，或者在月夜泛舟。她手拈一株仙葩，散发出不逊于月色的光芒，引得浪花心生嫉妒。这首诗意境唯美，展现了大自然的壮丽和美妙。琉璃殿，原产于南非和西南非，世界各地有栽培，中国引进培育。肉质叶片肥厚，排列成莲花座形状。物语：独立执着，流翠欢歌。

lóng yuè

胧月

shā mò yáo yáo zài tiān biān, wǎn xiá yōu yōu qīng shān yuǎn.

沙漠遥遥在天边，晚霞悠悠青山远。

zhǐ yǒu lóng yuè bù xiāng jiàn, qiāo qiāo zhàn kāi huā róng yán.

只有胧月不相见，悄悄绽开花容颜。

胧月原指朦胧且微微明亮的月光，本身就极具浪漫唯美的色彩。诗人借此描绘出一幅意境悠远的水墨丹青。沙漠广袤无垠，延展到天边。青山隐隐，笼罩着彩霞如练。不知为何，本当出现的明月却不见踪影。在这静谧的天地中，胧月悄悄地绽放，不是花朵却比花朵更加娇艳。它的光泽皎洁无暇，仿佛天上的明月坠落在人间。胧月，原产于墨西哥。光照充足时，叶片淡粉红色至粉紫色，有光泽。整株形状既似莲花又像风车。物语：积极超越，力量之作。

lù jiǎo hǎi táng
鹿角海棠

shì jiān zuì shēn jiào gǎn qíng，rú shuǐ rú yún rú chūn fēng。
世间最深叫感情，如水如云如春风。
lù jiǎo hǎi táng pēng rán dòng，yī wēi zhǎng chéng míng mèi jǐng。
鹿角海棠怦然动，依偎长成明媚景。

这首诗描绘了人们最深层的情感，如同水流云涌、春风般温柔。诗人将鹿角海棠塑造成两情相悦的情人，它们心有灵犀，并肩而立，静静地凝视着彩霞满天，期待日复一日地相伴。这首诗给人一种温暖而宁静的感觉，让人们感受到爱情的纯粹与深沉。没有华丽的辞藻，却能直击心灵。鹿角海棠，原产于非洲西南部，中国引进栽培选育。花大顶生，有的花美如菊，有的粉妆淡抹，有的洁白如雪，黄色花蕊，娇艳至极。物语：热切期望，成功奔放。

měi lì rì zhōng huā
美丽日中花

chūn fēng chuī lái dà qíng tiān, gāo guì wú yì kāi mǎn yuán
春风吹来大晴天，高贵无意开满园。

měi lì rì zhōng huā làn màn, jǐ duǒ yǐ jīng mí rén yǎn
美丽日中花烂漫，几朵已经迷人眼。

春风拂面，温暖而清爽，万里碧空，令人心情愉悦。在无边春色中，美丽日中花骄傲地抬起头。它气质高贵，特立独行，无意以数量取胜，装点整个花园。它们如同花中贵族般高雅而自信，只需绽放几朵，就足以令人们陶醉。这首诗以凝练的语言和别致的视角描绘出美丽日中花的特质。尤其是它的性格突出，令人倾心。美丽日中花，原产于非洲南部。花朵具有金属光泽，绚丽多彩，令人流连忘返。向阳而开，傍晚闭合。物语：绕指风流，美至心头。

千代田锦

叶如山峰无枝条，千代田锦待春晓。
谁知太阳开玩笑，问君可否相携老。

这首诗的创作角度非常别致，富有神话色彩。太阳在诗人的笔下幻化成一个类似于宙斯的形象，他流连花丛之时注意到清秀内敛的千代田锦，不顾对方怀揣对忠贞爱情的憧憬而出言试探，甚至戏谑地许下终生相伴的海誓山盟。诗人显然不赞成这种轻佻的玩笑，对单纯的千代田锦报以深切的同情。千代田锦，原产于非洲南部，中国各地广泛栽培。叶色斑斓。开花时，抱茎长出细筒状花朵，橙红色或橙黄色，别致优雅。物语：奋发图强，吉祥兴旺。

珊瑚珠

shān hú zhū

tài yáng bō kāi guò yǎn yún，xīn shǎng tiān dì zài gēng xīn。
太阳拨开过眼云，欣赏天地再更新。
duō ròu shān hú zhū xiān nèn，gèng bǐ hóng bǎo xī yǐn rén。
多肉珊瑚珠鲜嫩，更比红宝吸引人。

诗人运用形象生动的语言，展现了大自然的美妙景象。炙热的阳光驱散了云层，天地焕发新生，寓示着又一场生命轮回的到来。随后，诗人描绘了新鲜的珊瑚珠晶莹圆润的模样，比红宝石更具诱惑。整首诗情感饱满，语言简练，给人们带来了视觉和心灵上的双重享受。珊瑚珠，原产于墨西哥，中国引进观赏。为多肉花卉中的微型品种，叶子圆润如珠，多肉多汁，秀色可餐。叶如其名，外观如同紫红色珍珠，圆滚可爱。物语：生性活泼，天天快乐。

沙漠玫瑰

shā mò méi gui

shí guāng bù lǎo wàn wù shēng, shā mò méi gui huā chuán qíng
时光不老万物生，沙漠玫瑰花传情。

cháng wèi xiāng féng ér gǎn dòng, gǎn shòu dōng rì sì chūn fēng
常为相逢而感动，感受冬日似春风。

山川异域，风月同天。虽然我们分处于不同的地域，但拥有同一个时空。沙漠玫瑰以它独有的魅力沟通人们的情感，拉近人们心与心的距离。诗中提到的“常为相逢而感动，感受冬日似春风”描述的正是人们因为有缘而相聚，又因相聚而产生情感的美好场景，即使身处严寒也如沐春风。沙漠玫瑰，原产于非洲，中国多地栽培观赏。叶子翠绿，有光泽，冬季落叶。花的颜色有白色、粉红色、紫红色、玫红色等，艳丽多姿。物语：自信长情，坚持成功。

少将

shào jiàng

dà dì rèn yóu tiān fàng fēng，shào jiàng shēng cún yǒu yào lǐng。

大地任由天放风，少将生存有要领。

xuàn lì běn shì huā shēng mìng，wéi měi shàng dài qù wán chéng。

绚丽本是花生命，唯美尚待去完成。

自由的风穿梭于天地之间，映照着自然的壮丽景色。这首诗以广袤的宇宙为底色，将自然的力量与美丽融为一体。少将这种植物同人类一样，都需要凭借智慧与勇气克服生命中的艰难险阻，追求生存的真谛。它们积蓄所有的能量，只为绽放出最炫丽的花朵。这首诗既是对大地的礼赞，也是一首生命的赞歌。少将，原产于南非。喜温暖、干爽的气候和光照充足的环境。花单生，雏菊状，金红色，花茎从中缝中抽出。物语：无尽苍穹，彩虹当空。

shuǐ jīng zhǎng
水晶掌

duō ròu qún lǐ liú cuì wáng, lì jīng fēng yǔ yǒu zhǔ zhāng。
多肉群里流翠王，历经风雨有主张。
lóng chuáng tái qù gāo shān shàng, tài yáng shōu xià shuǐ jīng zhǎng。
龙床抬去高山上，太阳收下水晶掌。

这首诗以豪迈且不失优雅的方式编织了一个神话故事。首先，“多肉群里流翠王”一句形象地描述了水晶掌的风范。它凭借娇艳欲滴，如翡翠般华贵的外形和气质成为族群的王者。它历经风雨，拥有出众的智慧和坚定的信念。在高山之上，它以自身向太阳神献祭，祈求族群繁荣昌盛。水晶掌，原产于南非，中国引进栽培。叶片莲花座状排列，浑圆、透明，翠绿色，质地如水种翡翠或含翠琉璃，有碧绿色条纹。物语：温暖如春，友谊长存。

tiān shǐ zhī lèi
天使之泪

níng zhī lián xiāng pēn bó chū, yuán yè bā qiān zhuī xīng zú
凝脂莲香喷薄出，圆叶八千追星族。

tiān shǐ zhī lèi fēng hē hù, jīn yè xīn liáng yǒu mèng wú
天使之泪风呵护，今夜新凉有梦无？

这首诗以清新的意境勾勒出一幅美丽的画面。天使之泪晶莹的叶瓣犹如凝脂，莲花的造型散发出迷人的芬芳。它的光泽恍如繁星，诗人风趣地称之为“追星族”。微风小心地呵护着它，使之安心地沉浸在新秋微凉的梦境之中。这首诗充满了恣意的想象和浪漫的氛围，天使之泪花如其名，令我们置身于纯美的诗意之中。天使之泪，产于墨西哥。马奶子葡萄状叶片圆润带细微白粉，表面嫩滑如凝脂，形似欲滴的泪珠，故而得名。物语：得天独厚，珠玉通透。

筒叶花月

tǒng yè huā yuè

tǒng yè huā yuè chāo tiān zhēn　wéi shān jiǔ rèn dāng zhǎng mén
筒叶花月超天真，为山九仞当掌门。
zòng shǐ hóng chén bù xiāng wèn　fēng liú zhào yàng ài bié rén
纵使红尘不相问，风流照样爱别人。

诗人以优美的笔触塑造出一个天真纯洁的人物形象。首句“筒叶花月超天真”形象地描绘了他的天真无邪，宛如绽放的花朵和明亮的月光一般动人。他手中握着的翠玉流光溢彩，就像他本人一样高贵灵动。纵然身处红尘，他仍然保持着内心的纯真，不为世俗所扰，不与尘世相争。筒叶花月，原产于南非纳塔尔省。叶子奇特，翠绿色，如同吸管一般，四季常绿，星状花，淡粉白色。整株形状优雅美丽，造型别致。物语：互相欣赏，倾心向往。

wǔ shí líng yù
五十铃玉

mò dào nián nián huā bié lí，wǔ shí líng yù dài guī qī
莫道年年花别离，五十铃玉待归期。
céng jīng gòng chàng yī tái xì，kù shǔ hán dōng gè zì zhī
曾经共唱一台戏，酷暑寒冬各自知。

诗人以“莫道年年花别离，五十铃玉待归期”开篇，用花的开放与凋零来比喻人生中的相逢和离别，传达出一种对时光的理解和坦然的态度；“曾经共唱一台戏”，暗示着人们在命运的舞台上相遇、相知、相伴；末句“酷暑寒冬各自知”则表达了在困难和逆境中，每个人都要自己承担，各自体验生活的苦辣酸甜。五十铃玉，分布于南非沿海地区，中国引进栽培。叶片淡绿圆润，顶端透明，形似玉棒。花朵艳丽，美若雏菊。物语：和平之色，安定生活。

wàn chóng shān
万重山

qiě gē qiě xíng wàn chóng shān，mǐn yú tǐ yàn tóng gēn yuán。
且歌且行万重山，敏于体验同根源。

zhǐ tiān zhù shàng fēng yún luàn，bù céng wù le kāi huā tiān。
指天柱上风云乱，不曾误了开花天。

这首诗表达了诗人对人生的深刻感悟。诗人以“且歌且行”比喻在人生的旅程中，既有歌唱的欢乐，也有行走的艰辛。她敏感地体会到自然界和人类社会间同根同源的密切关联，并从中寻求生命的真谛。“指天柱上风云乱”寓意人生中的起伏和变幻。但无论经历多少坎坷，生活总会迎来美好的花季。万重山，原产于墨西哥，中国多地栽培。形似山峦，又如奇石林立，纵棱上布满灰白色的短刺。物语：阳光明媚，花开富贵。

仙人掌
xiān rén zhǎng

rè liè dāng shǔ tài yáng guāng, yú shēng hěn cháng xū yào qiáng.
热烈当属太阳光，余生很长须要强。

shā mò shēn chù cún xī wàng, fāng míng jiù jiào xiān rén zhǎng.
沙漠深处存希望，芳名就叫仙人掌。

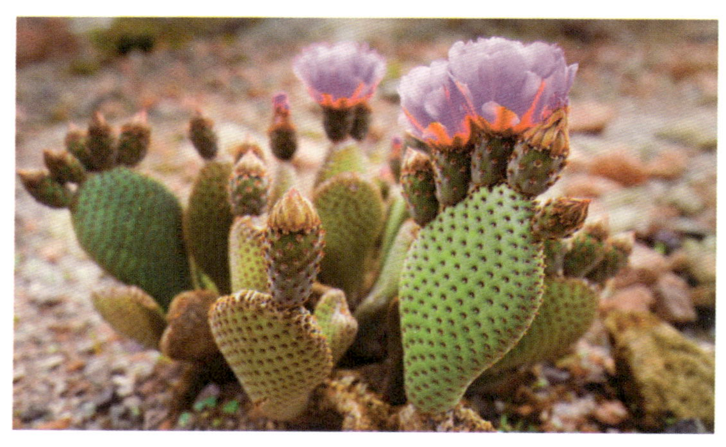

这首诗充满着对生活的热爱和向往，让人感受到积极向上的正能量。仙人掌是一种具有强悍生命力的植物，它能够在沙漠中生长并繁衍后代，象征着生命的顽强和坚韧。诗人借用仙人掌来赞美那些在生活中坚持不懈、勇往直前的人，鼓励人们不断追求自己的梦想。仙人掌，原产于墨西哥东海岸、美国南部及东南部沿海等地，中国于明末引种。植株强壮，茎叶粗大，全身布满毛刺，花朵大而美。物语：渲染坚强，热情奔放。

小松绿

xiǎo sōng lǜ

rì chū rì luò rèn fēng wǔ, fēi huā fēi cǎo fēi shì sú
日出日落任风舞，非花非草非世俗。

cuò luò yǒu zhì xiǎo sōng lǜ, zhǐ ài yáng guāng bù ài yǔ
错落有致小松绿，只爱阳光不爱雨。

这首诗以浓墨重彩的笔调渲染出大自然的魅力以及小松绿超凡脱俗的气质。诗中的“非花非草非世俗”，突显出小松绿与众不同的特性，它的叶瓣如花，错落有致，宛如玉雕；“只爱阳光不爱雨”则表达出诗人对光明的热爱与追求。阳光带来温暖与希望，给人以力量与激励。小松绿，原产于非洲北部阿尔及利亚，中国引进栽培选育。植株强健而精致，叶片浑圆翠绿，形似松针，相拥成流翠球状。物语：青春能量，活力飞扬。

xiè zhǎo lán
蟹爪兰

fēng lüè zhī tóu qiū chū xǐng wù jiāng huǒ fèng dāng qiū hóng
风掠枝头秋初醒，误将火凤当秋红。

zhē teng wú nai yún hòu zhòng jìng ruò zhǐ shuǐ gèng cóng róng
折腾无奈云厚重，静若止水更从容。

初秋时节，风掠枝头，枝叶沙沙作响。艳丽的蟹爪兰宛如火凤高踞在枝头，令人误以为天地都被晕染成一片红色。诗人在诗中强调了厚重和平静的重要性，指出无谓的“折腾”只会让人心烦意乱，而静若止水的心态能让我们更加自信和从容。这种淡定洒脱的态度在快节奏的现代社会中显得尤为重要。蟹爪兰，原产于巴西，中国引进栽培观赏。外形似螃蟹腿，呈悬垂状，分枝众多。花朵艳丽，品种繁多，形态各异。物语：弥足珍贵，尽兴品味。

心叶日中花

xīn yè rì zhōng huā

yóu lí shì wài nì jìng zhōng, xīn yè rì zhōng huā duō qíng.
游离世外逆境中，心叶日中花多情。
bù rěn jīng xǐng chén shuì mèng, mì fēng shōu le wèn hòu shēng.
不忍惊醒沉睡梦，蜜蜂收了问候声。

在远离尘嚣的世外之境，宁静如画，悠扬如诗，我们每个人的心灵都将得以释放。心叶日中花招摇在风中，它们多情的细语随风飘到远方。当花儿收敛花瓣，沉入甜梦之中，蜜蜂也放轻了脚步，唯恐将花儿惊扰。诗人所构建的这片世外桃源辉映着我们每个人的心灵净土，令人浮想联翩。心叶日中花，原产于非洲南部，中国引进栽培。喜温暖、干燥的环境，耐半阴，有一定耐寒能力，花朵精致。可作蔬菜食用。物语：大度友爱，最受拥戴。

xīng měi rén
星美人

yuè liang cóng gǔ zǒu dào jīn zuì ài zhǐ yǒu xīng měi rén
月亮从古走到今，最爱只有星美人。
tài yáng zhī guāng yǒu yuǎn jìn wéi yǔ dà dì xīn tiē xīn
太阳之光有远近，唯与大地心贴心。

月华见证了沧海桑田，无数轮回，在浩如沙海的美丽事物中，只有星美人常驻在它的心间。诗中的“星美人”一语双关，既是植物的名称，又暗喻星光一样的美人。这种神奇的生物仰赖太阳的光辉而生存，但是它的宠爱时远时近，难以捉摸。不如宽厚的大地，是花儿永远的港湾。星美人，原产于墨西哥高原中部，分布于西亚和北非，中国引进栽培。四季常绿。夏季长出细高花茎，渐次开花，优雅美丽。物语：积极向上，年轻阳光。

雪光

xuě guāng

yuē huì wèi dìng rèn sī xiǎng, xiǎo lù luàn zhuàng wàng xuě guāng.
约会未定任思想，小鹿乱撞望雪光。
hào wàn yù zhǐ cì xiāng zhàng, gé bì zuì dǎo shào nián láng.
皓腕玉指刺香帐，隔壁醉倒少年郎。

诗人以精美的辞藻和优美的句式，描绘了一幕约会前夕的场景。一位美丽的少女心神不定，她期待收到心爱之人的邀约，却迟迟盼不来佳期。她的纤纤玉手轻触白雪光娇艳的花朵，不料想指尖散发出的幽香随风飘散，醉倒了隔壁暗恋她的少年郎。这首诗颇有趣味，令人忍俊不禁。雪光，别名：白雪光。原产于巴西南部，中国各地均有栽培。植株球形，几乎被白色的毛刺完全包裹。花喇叭形，可以同时绽放多朵，随谢随开。物语：热带花朵，魅力四射。

银翁球

yín wēng qiú

shān gāo tiān gāo qíng gèng gāo, bái tóu zhǐ wèi xiāng sī lǎo.

山高天高情更高，白头只为相思老。

yín wēng qiú měi huā qí miào, miào de shí guāng yě tǎo ráo.

银翁球美花奇妙，妙得时光也讨饶。

山峰巍峨高耸，天空高远无垠，象征着爱情的无限延续与永恒。“白头只为相思老”，这是一种深切的承诺，表达了对爱人的真挚情感和不离不弃的决心。白发如银，爱你如初，随着岁月而愈加深沉。最后一句“妙得时光也讨饶”表达了时间对于美好事物的眷顾和宽容。银翁球，原产于智利亚热带半荒漠区，中国引进栽培观赏。植株单生，小巧秀丽，全身披满细长的针刺和短绵毛。花朵大而美丽，绚丽多姿。物语：踏实谦和，收获良多。

yín xīng
银星

qīng fēng míng yuè bù yòng qián　zhāi kē yín xīng bǎo píng ān
清风明月不用钱，摘颗银星保平安。
tóng míng duō ròu jīn kè chuàn　tiān zhī jiāo zǐ dào rén jiān
同名多肉今客串，天之骄子到人间。

清风明月，是天赐的宝藏，不需要金钱就能享受到无尽的宁静与美好。历经人世的繁华和落寞，我们终于体会到平平淡淡才是真。诗人从夜空中摘下一颗银星，希望它能保佑家人平安。有趣的是，有一款多肉植物与它同名，莫非是那颗银星空降到人间，不忍归去。银星，原产于南非，中国引进栽培观赏。春夏季抽出花葶，开粉白色小花。植株低矮，贴地而生，灰绿色叶片形成莲花状。主要为观叶植物。物语：温馨陪伴，祥瑞丰年。

yù lù

玉露

liǔ yè bù guò liǎng zhǐ kuān, què yǒu yǒng qì yáo fēng hán

柳叶不过两指宽，却有勇气摇风寒。

yù lù měi chéng xiǎo lǔ dàn, bǎi huā jiàn le yě hóng liǎn

玉露美成小卤蛋，百花见了也红脸。

这首诗赞扬了柳叶的勇气和玉露的美丽。柳叶虽然只有两指宽，却能摇曳生姿，坚韧而顽强地展示自我，仿佛在向春天挑战；玉露晶莹剔透，细小而娇嫩，犹如小卤蛋一般可爱。百花见了它也会羞红了脸。在这首诗中，柳叶和玉露成为春天的象征，它们的存在唤醒了人们对于自我价值的审视。玉露，原产于南非，中国引进栽培观赏。叶质翠绿欲滴，珠圆玉润，排列别致，晶莹剔透。外形恰似“琉璃凝绰约，香雪玲珑多”。物语：百合理想，希望之光。

玉翁

yù wēng

gāo fēng jiǎn duàn yún xiāng lián, yuè shì jiè lǐ mèng wēn nuǎn.
高峰剪断云相连，月世界里梦温暖。

yù wēng qiú shàng jiù gè bàn, shēng quān huā ér dāng shén xiān.
玉翁球上就个伴，生圈花儿当神仙。

高峰如剪，裁破云片。云意缠绵，执意相连。月世界的梦境散发着温暖，白云飘到玉翁球上安家落户，生出的孩子像花儿般娇艳，这就是它们梦寐以求的生活，如同神仙般幸福悠闲。诗人在简短的文字中蕴含丰富的意境，将美好的景象描绘得令人心驰神往。玉翁，原产于墨西哥中南部，中国引进栽培。外表有叶棱，覆盖坚硬叶刺和银白色绵毛。沿球体顶端侧面开桃红色花朵，黄色花蕊，极为美丽。物语：成熟有礼，未来可期。

yù zhuì
玉缀

yù shàng tǔ rǎng jiù chū guān, yù zhuì bǎo mǎn yòu hún yuán.
遇上土壤就出关，玉缀饱满又浑圆。

fěi cuì yàng zi suī hǎo kàn, què zài fēng zhōng tōu qīng xián.
翡翠样子虽好看，却在风中偷清闲。

玉缀的生命力极其强悍，遇上一点土壤就能愉快地生长。它们就像翡翠雕成，在阳光下跳跃舞动，精致可爱。它们生性散漫，并不急于实现自己的理想，只在和煦的风中调皮撒欢。诗人惟妙惟肖地描绘出玉缀生长的形态，让我们联想起曾经的自己，那时的我们无忧无虑，恣意地挥洒时光。玉缀，别名：翡翠景天。原产于美洲、亚洲、非洲热带地区，中国引种。绿叶珠圆玉润，紫红色小花悬垂于枝头，有翡翠玉帘缀玛瑙之美。物语：穿越百年，生命灿烂。

珍珠吊兰

zhēn zhū diào lán

wǎn yǒu liú yún zhāo yǒu xiá，zhēn zhū diào lán lǜ dāng jiā。
晚有流云朝有霞，珍珠吊兰绿当家。
fēng yún zào jiù huā wén huà，yuè zhōng xún guì dào tiān yá。
风云造就花文化，月中寻桂到天涯。

日出日落，天空中的云彩变幻多姿，流水般飘逸。霞光如绣，将人们带入梦幻般的世界。珍珠吊兰宛如翡翠般流光溢彩，美不胜收。诗中还提到“风云造就花文化，月中寻桂到天涯”，表现出中国人探索花卉文化的传统。古往今来，香草美人都象征着美好事物，寄托了我们坚定的信仰。珍珠吊兰，原产于非洲南部，现世界广泛分布。叶子丰腴圆润形似珍珠，鲜绿欲滴，零落有致，风姿绰约。开粉白色丝绒球质小花。物语：学会包容，分享成功。

zǐ chí lián huá

子持莲华

fēng yún tiān qì yǒu kāi guān rén shēng zuì nán shì fú ruǎn

风云天气有开关，人生最难是服软。

zǐ chí lián huá liǎo xīn yuàn xuǎn dé yī piàn hǎo tián yuán

子持莲华了心愿，选得一片好田园。

诗中的“风云天气有开关”，不仅是对自然界变幻莫测的天气的描绘，更是对人生起伏不定的隐喻。然而，诗人却表示“人生最难是服软”，表达了她拒绝屈服于困境的决心。当我们最终无法与环境妥协，不妨像子持莲华那样归隐田园。这并不是屈服于现实，相反，这是很多人为了守护自己的信仰，保持高洁的情操所做出的最后努力。子持莲华，原产于东南亚，中国多地栽培。紫灰色，表面覆盖一层淡淡白霜，形似莲花。物语：冲天而起，能量神器。

紫晃星
zǐ huǎng xīng

yàn ōu dī fēi chuān yún xíng　yàn yáng gāo zhào sān wǔ fēng
燕鸥低飞穿云行，艳阳高照三五峰。
zǐ huǎng xīng huā tài yào mìng　rèn shuí kàn le dōu dòng qíng
紫晃星花太要命，任谁看了都动情。

这首诗以艳阳高照为底色，燕鸥穿行为动线，展现了大自然的美丽和神奇。紫晃星花的绚丽色彩和细腻花瓣在阳光下闪耀，无论谁看到它都会动情，不知不觉中坠入情网。这首诗通过描绘自然景观的美丽，传达了诗人对自然风物的热爱和向往，同时也激发了人们对生态环境的热爱和保护。紫晃星，原产于南非，中国引进栽培。白色细长绵毛刺位于翠绿色柱形叶片顶端，中心金黄色如同丝状花卉，高雅大方，赏心悦目。物语：席地而生，气象升腾。

紫珍珠

zǐ zhēn zhū

yìn liáng zǒng shì shān lín zú, fēng shēng ǒu ěr xiǎng kōng gǔ.
荫凉总是山林足，风声偶尔响空谷。
suī rán míng yuè nán liú zhù, tài yáng kě bàn zǐ zhēn zhū.
虽然明月难留住，太阳可伴紫珍珠。

山林可蔽日，清风响空谷。这首诗以山林自然景观为背景，通过描绘荫凉的山林和风声在空谷中回荡的景象，表达了人们追求内心平和的愿望。诗中提到明月难以永恒存在，但太阳却能陪伴着紫珍珠，展示了生命中总有唯美的事物与我们长相厮守，表达了人们对于宁静平和的精神世界的向往。紫珍珠，原产于德国，中国引进栽培。叶片丰腴形成莲花状，同时根据光照时间长短，变幻出各种色泽。开橘红色钟状花朵。物语：守护神圣，芳心安定。

波罗蜜
bō luó mì

lǜ lǜ zhàng zi má má yī, guǒ guǒ gé jiān céng céng qí。
绿绿帐子麻麻衣，果果隔间层层齐。

wān yuè dǎ kāi bō luó mì, mǎn yǎn chūn sè jiē wǎng xī。
弯月打开波罗蜜，满眼春色皆往昔。

诗中的“绿绿帐子麻麻衣”是在描画波罗蜜的外表，给人一种清新谐趣的感觉。果实隔间层层叠叠，蕴藏着美味，令人垂涎欲滴。而弯月打开波罗蜜则展现出一种神秘而诱人的期待，让人不禁想要去一探究竟。最后一句“满眼春色皆往昔”流露出些许微妙的伤感。暗示美好的时光已经流逝，只剩记忆的碎片供人回味。波罗蜜，可能原产于印度，中国广东、广西、海南等地常有栽培。岭南乡村经常可以看到波罗蜜树。物语：甜蜜入心，潇洒红尘。

粗叶榕

cū yè róng

nán fāng běi fāng gè yǒu bǎo, wǔ zhǐ máo táo gè bù gāo.
南方北方各有宝，五指毛桃个不高。

bàn shì shí cái bàn shì yào, bāo guàn jī tāng wèn chūn hǎo.
半是食材半是药，煲罐鸡汤问春好。

中华大地遍布宝藏，就连外表平平无奇的五指毛桃，也蕴含了奇特的药用价值。“煲罐鸡汤问春好”这句很有生活情趣，展现出中国人对于药食同源的饮食文化的热爱和追求。通过这首诗，我们不仅得以窥见中国美食文明之一角，也能够体会到人们对于健康生活的追求。粗叶榕，别名：五指毛桃。产于中国南部地区，为岭南山区平原地角常见的野生植物。因其叶子如五指形，果实似布满绒毛的小桃子，故又名五指毛桃。物语：饮食文化，健康为大。

dǔ sī yuè jú
笃斯越桔

rú mèng rú huàn rú zǐ yān　hǎi shàng míng yuè gòng fāng yuán
如梦如幻如紫烟，海上明月共方圆。

yáng guāng lán méi jiē chéng piàn　wàn lǐ chūn fēng jiě lián huán
阳光蓝莓结成片，万里春风解连环。

这首诗以其极富想象力和浪漫情调的描写方式，勾勒出一个梦幻般的世界。中国古人认为“天圆地方”，因此“海上明月共方圆”这句可以理解成明月出海，共享天地，呈现出一幅幽美且意境悠远的画面。笃斯越桔又称蓝莓，它们恍如紫烟袅袅，仙气十足。春风将累累果实吹拂开来，仿佛在玩解连环的游戏。笃斯越桔，产于中国大兴安岭北部、吉林长白山，朝鲜、日本、俄罗斯等国有分布。果实酸甜，多用以酿酒及制果酱。物语：天头地角，无人不晓。

è lí
鳄梨

hé chù fēi lái xiān bù shuō　yǔ zhòng bù tóng niú yóu guǒ
何处飞来先不说，与众不同牛油果。

měi róng yǎng yán zhēn běn sè　é méi nóng jiù lǎn yún wō
美容养颜真本色，娥眉浓就懒云窝。

诗人先是巧妙地运用“何处飞来先不说”引起读者的好奇心，暗示牛油果远渡重洋而来；随即极力描写牛油果丰富的营养，美容养颜的性能。最后一句“娥眉浓就懒云窝”别出心裁，诗人将牛油果丰腴的果肉中镶嵌果核的形态比喻成美女睡在“懒云窝”之中，生动而有趣。同时也是赞誉牛油果肉质柔软醇厚，如同美女般诱人。鳄梨，别名：牛油果。原产于热带美洲，中国广东、福建等地有少量栽培。素有植物奶油之称。物语：吃对食物，生活无虞。

fān lì zhī
番荔枝

bù shì shān dī kàn gāo fēng yì fēi yún shēn tiān yǒu qíng
不是山低看高峰，亦非云深天有情。
zhǐ yīn shì jiā guǒ shén shèng cái yǔ zhòng shēng dà bù tóng
只因释迦果神圣，才与众生大不同。

诗人借番荔枝形似释迦传递出一种超越尘世纷扰的理念，以佛陀的智慧和慈悲为依归。诗中提到的“不是山低看高峰”和“亦非云深天有情”都是一种对世俗眼光的否定，以及对自然有情的虚幻揣测。我们需要领悟真理，只有拥有超人的智慧，才能从平庸中脱颖而出。番荔枝，别名：释迦果。原产于热带美洲，中国浙江、福建、广东、广西等地均有栽培。因其果实外形酷似荔枝，故而得名。果肉甘甜软糯，营养丰富。物语：果中含铁，对抗贫血。

番木瓜
fān mù guā

zhū yán bù gǎi huā zhī lǎn，dié cuì yè zi tuō qǐ tiān。
朱颜不改花枝懒，叠翠叶子托起天。

mù guā rào zhe shù gàn zhuàn，jīn ōu hán zhū wèi dào xiān。
木瓜绕着树干转，金瓯含珠味道鲜。

番木瓜婀娜的花枝绽放着绚烂的颜色，宛如沉睡中的美人，慵懒地展示自己的娇美。绿叶层层叠叠，如同翠绿的羽毛，轻盈地托举起天空，呈现出高耸入云的风姿。成熟的番木瓜围绕着树干旋转生长，金黄的果实包裹果核，如同金瓯中盛放晶莹剔透的珍珠，同时散发出诱人的光泽和香气。番木瓜，原产于热带美洲，中国广东、广西、福建等地已广泛栽培。深圳市花园、小区里常会看到几棵自生自长的番木瓜树，硕果累累。物语：要种要长，欲收欲藏。

fān shí liu
番石榴

qīng fēng chàng hè fān shí liu, qià sì wēn róu zuì xīn tóu
清风唱和番石榴，恰似温柔醉心头。
fù zhōng jǐn xiù jiē shú tòu, suí shǒu zhāi lái jiě yōu chóu
腹中锦绣皆熟透，随手摘来解忧愁。

清风将番石榴轻轻摇动，如同温柔的音符荡漾在心头。粉嫩甜蜜的果肉，如同才子腹中的锦绣文章。这些别具一格的描写方式，丰富了人们对番石榴的认知，也更加凸显它的魅力。诗人还从番石榴延展开来，形容它足以让人们感受到身心愉悦，可以消弭忧愁。番石榴，原产于南美洲，中国华南各地栽培，以外观淡黄色、形似梨且果肉粉红色的为上品，香甜软糯可口，为著名的亚热带水果。物语：味道奇特，接受再说。

fēi yóu guǒ
菲油果

tiān xià chūn sè měi wú quē xuán hóng jiē chéng fēi yóu guǒ
天下春色美无缺，旋红结成菲油果。
fēng yún biàn huan shēn mò cè yuè chén shuǐ dǐ gǎn wù duō
风云变幻深莫测，月沉水底感悟多。

诗人运用了形象生动的描写手法，将旋转的红花与菲油果紧密结合，暗示了努力付出与收获之间的紧密关联。诗中所描述的风云变幻，象征着世界万物以及命运的不可捉摸。最后，诗人表达出自己的人生感悟。月亮沉落水底，寓意我们要让自己浮躁的内心沉淀下来，冷静审视复杂的形势，整饬自己的思绪。菲油果，原产于南美洲的巴西南部、阿根廷北部、巴拉圭和乌拉圭西部的山野，中国引种栽培。既可观赏又能食用。物语：记得来处，方知归途。

fèng lí
凤梨

yuē dìng sú chéng jiào bō luó, kāi huā zhī hòu yào jiē guǒ.
约定俗成叫菠萝，开花之后要结果。
tái tóu jiù shì yún hé yuè, bù rú tài yáng zhào yào duō.
抬头就是云和月，不如太阳照耀多。

菠萝作为一种常见的热带水果，以其独特的味道和香甜的果肉获得人们的青睐。诗中提到的“开花之后要结果”，似乎是在暗示我们的每一份付出都将迎来丰硕的成果。同时，诗人也借菠萝延伸思考。果树都知道阳光能够赋予自己更多的能量，那么人类为什么常常会陷入不良环境而不努力挣脱呢？凤梨，别名：菠萝。原产于美洲热带地区，中国福建、广东、广西、海南等地有栽培。叶片呈莲花状排列，为著名的热带水果。物语：饱满之情，自然形成。

fù shì guǒ

富士果

fēng yǔ yù lái shuí bù yōu　xìng yǒu lǜ yè hù zhī tóu

风雨欲来谁不忧，幸有绿叶护枝头。

fěn diāo yù zhuó píng guǒ xiù　lǜ chuān dù dōu hóng rù qiū

粉雕玉琢苹果秀，绿穿肚兜红入秋。

生活中的困境和不安就像风雨欲来，怎能不令人忧愁。但幸亏有绿叶护枝头，给予我们最温馨的庇护。诗人还通过“粉雕玉琢苹果秀，绿穿肚兜红入秋”这两句诗的生动描绘，将秋天中果实的成熟与生活的起伏和变化相类比，让读者感受到了生命的韵律。富士果，中文学名：富士苹果。原产于欧洲和中亚细亚，现在世界各地均有自己的特色品种。中国为最早的苹果主产地，以山东烟台的栖霞苹果最为著名。物语：青山秋月，春风应和。

gān zi
柑子

jīn wū cáng jiāo fēng zhēn xī　bù kěn chū gé bù chū qí
金屋藏娇风珍惜，不肯出阁不出奇。
rú jīn xún dé wēn xīn dì　kuǎn dài gān zi zuì xiāng yí
如今寻得温馨地，款待柑子最相宜。

这首诗以优美的韵律和无尽的诗意，展现了诗人对美好事物的珍视。金屋藏娇的意象充满了神秘感，而“不肯出阁不出奇”则强调了唯美的事物自珍自爱的高洁品质。诗人遍寻神州，终于为柑子寻觅到一处宝地，这里景物优美，人们重情重义，想必柑子在此处也能得到最温柔的呵护。柑子，产于中国南方地区，现世界各地广泛分布。果实扁球形，橙黄色或淡红黄色，甘甜可口，香味浓郁。为传统中药材。物语：上善真谛，鹏程万里。

hā mì guā

哈密瓜

liáng fēng xí xí tiān zhàn lán hóng rì liè liè xī píng ān

凉风习习天湛蓝，红日烈烈惜平安。

hā mì guā ruò cháng xiāng bàn rì zi yuè guò yuè gān tián

哈密瓜若常相伴，日子越过越甘甜。

凉风习习，清新宜人，湛蓝的天空如浸水的宝石，光华流转。红日烈烈，照耀大地，散发出热情和活力。诗人笔下的哈密瓜经历了残酷的自然环境的淬炼，携带着甜美果实回到我们身边。这不仅仅是味觉上的享受，更是一种思想上的滋养。诗人似乎是想告诉我们，无论遇到什么困难，我们总能从身边找到力量源泉。哈密瓜。中国新疆维吾尔自治区哈密地区特产，种植历史约有4000年，现世界广泛分布。瓜形美观，芳香四溢。物语：离合聚散，命运相连。

hǎi zǎo
海枣

fēng liú tì tǎng yī shù gāo　yáng guāng chán chéng jīn yē zǎo
风流倜傥一树高，阳光缠成金椰枣。

hán xù chūn sè zì lái qiào　yuè shì hún yuán yuè měi hǎo
含蓄春色自来俏，越是浑圆越美好。

高大挺拔的海枣树，仿佛是一位风度翩翩的男子。阳光映在他的身上，形成金色的光晕。他才华横溢，信手一挥，飞出满天金黄。但他并不张扬，含蓄内敛地伫立于春风之中。正所谓“陌上人如玉，公子世无双”。这首诗字字珠玑，婉约而不失豪放，给人以美好的意境和遐想的空间。海枣，原产于北非和西亚地区，伊拉克栽培，多以出口食用果实为主，中国南部引进种植。为热带风景区优质观赏树种。果实富含果糖。物语：记忆深远，甜美童年。

hóng máo dān
红毛丹

qiān xuě róng chū pò tiān huāng fú yún hào dàng huà juàn cháng
千雪溶出破天荒，浮云浩荡画卷长。
hóng máo dān chí xiān lǜ làng chě xià míng yuè rù huā fáng
红毛丹池掀绿浪，扯下明月入花房。

雪花如羽毛般轻盈地从天空飘落，浩瀚的云朵流动变化，如同一幅绵延不绝的画卷。前两句诗展现出大自然的无穷魅力。接下来的“红毛丹池掀绿浪，扯下明月入花房”则形象地描绘了水面上荡漾着绿波，与红毛丹的明艳互相辉映。不知是谁，将明月扯下，幻化成亿万晶莹剔透的果实，为人间洒下无尽的甘甜。红毛丹，原产于亚洲热带，中国广东和海南均有栽培种植。夏初开花。花朵似合欢，细丝缕缕，颇为梦幻。物语：由深入浅，万般随缘。

花红

hóng yún lǜ wù chūn fēng liáng　wàn qiān wǔ mèi zhī tóu xiāng
红云绿雾春风凉，万千妩媚枝头香。
rú yuè yín guāng xū liǎng zhàng　qiān yǐn shā guǒ rù mèng xiāng
如月银光须两丈，牵引沙果入梦乡。

这首诗融合红云、绿雾、春风、芳香等自然元素，展现了春天的美好与生机。红云和绿雾交相辉映，春风吹拂带来丝丝凉爽。枝头盛开的花朵散发出万千妩媚，令人陶醉其中。诗中的“如月银光须两丈，牵引沙果入梦乡”用富有想象力的语言描述了美妙的夜景，沙果被月光牵引，沉入梦乡。花红，别名：沙果。产于中国内蒙古、辽宁等地，广泛分布于中国华北、西北地区。花蕾红至粉红色，美而不艳。果实比海棠果略大。物语：花开生动，果美人生。

火龙果

夜风寒凉情不薄，月照绛红火龙果。
何故高花雪中卧，只因等待同心结。

夜风寒，但人情并不凉薄，火龙果散发出绛红的光芒，正如人们心中永不泯灭的热情。它的花朵在月色中无声地绽放，好似卧在飞舞的白雪之中，显得那样纯净圣洁，它在安静地等待着心爱之人的到来。这首诗将自然景象与人的情感相结合，展现了诗人对缘分和爱情的泰然态度。火龙果，分布于中美洲至南美洲北部。中国海南琼海的红火龙果知名度很高。常见有红心和白心的果实，偶有黄心或者黄皮白心的燕窝火龙果。物语：塑身减重，水清月明。

jú zi

橘子

juān kè jīng lì jìn guò wǎng, sì yuè xiǎo huā chè gǔ xiāng。

镌刻经历进过往，四月小花彻骨香。

líng hún yǒu qù zuì piào liang, jú zi wèi měi yā qún fāng。

灵魂有趣最漂亮，橘子味美压群芳。

这首诗以直白的表达方式，展现出类似民歌的韵味。诗人借这首诗传递出自己回溯一生经历后总结出的感悟。橘子的花朵盛开在初夏，金黄的果实包容了所经历过的雨雪风霜，呈现出成熟通透的人生观。诗中的“灵魂有趣最漂亮”是主题，诗人热情赞美了生动有趣的灵魂，强调了人的内在美和个性魅力的重要性。橘子，原产于中国长江以南等地。古籍说橘子生长于不同环境，其形状和味道各有不同。物语：内涵芳香，隐士模样。

lí
梨

xiāng chuī xíng yún shí wàn lǐ   ruò bù fēng liú tiān bù yī
香吹行云十万里，若不风流天不依。

shèng jié zhī wù bǐ bǐ shì   nán bǐ lí huā jiù dì qǐ
圣洁之物比比是，难比梨花就地起。

　　这首诗以优美的韵律展现了风的翩然飘逸与梨花的自由纯洁之美。千万朵梨花盛开，如雪压琼枝。芳香吹送，行云万里。普天之下，圣洁的事物比比皆是，但没有一件能与梨花相媲美。诗人笔下的梨花已经美到极致，但诗人真正赞美的不是花朵，而是纯洁、自由的精神内涵。梨，分布于中国安徽、河北、山东、辽宁等地。梨树在中国栽培历史悠久，品种繁多，果实生吃熟食皆宜。为传统中药材。物语：筑梦起步，必行之路。

荔枝
lì zhī

hóng xiāo qīng guǒ bái yù fáng，tōng tǐ róu qíng tiān rán xiāng。
红绡轻裹白玉房，通体柔情天然香。
xuě lián bàn yǎn huā xíng xiàng，lì zhī bù xiè měi rén zhuāng。
雪帘半掩花形象，荔枝不屑美人妆。

红绡轻裹，柔软而娇美，将白玉房轻轻地包纳其中。荔枝细腻柔软的果实，散发着天然的香气，就如同一位雪颜玉容的佳人，温情款款，气质如兰。那层薄如蝉翼的果膜就像白雪变成的帘幕，遮掩着佳人的倩影，半隐半现。她天生丽质，不屑于任何人为的粉饰。这首诗非常富有古典诗的韵味，文辞优美，深入人心。荔枝，产于中国南部地区，尤以广东和福建南部栽培最盛。果肉晶莹鲜甜，果实为传统中药材。物语：红锦翠帏，上善若水。

liú lián
榴梿

tā shān zhī shí mǎn tiān fēi xīn huǒ zhī zuò shāo bù huǐ
他山之石满天飞，心火之作烧不悔。

liú lián rù zhuì chéng xīn guì ài hèn cān bàn cì chéng duī
榴梿入赘成新贵，爱恨参半刺成堆。

他山之石本意是指能帮助自己改正缺点的人或意见。在此诗中是比喻优秀作品如雨后春笋般涌现，不断给人们带来新的启示和思考。而“心火之作烧不悔”则表达了创作者对于自己作品的热情与执着。榴梿象征着新鲜思想对于传统的冲击，只不过新事物常常毁誉参半，就像榴莲的刺和果肉一样令人又爱又恨。榴梿，原产于印度尼西亚，泰国种植较多，中国广东、海南引进栽培。以马来西亚的猫山王最为著名，绵软可口。物语：果中之宝，喜欢就好。

龙眼

lóng yǎn

lóng yǎn bù dǐ qiān què yǔ, àn jiāng tián mì quán sòng chū.
龙眼不抵千阙雨，暗将甜蜜全送出。

lǒng wài zhū yù hóng rǎn lǜ, tiān yá bàn lǚ chū cǎi wú.
陇外珠玉红染绿，天涯伴侣出彩无。

这首诗以细腻的描写表达出一种深情厚谊，字里行间充满了浓郁的诗意和情趣。宫阙楼台笼罩在蒙蒙烟雨之中，窗棂外的龙眼树缀满累累金果，却只敢将甜蜜的幽香暗暗传送。它羡慕田埂外的野花芳草可以朝夕相伴，不知道自己暗恋的人何时才能获悉它的心意？诗人只用寥寥数语，便将甜蜜又复杂的暗恋描绘得婉转动人。

龙眼，栽培于中国西南部至东南部，以福建最盛，广东次之。为夏秋季时令果品，也可以制成果干。物语：互联起来，饱满情怀。

罗汉果

luó hàn guǒ

shén xiān guǒ shàng wèn shén xiān, mì yuán shì fǒu zhēn mì yuán.
神仙果上问神仙，蜜源是否真蜜源。

luó hàn bù yǔ xiàng tiān kàn, jì shì yù hú guà yǎn qián.
罗汉不语向天看，济世玉壶挂眼前。

这首诗以一个神话般的故事展现了罗汉果的神奇。也许有人要问，幸福的源头究竟在哪里？这个问题大概只有神仙才能回答。药师罗汉默默无语，悠远的眼神飘向天边。他的身畔伫立着一棵高耸入云的巨树，密密匝匝的果实仿佛是拯救世人病痛的灵丹。如果真能“但愿世间人无病”，想必他“宁可架上药蒙尘”。罗汉果，产于中国广西、贵州、湖南南部、广东和江西。为民间传统中药材，具有清肺火、消除咽喉肿疼等作用。物语：与世无争，药中深情。

蔓越莓
màn yuè méi

chūn fēng dé yì kuà hǎi fēi，qiū yún xié lái xīng hé shuǐ。
春风得意跨海飞，秋云携来星河水。
hóng rì dòng wèn shuí zhēn guì，jiǎo yuè dá shì màn yuè méi。
红日动问谁珍贵，皎月答是蔓越莓。

诗中的春风、秋云、红日、皎月等都是自然界中的美好事物，它们象征着生命的力量和美的存在。春风带来温暖和生机，秋云带来宁静和安详，红日象征着希望和活力，皎月则寓意着纯洁和美好。诗人用这些唯美元素有力地烘托出蔓越莓出类拔萃的魅力，继而延伸出它的深情奉献和丰富的营养。蔓越莓，主要产于寒冷的北半球，如美国马萨诸塞州、加拿大的魁北克州等地，中国大兴安岭地区也比较常见。物语：无所不能，令人震惊。

莽吉柿

mǎng jí shì

yān yún jù sàn wú dìng shí　jiǔ yuè huā kāi rén bù zhī
烟云聚散无定时，九月花开人不知。
shān zhú xué míng mǎng jí shì　qià sì pī guà chū zhēng yī
山竹学名莽吉柿，恰似披挂出征衣。

诗人通过山竹的比喻，将人生的起伏和变幻融入自然景物之中。烟云聚散，恰如生命中的机遇和离别，不可预测。九月花开，世人不知，暗示了我们的身边有很多美好的事物在无声绽放。山竹披挂出征衣，就像战士们整装待发。这首诗令我们联想到如今享有的幸福生活，是因为有无数默默无闻的人在替我们负重前行。莽吉柿，别名：山竹。原产于印度尼西亚的马鲁古群岛，中国南部地区引种栽培。为热带特有的水果。物语：雨林冰云，热带风韵。

梅

méi

yín hé bù fēn shuǐ shēn qiǎn fēng làng nán zǎi cāng sāng tián
银河不分水深浅，风浪难载沧桑田。

dé xián méi lín zhuàn yī zhuàn xiǎng xiǎng hào chǐ yě suān ruǎn
得闲梅林转一转，想想皓齿也酸软。

浩瀚的银河就像无尽的时光，再大的风浪最终都会消弭无踪。我们时常会受困于各种问题，欲望得不到满足，理想之路遍布荆棘。但是对于历经沧海桑田的大自然来说，这一切不过都是静水微澜。不妨偷得浮生半日闲，去梅林中漫步。采一些青梅回家，或鲜食，或浸酒，生活中多的是这种恬淡的幸福。梅，中国南方多有栽培，已有三千多年栽培历史。大部分梅子酸味多于甜味。以云南大理洱源县所产的最为著名。物语：迎风开放，酿造酸爽。

mù nǎi guǒ

木奶果

mǎn tiān jǐn sè sì fēi hóng　jīn zhū xuán chuí yuè rú gōng

满天锦瑟似绯红，金珠悬垂月如弓。

zhāng yáng wèi bì zhēn běn xìng　piān yào xuàn jìn mí cǎi fēng

张扬未必真本性，偏要炫尽迷彩风。

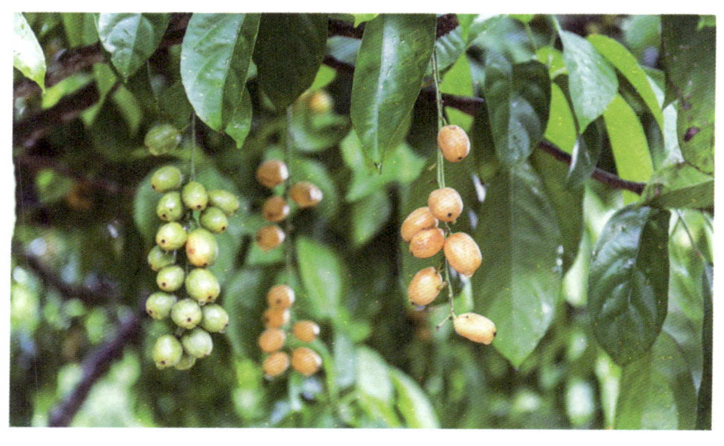

漫天的红霞就像锦瑟，被风儿弹拨出婉约的乐曲，一如你羞红的面颊，一如我患得患失的心事。天上弯月如弓，树间金珠累累，在这美好的月夜，思念难以遏制。在你面前时，我总是飞扬跳脱，其实那不过是在掩盖自己的心意。诗人用细腻的笔触描绘出少年面对爱情时的矛盾心理，令人感慨，也令人怀念。木奶果，分布于亚洲热带地区，为岭南常见的山中野果。有清香的酸味，口感和山楂相差无几。叶、根、果皮可入药。物语：酸多于甜，止咳平喘。

níng méng

柠檬

yǔ zhòu dìng jū hé qí nán, níng méng lì yú tiān dì jiān.

宇宙定居何其难，柠檬立于天地间。

jǐ shí suān dǎo jǐ shí suàn, yín hé bù céng shè kāi guān.

几时酸倒几时算，银河不曾设开关。

要想在浩瀚无垠的宇宙中占有一席之地是何其艰难，柠檬树顶天立地，也许是凭借着它独有的酸味。诗人调侃地表示：只要你也具有独一无二的特质，就可以像柠檬树那样矗立在宇宙之中，因为天地并没有刻意地为谁设限。这首诗看似戏谑，其实阐述了一个深刻的生存智慧。柠檬，广泛分布于世界各地，为欧美地区以及东南亚国家日常烹调中最常用的调味料和食材之一。枝条开展，枝叶美观，挂果经久不落，可观赏。物语：要看莫看，比醋还酸。

pí pa

枇杷

fù guì pí pa jīng shuāng qiū，bù ràng tā huā qiǎng fēng tóu。

富贵枇杷经双秋，不让他花抢风头。

tiān xià jǐ rén néng kàn tòu，róng huá lái le hái huì zǒu。

天下几人能看透，荣华来了还会走。

诗人试图借枇杷的生长和寓意表达一个深刻的道理。在中国传统文化中，枇杷象征着“金玉满堂”，展现出人们对于财富地位的追求。但在诗人看来，荣华富贵如流水，更如梦幻泡影。多少人毕生孜孜以求，到头来不过是黄粱一梦。只是这个道理鲜有人懂，也有人真正领悟到时，已经两鬓染霜，终究辜负了华年。枇杷，产于中国台湾、甘肃、陕西、河南、江苏、安徽、浙江、江西、湖北、湖南等地。如黄杏大小，酸甜多汁。物语：简单快乐，修成正果。

蒲桃

pú táo

niǎo niǎo měi zī huā ruǐ cháng，kuǎn kuǎn bǎi dòng liú jīn huáng。
袅袅美姿花蕊长，款款摆动流金黄。

pú táo gé diào bù yī yàng，huā hé guǒ shí dōu qīng xiāng。
蒲桃格调不一样，花和果实都清香。

纤细的花蕊像是美人钗上垂挂的流苏，又好似波斯舞娘飘逸的裙摆。蒲桃花之美，令人仿佛梦回盛唐。在诗人笔下，它的可贵之处在于具有与众不同的格调。不仅花朵美艳，而且果实清香。诗人赞美的是一种秀外慧中的气质。毕竟，这世上美丽的事物比比皆是，但内外兼修的人却不多见。蒲桃，产于中国福建、广东、广西、贵州等地，为热带或亚热带地区的主要观赏果树。树形美观，绿叶婆娑，花朵芳香，如同银丝。物语：流年长青，摇醒风铃。

pú tao
葡萄

tiān rǎng lián jiē dà dì cháng，dào xuán pú tao jià jià xiāng
天壤连接大地长，倒悬葡萄架架香。

zǐ yù nuǎn fáng yī zhuàngzhuàng，yè guāng měi jiǔ rì yè tǎng
紫玉暖房一幢幢，夜光美酒日夜淌。

这是一首典型的咏物诗。天壤相接，广袤而厚重，层层叠叠的葡萄架充盈着甜蜜的香气。饱满的葡萄倒挂藤蔓之上，犹如一粒粒紫红色的宝石，又像一间间暖房流淌着美酒，等待被倾倒进夜光杯中。这首诗文字有尽，笔意无穷。我们似乎可以看到一杯杯葡萄美酒在欢宴上人们的手中传递，觥筹交错，歌舞升平，这是怎样一幅畅快的图景。葡萄，原产于亚洲西部。中国种植葡萄历史悠久，以新疆的吐鲁番与和田知名度最高。物语：紫珠绿玉，保健久助。

rén xīn guǒ
人心果

xuě zhōng zǒng yǒu sòng tàn rén, duān kàn xiāng jiāo qiǎn yǔ shēn
雪中总有送炭人，端看相交浅与深。

guǒ zi kǔ sè fēng bù wèn, tián zài shēn shān yǒu yuǎn qīn
果子苦涩风不问，甜在深山有远亲。

这首诗立意别致，耐人寻味，具有现实主义特征。雪中送炭是中国的成语，原义是指给处于困难或危急之中的人送上帮助。诗人借此发挥，表示雪中送炭也要看双方的情感深浅，人心果也是如此。如果它的味道苦涩，清风也会绕道而行；如果滋味甜美，即使长在深山也会有人寻踪而去。人心果，原产于美洲热带地区，中国自新加坡引进，种植于广东、广西、海南等地。簇生长梗白色花朵，爆炸性结果。营养丰富，味道可口。物语：心湖涟漪，情无距离。

沙棘
shā jí

hè hè yáng yáng shā jí huáng rè rè nào nào tài zhēn zhuāng
赫赫扬扬沙棘黄，热热闹闹太真妆。
tiān zhī fēng yùn zuì háo fàng dà dì shēn chù shì jiā xiāng
天之风韵最豪放，大地深处是家乡。

沙棘成熟的时候，橙黄色的果实好似琥珀蜜蜡雕琢而成，又像是杨贵妃额上点缀的花黄。这首诗的前两句不仅描绘了沙棘结果时热闹的氛围，还增添了几许古典唯美的色彩。诗的后两句是赞美滋养沙棘的这片厚土，就像我们每个人的家乡，慷慨地赐予我们源源不断的能量。沙棘，分布于中国华北、西北及四川、云南、西藏。生性顽强，极耐干旱、冷热、贫瘠，因此被广泛用于水土保持、沙漠绿化。物语：开发有度，日益进步。

山莓

shān méi

nuǎn fēng lián xī wú shēng zú， cuī shú shān méi jǐ bǎi mǔ。
暖风怜惜无声族，催熟山莓几百亩。
bù shě fēi hóng yóu tiān qù， gù liú měi wèi jiě rén yǔ。
不舍飞红由天去，故留美味解人语。

花儿无语，天地解情。诗人细腻地表达了自然界中温暖的风不仅能促使山莓成熟，更是一种无声的关怀和呵护。山莓花随风飘落，飞红翩翩，然而它们难以割舍对大地的眷恋，因此将美味贮存在果实中。即便生活再苦，尝一颗山莓也会甜到心底。诗中所描绘的不仅仅是山莓的故事，更是大自然与人类的对话。山莓，分布于中国、日本、朝鲜、越南等国家。中国野生山莓分布广泛，为荒地先锋之物。栽培山莓营养丰富。物语：别名太多，尽显自我。

山楂
shān zhā

níng móu xuě shān sān yuè fēng，wàng duàn wú xiá měi bèi yǐng。
凝眸雪山三月风，望断无暇美背影。
shān zhā jiē huò bān jiǎng lìng，kāi huā jiē guǒ yì zhèng nóng。
山楂接获颁奖令，开花结果意正浓。

山楂花绽放之时，犹如三月的春风吹拂雪山，温柔而又多情。树枝摇曳，白雪飞舞，恰似佳人的背影，蕴含难言的情意。山楂之美，还在于它蓬勃的生命力，无论是开花还是结果，都满怀热情。这不，自然之神特地给予嘉奖，它也更加起劲。瞧那满枝累累硕果，如灯笼一般喜庆。山楂，产于中国北部地区，分布于朝鲜和俄罗斯等周边国家。开花时，枝头绽放出一簇簇长梗白色小花。结果时，枝头挂满火红的山楂果。物语：冰糖葫芦，依然如故。

shé pí guǒ
蛇皮果

liǎng xiù yuè guāng fēng bù zhī, jì yì zhī guǒ wèi shén qí
两袖月光风不知，记忆之果味神奇。
quán nián wú xiū hǎo jīng lì, zěn zhī bù shì tiān gòu sī
全年无休好精力，怎知不是天构思。

诗人借蛇皮果的特质，塑造了一个特别的艺术形象。“两袖月光风不知”这句风格典雅，似乎描绘了一个全情投入工作和创作中的人，他的内心丰富，与外界的喧嚣无关。诗人显然认可他的专注和执着。结尾又特地指出“怎知不是天构思”，寓意他的激情来源于天赋。诗人是在向读者展示一种别致的看待工作和生活的态度。蛇皮果，分布于东南亚。印尼女性将蛇皮果奉为美容之果，当地人用辣椒和盐及香料制作美食。物语：果真如此，何等神奇。

<ruby>柿<rt>shì</rt></ruby>

<ruby>知<rt>zhī</rt></ruby><ruby>足<rt>zú</rt></ruby><ruby>常<rt>cháng</rt></ruby><ruby>乐<rt>lè</rt></ruby><ruby>心<rt>xīn</rt></ruby><ruby>花<rt>huā</rt></ruby><ruby>飞<rt>fēi</rt></ruby>，<ruby>不<rt>bù</rt></ruby><ruby>拘<rt>jū</rt></ruby><ruby>世<rt>shì</rt></ruby><ruby>俗<rt>sú</rt></ruby><ruby>活<rt>huó</rt></ruby><ruby>一<rt>yī</rt></ruby><ruby>回<rt>huí</rt></ruby>。

<ruby>遇<rt>yù</rt></ruby><ruby>上<rt>shàng</rt></ruby><ruby>须<rt>xū</rt></ruby><ruby>眉<rt>méi</rt></ruby><ruby>无<rt>wú</rt></ruby><ruby>所<rt>suǒ</rt></ruby><ruby>谓<rt>wèi</rt></ruby>，<ruby>柿<rt>shì</rt></ruby><ruby>林<rt>lín</rt></ruby><ruby>巾<rt>jīn</rt></ruby><ruby>帼<rt>guó</rt></ruby><ruby>照<rt>zhào</rt></ruby><ruby>样<rt>yàng</rt></ruby><ruby>美<rt>měi</rt></ruby>。

　　这首诗表达了一种积极向上、豁达宽容的人生态度。诗中的"知足常乐心花飞"是在说：满足于现有的生活，心灵将会自由自在地飞翔。无论遇到何种困境，都要"不拘世俗活一回"，超越物质欲望的束缚，享受生活的本真与快乐。即使面对男性的挑战也无须畏惧，展现出女性的坚强和自信。柿，原产于中国长江流域，朝鲜半岛、日本、俄罗斯、法国等地均有栽培。成熟后黄色或橙黄色，果肉柔软多汁，味道甜美。可药用。物语：悠悠柿心，沉吟至今。

táo
桃

chén qǐ pī shàng hóng luó páo　　fěn zhuāng yù qì bù kān jiāo
晨起披上红罗袍，粉妆玉砌不堪娇。

wēi fēng gào zhī jīn qiū dào　　hán xiū sòng chū féi chéng táo
微风告知金秋到，含羞送出肥城桃。

金秋的清晨，挂在枝头的桃子一个个粉雕玉琢，好似美人慵起，娇不自胜。它们披上粉红的罗袍，寓示着收获的季节到来。末句“含羞送出肥城桃”提到的肥城，是中国著名的产桃胜地，已有上千年栽培历史。这首诗字里行间充盈着对桃的赞美以及对中国大地物产丰饶的自豪。桃，原产于中国，世界各地均有栽植。桃花浓妆淡抹，犹如降雪红云，盛开时媚态令人炫目，有“桃之夭夭，灼灼其华”的诗句为证。果实味道甜美。物语：锦绣花容，果实灵动。

tián chéng
甜橙

tiān hé luò yǔ shuǐ cháng liú，qiān gǔ huā kāi suǒ chūn qiū。
天河落雨水长流，千古花开锁春秋。
tài yáng xīn chéng bǐ bìng xiù，shuí xiāng shuí jiù shàng zhī tóu。
太阳新橙比并秀，谁香谁就上枝头。

“天河落雨水长流”，仿佛诉说着光阴的故事；“千古花开锁春秋”，展示出岁月的繁华与美丽。圆润饱满的新橙意气风发地想要和太阳比拼魅力，谁的香气更浓郁谁就登上枝头。诗人笔下的橙子还真是个淘气鬼呢。这首诗的趣味之处还在于开篇塑造的悠远氛围和后两句描绘的活泼跳脱形成鲜明的反差，以此烘托出新生命的蓬勃。甜橙，中国秦岭以南各地广泛栽培。外表金黄色，味道清香。果皮可药用。物语：提升活力，生生不息。

wú huā guǒ

无花果

fēi fán zhī zhōng yǒu hé xié wàn duǒ qiān duǒ tián xiāng duō
非凡之中有和谐，万朵千朵甜香多。

wéi wǒ huā kāi huā bù luò zěn rěn jiào shēng wú huā guǒ
唯我花开花不落，怎忍叫声无花果。

这首诗的意象清新自然，充满了骄傲和自信。诗人通过个性化的语言将无花果与人的情感融为一体，引发读者共鸣。无花果以其独特的习性卓尔不群，当万千花朵随风飘零之时，它却将花朵呵护起来，然后化为甜蜜的果实。诗人以独特的方式表达了对非凡之美的赞誉，使读者在欣赏诗歌时也深受启发。无花果，原产于地中海沿岸，唐代传入中国，现南北方均有栽培，新疆南部尤多。果实大而呈梨形，香甜软糯，满腹绯红。物语：腹中香彻，艳光闪烁。

西瓜

xī guā

mǎn dì xī guā duī chéng shān, zhǐ shuō dà hàn gèng gān tián.
满地西瓜堆成山，只说大旱更甘甜。

bù rěn fēn chéng yuè yá bàn, wéi kǒng xiāng wèi fēi shàng tiān.
不忍分成月牙瓣，唯恐香味飞上天。

翠绿的西瓜堆成山，展现出丰收的喜悦和希望的力量。尽管遭遇了大旱的考验，西瓜却变得更加甘甜。这个意象跟“宝剑锋从磨砺出，梅花香自苦寒来”有异曲同工之妙。其实我们在工作生活中也是如此，风雨过后，才会看见彩虹。诗人还通过“不忍分成月牙瓣”这句诗，表达出对西瓜终于“修成正果”之后的珍惜。西瓜，原产于非洲，世界各地广泛栽培，金、元时始传入中国。富含人体所需的多种营养成分。物语：绿皮红心，完美作品。

香瓜

xiāng guā

nán fāng xiāng guā wú tiáo wén，què shì tiān xià zuì jí pǐn。
南方香瓜无条纹，却是天下最极品。

qiān gǔ fēng liú zhuǎn shí yùn，zhǐ guǎn cóng gǔ chī dào jīn。
千古风流转时运，只管从古吃到今。

南方香瓜无条纹之美，却是世间最极品。宛如千古风流人物，在历史的岁月中转动着时运的轮盘。它散发着迷人的香气，每一口都让人陶醉其中。正如中国传统文化中所倡导的朴实和纯粹。它不需要外在的装饰，只凭自身的内在品质就能征服人们的味蕾。千百年来，魅力永不消退。香瓜，主要分布在中亚、西亚、西欧、北美、北非等地。中国栽培与驯化史已超过两千年。果肉白色、黄色或绿色，有香甜味。物语：遇见平淡，舍弃痴恋。

香蕉

xiāng jiāo

fēng liú yè zi fēng liú yáo, yáo dé jué sè mǎn tiān piāo.
风流叶子风流摇，摇得绝色满天飘。

jīn yù tián lǐ suǒ ào miào, miào chū xiāo hún tián xiāng jiāo.
金玉田里锁奥妙，妙出销魂甜香蕉。

这首诗以细腻的笔触描绘了香蕉树风吹叶摇的景象，展现了叶子飘动的风流之美，让人心生赞叹。诗中描绘的金玉田，更是一种神秘的存在。它蕴含着无尽的奥妙，锁住了所有的珍宝，隐藏着一切令人惊叹的美好。诗人巧妙地将这种奥妙与销魂的甜香蕉相结合，令人心生遐想。香蕉，原产于中国南部，中国台湾、福建、广东、广西等地均有栽培。植株健壮丛生， 叶子浓绿硕大，果肉松软，香味浓郁。物语：吃不打烊，影响健康。

xìng

杏

róng róng chūn guāng jiàn yǐn fēng　qiǎn qiǎn wǔ shuì wén chán míng

融融春光渐引风，浅浅午睡闻蝉鸣。

fàng yǎn níng wàng mài huáng xìng　měi měi chén zuì měi sè zhōng

放眼凝望麦黄杏，每每沉醉美色中。

温暖的阳光与和煦的微风交织在一起，诗人在浅浅午睡中依稀听到蝉鸣。在这恬静的午后时光，她伫立小园，眺望远处的杏林，金黄的果实连成片，好似晚霞飘荡在林间。杏花开落，杏子青黄，都是人间寻常的景致，但诗人每每沉浸其中，浑然忘却了时光的流逝。杏，分布于中国东北、西北、华北、西南及长江中、下游各地。黑龙江省佳木斯市的市花。杏树为中国特有的古老经济树种。花朵白中透粉，果肉酸甜多汁。物语：从容无争，最大成功。

阳桃

绝顶峰换翠云衣，出尘裹上黄陵子。
阳桃变成玉如意，捧在手心不忍食。

诗中的绝顶峰和黄陵子都是难以触及的存在，它们的出现给全诗带来了超越尘世的感觉。阳桃的变化则象征着美好事物的转变和升华。如此美丽的果实，人们舍不得动口尝食，因为它已“变成玉如意”，寄托了人们对于未来的无限遐想。这种情感的递进更加凸显了诗人对美的追求和对珍贵事物的爱惜。阳桃，原产于马来西亚、印度尼西亚，中国广东、广西、云南、福建均有栽培种植。花小，微香。果实清脆酸甜，可食用。物语：以物降物，功效充足。

洋蒲桃
yáng pú táo

chuí liǔ yòu lǜ xī zǐ hú，chì xiá hóng yù xiāng xié chū。
垂柳又绿西子湖，赤霞红玉相携出。
shèng xià liù yuè pǐn lián wù，gān tián qīng cuì kě jiě shǔ。
盛夏六月品莲雾，甘甜清脆可解暑。

垂柳婆娑，绿意盎然，西子湖与之相映成趣。诗中的赤霞与红玉象征着夏日的热烈和繁盛，我们可以理解成一切唯美事物的存在。它们在这个季节携手而出，如同双姝交相辉映。莲雾大概是所有水果名称中最具诗词之美的一个，典雅而绮丽，更何况它还甜美芬芳，令人消去所有燥热，也许还能忘却凡尘俗世的纷纷扰扰。洋蒲桃，别名：莲雾。原产于马来西亚和印度，中国台湾、广东、福建、云南、海南等地引进栽培。物语：满园春色，尺水兴波。

椰子（yē zi）

jìng hǎo suì yuè zhī duō shǎo， yē zi lín zhōng fēng xiāo xiāo。
静好岁月知多少，椰子林中风萧萧。

chū shēng tài yáng yīn qín zhào， gèng yǒu niǎo yǔ bàn chén cāo。
初升太阳殷勤照，更有鸟语伴晨操。

诗人引领我们进入椰子林中，感受微风轻拂的天籁。初升的太阳温暖地照耀大地，为这片宁静增添了一抹明亮的色彩。鸟儿欢快地啁啾，陪伴着晨练的人们，预示了新一天已经来临。在喧嚣的世界中，人们常常对美好的事物熟视无睹。而这首诗启迪我们去享受生活中的岁月静好。椰子，中国种植椰子历史悠久，现主要分布于广东南部、海南及云南南部。椰子树全身是宝，具有极高的经济价值。物语：山因玉辉，天为果美。

yīng tao
樱桃

tiān biān yuán lín chuī hǎo fēng　yǎn qián mì fēng wú zōng yǐng
天边园林吹好风，眼前蜜蜂无踪影。
dàn jiàn lù rén shí zhǐ dòng　bù zhī měi wèi nóng bù nóng
但见路人食指动，不知美味浓不浓。

天边吹来一阵清风，仿佛在低吟轻唱。蜜蜂不再忙碌地飞舞，似乎藏匿在花丛之间。然而，诗人看到了樱桃树上绽放的珠红色果实，它们饱满而诱人，让人忍不住食指大动。只是不知道这些樱桃是否美味浓郁呢？诗人以细腻的笔法描绘了一幅美好的成熟景象，也流露出急欲品尝的期待。樱桃，产于中国辽宁、河北、陕西、甘肃、山东等地。果实晶莹剔透，红如玛瑙，黄如凝脂，营养丰富。枝、叶、根、花可供药用。物语：唯美守候，占据春秋。

yīng tao fān qié
樱桃番茄

yún huàn lǜ yè xiè chūn fēng shēng pà yuè mǒ zhuāng yuè nóng
云唤绿叶卸春风，生怕越抹妆越浓。
shèng nǚ guǒ hóng zhēn yào mìng yī gè gèng bǐ yī gè hóng
圣女果红真要命，一个更比一个红。

云朵轻柔地唤醒了绿叶，春风轻拂着大地，恰似美人晨起梳妆。但是她担心春风会将她的妆容吹得更加浓郁，就这点而言，樱桃番茄就没有一点心理负担。它们的颜色愈红越美丽，简直美到了人们的心里。诗中呈现出一种生命的蓬勃和绽放，让人感受到了无限喜悦。樱桃番茄，别名：圣女果。原产于南美洲，全世界各地分布广泛，中国多地种植。果实有红、黄、绿、深红等色，晶莹剔透，小如樱桃。物语：盛世清欢，妙用无言。

yòu
柚

qīng chéng yù shù dié é huáng　qiǎn yún nóng liè lòu jīn zhuāng
倾城玉树叠鹅黄，浅匀浓烈镂金妆。
shèng qíng zhī xià yǒu shèng kuàng　dà dì chù chù piāo yòu xiāng
盛情之下有盛况，大地处处飘柚香。

这首诗以华丽绚烂的描写方式，赞美了一派令人陶醉的美景。柚子树长身玉立，鹅黄色的果实仿佛佩戴的金玉钗、明月珰，它以倾城之姿展示在世人面前，令人心醉神迷。诗中提到“盛情之下有盛况”，暗示着这片美景的繁荣和富饶有赖于大自然的深情厚谊，柚子树也以丰硕的果实给予回馈。柚，主产于广东、福建、云南、湖北、浙江、江西。栽培历史悠久。为著名水果，品种繁多。根、叶及皮可药用。物语：变而求进，独家意蕴。

zhōng huá mí hóu táo
中华猕猴桃

shuǐ guǒ zhī wáng mí hóu táo　yī cùn chūn guāng jiù chū tiāo
水果之王猕猴桃，一寸春光就出挑。
sǎ jīn zhī tóu yù dà xiào　yòu kǒng shǎn le xiǎo mán yāo
撒金枝头欲大笑，又恐闪了小蛮腰。

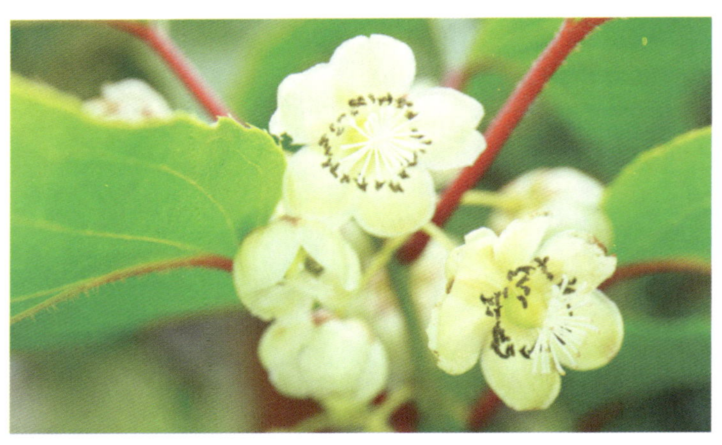

猕猴桃被誉为水果之王，以其独特的风采令人倾倒。它最可爱之处就是一寸风光就能逍遥自在，给点阳光就灿烂。它的外表金黄诱人，宛如树枝上撒满碎金。它欲大笑出声，又恐怕闪了自己的小蛮腰。诗人将中华猕猴桃的外形描绘得就像猕猴一样软萌可爱，更赋予了它乐观调皮的个性，栩栩如生地呈现在读者面前。中华猕猴桃，产于中国。名字由来说法不一，一说因猕猴喜食，亦有说因果皮覆毛，状似猕猴。物语：人间风月，雕琢天果。

chūn fēng
春风

yòu jiàn míng yuè qiān liáng yuán　fāng zhī ài zài tiān dì jiān
又见明月牵良缘，方知爱在天地间。

xǐng lái dé jiàn chūn fēng miàn　yí shì luò rù wàng yōu shān
醒来得见春风面，疑是落入忘忧山。

每当明月东升，它的光芒将人们的心灵连接在一起，让有缘之人相遇相知。夜晚的时光，静谧而充裕，我们可以无所顾忌，放飞思想，尽情地耕耘自己的心田，思考人生的真谛。而当我们醒来时，迎面而来的春风又带来了新的希望和美好，我们仿佛脱胎换骨，置身于忘忧山的怀抱。诗人沉醉于生活中的美妙瞬间，同时也让我们相信，只要用心去感受，每一天都可以迎接充满希望和喜悦的时光。物语：传递资讯，四季更新。

dōng fēng

冬风

hán liú hū xiào guò bǎi chuān　líng yún pēn bó fēng luàn juǎn

寒流呼啸过百川，凌云喷薄风乱卷。

róu ruǎn xuě huā sān chǐ bàn　nán yǐ mèng xǐng wú wéi xuān

柔软雪花三尺半，难以梦醒无为轩。

这首诗以寒流、云雾、风雨、雪花等自然元素描绘出冬天狂放不羁的力量与雪花柔软的姿态。寒流呼啸着席卷百川，象征着自然界中摧枯拉朽的伟力，它们像巨龙一般肆意咆哮；云层被狂风吹得四处滚动，这是大自然在向我们展示它的威严。然而，雪花却是如此柔软，宛若梦境般轻盈飘逸。它象征着我们纯洁的内心，看似脆弱实际难以撼动磨灭。“无为轩”应当是源于道家思想，我们不妨守护住初心，顺其自然。物语：历史发展，源于自然。

龙卷风

lóng juǎn fēng

jù yī chéng shí lüè dì xíng，héng sǎo qiān jūn shuí bù jīng。
聚一成十掠地行，横扫千钧谁不惊。
luàn yún shōu huí yìng pèng yìng，piāo qù tiān biān liú wēi míng。
乱云收回硬碰硬，飘去天边留威名。

诗人借龙卷风塑造了一个极其威猛的艺术形象。他堪比共工怒触不周山，又好似蚩尤与黄帝大战于涿鹿。诗人用“聚一成十掠地行，横扫千钧谁不惊”形容这位英雄的威武之态，他集结众人之力，横扫大地，就连天神都为之震惊。最终，乱云将他收回，不让他继续惊扰肆虐万物，而是飘去远方建立威名。这首诗非常具有神话色彩，诗人在渲染龙卷风威力的同时，也展现出大自然对生灵的呵护。物语：纯粹天生，大地包容。

秋风
qiū fēng

zhòng fāng yuán mǎn huā niàn xiǎng, qiū fēng zhǐ dào chūn xún cháng
众芳圆满花念想，秋风只道春寻常。

qiān qiān jié guà yuè liang shàng, wú jí xiāng sī bǐ tiān cháng
千千结挂月亮上，无极相思比天长。

明月与花两相欢，常得秋风带笑看。自古以来，秋风往往寄托着人们无尽的思绪，相比起春风的和煦温暖，秋风显得忧郁而深沉，因而也更加贴近人心，所以诗人才会写出“秋风只道春寻常”的句子。这首诗的“千千结挂月亮上”应当是源自北宋张先的名句“天不老，情难绝。心似双丝网，中有千千结。”诗人托秋风将人们的相思之情挂到月儿之上，是想让远在千里之外的人也能感受到有人在苦苦地思念着他吧。物语：知识力量，空间回荡。

台风
tái fēng

bá shān fēng yǔ xí juǎn chū　gāo fēng yǒu gēn dìng lì zú
拔山风雨席卷出，高峰有根定力足。

yún jìn wú fǎ shāng wàn wù　wéi yǒu shōu shí huí tiān fǔ
云尽无法伤万物，唯有收拾回天府。

　　这首诗以壮丽的景象和深远的哲理，展现出人们在面对困境时的坚定和不屈。诗人笔下的台风象征着我们身边所有不可预料、无法抗拒的负能量，它能够拔山填海，摧毁万物。但是高峰因为根植于大地而牢固不可破。最终台风只能铩羽而归，打道回府。通过这首诗我们可以获得感悟：在面对风雨的考验时，我们应当坚持自己的信念，用顽强的毅力和不畏困难的勇气去抵御一切阻碍我们前进的外力。物语：气旋作用，云尽天晴。

夏季风

xià jì fēng

rè làng cóng lái bù rèn shū，xiāng sī fēi yáng qíng yǒu yú。
热浪从来不认输，相思飞扬情有余。
zòng rán jiǎn jìn hóng hé lǜ，xià fēng bǐ chūn zǒng bù rú。
纵然剪尽红和绿，夏风比春总不如。

夏季的风在烈日的助力下来势汹汹。它就像你我的爱情突如其来，未曾怦然，便已心动。但是即便如此，人们还是难以避免相思之苦。当初爱得有多炽热，如今相思便有多磋磨。诗人认为春风更婉转温柔，缱绻绵长，就像春风可以化雨，沁人心脾。相比起夏风飞蛾扑火一般的燃烧，春风般的爱情更能给予人们慰藉。这首诗构思巧妙，展现了爱情的不同状态和带给人们的丰富感触，具有很强的感染力。物语：热烈有余，温柔不足。

物语集

多肉

B

八宝　　物语：吉祥植物，带来福禄。

白玉兔　　物语：包容相悦，互惠团结。

C

彩云阁　　物语：友情相伴，信任久远。

长寿花　　物语：健康平安，福寿双全。

F

绯花玉　　物语：甜蜜欢歌，饱满温和。

H

红背椒草　　物语：千红染透，绿了春秋。

红麒麟　　物语：坚定忠诚，个性勇猛。

红缘莲花掌　　物语：开朗大方，欢快成长。

虹之玉锦　　物语：优雅健康，直达理想。

花盛球　　物语：内柔外刚，自然绽放。

花月夜　　物语：展望美好，分外娇娆。

黄毛掌　　物语：掌有冷香，丰富想象。

J

姬星美人　　物语：旺盛向上，绿色能量。

金枝玉叶　　物语：花的温柔，染红枝头。

九轮塔　　物语：随和热情，锦瑟堆成。

酒瓶兰　　物语：难得一见，美醉天眼。

L

丽光殿　　物语：任意舒卷，阳光灿烂。

量天尺　　物语：花美果艳，气势惊天。

令箭荷花　　物语：含羞瞬间，惊艳千年。

琉璃殿　　物语：独立执着，流翠欢歌。

胧月　　物语：积极超越，力量之作。

鹿角海棠　　物语：热切期望，成功奔放。

M

美丽日中花　　物语：绕指风流，美至心头。

Q

千代田锦　　物语：奋发图强，吉祥兴旺。

S

珊瑚珠　　物语：生性活泼，天天快乐。

沙漠玫瑰　　物语：自信长情，坚持成功。

少将　　物语：无尽苍穹，彩虹当空。

水晶掌　　物语：温暖如春，友谊长存。

T

天使之泪　　物语：得天独厚，珠玉通透。

筒叶花月　　物语：互相欣赏，倾心向往。

W

五十铃玉　　物语：和平之色，安定生活。

万重山　　物语：阳光明媚，花开富贵。

X

仙人掌　　物语：渲染坚强，热情奔放。

小松绿　　物语：青春能量，活力飞扬。

蟹爪兰　　物语：弥足珍贵，尽兴品味。

心叶日中花　　物语：大度友爱，最受拥戴。

星美人　　物语：积极向上，年轻阳光。

雪光　　物语：热带花朵，魅力四射。

Y

银翁球　　物语：踏实谦和，收获良多。

银星　　物语：温馨陪伴，祥瑞丰年。

玉露　　物语：百合理想，希望之光。

玉翁　　物语：成熟有礼，未来可期。

玉缀　　物语：穿越百年，生命灿烂。

Z

珍珠吊兰　　物语：学会包容，分享成功。
子持莲华　　物语：冲天而起，能量神器。
紫晃星　　物语：席地而生，气象升腾。
紫珍珠　　物语：守护神圣，芳心安定。

水果

B

波罗蜜　　物语：甜蜜入心，潇洒红尘。

C

粗叶榕　　物语：饮食文化，健康为大。

D

笃斯越桔　　物语：天头地角，无人不晓。

E

鳄梨　　物语：吃对食物，生活无虞。

F

番荔枝　　物语：果中含铁，对抗贫血。
番木瓜　　物语：要种要长，欲收欲藏。
番石榴　　物语：味道奇特，接受再说。
菲油果　　物语：记得来处，方知归途。
凤梨　　物语：饱满之情，自然形成。
富士果　　物语：青山秋月，春风应和。

G

柑子　　物语：上善真谛，鹏程万里。

H

哈密瓜　　物语：离合聚散，命运相连。
海枣　　物语：记忆深远，甜美童年。
红毛丹　　物语：由深入浅，万般随缘。
花红　　物语：花开生动，果美人生。
火龙果　　物语：塑身减重，水清月明。

J

橘子　　物语：内涵芳香，隐士模样。

L

梨　　物语：筑梦起步，必行之路。

荔枝　　物语：红锦翠帏，上善若水。

榴梿　　物语：果中之宝，喜欢就好。

龙眼　　物语：互联起来，饱满情怀。

罗汉果　　物语：与世无争，药中深情。

M

蔓越莓　　物语：无所不能，令人震惊。

莽吉柿　　物语：雨林冰云，热带风韵。

梅　　物语：迎风开放，酿造酸爽。

木奶果　　物语：酸多于甜，止咳平喘。

N

柠檬　　物语：要看莫看，比醋还酸。

P

枇杷　　物语：简单快乐，修成正果。

蒲桃　　物语：流年长青，摇醒风铃。

葡萄　　物语：紫珠绿玉，保健久助。

R

人心果　　物语：心湖涟漪，情无距离。

S

沙棘　　物语：开发有度，日益进步。

山莓　　物语：别名太多，尽显自我。

山楂　　物语：冰糖葫芦，依然如故。

蛇皮果　　物语：果真如此，何等神奇。

柿　　物语：悠悠柿心，沉吟至今。

T

桃　　物语：锦绣花容，果实灵动。

甜橙　　物语：提升活力，生生不息。

W

无花果　　物语：腹中香彻，艳光闪烁。

X

西瓜　　物语：绿皮红心，完美作品。

香瓜　　物语：遇见平淡，舍弃痴恋。

香蕉　　物语：吃不打烊，影响健康。

杏　　物语：从容无争，最大成功。

Y

阳桃　　物语：以物降物，功效充足。

洋蒲桃　　物语：满园春色，尺水兴波。

椰子　　物语：山因玉辉，天为果美。

樱桃　　物语：唯美守候，占据春秋。

樱桃番茄　　物语：盛世清欢，妙用无言。

柚　　物语：变而求进，独家意蕴。

Z

中华猕猴桃　　物语：人间风月，雕琢天果。

风

C

春风　　物语：传递资讯，四季更新。

D

冬风　　物语：历史发展，源于自然。

L

龙卷风　　物语：纯粹天生，大地包容。

Q

秋风　　物语：知识力量，空间回荡。

T

台风　　物语：气旋作用，云尽天晴。

X

夏季风　　物语：热烈有余，温柔不足。